作者周修業先生

九十一歲生日前夕 攝於內湖家中

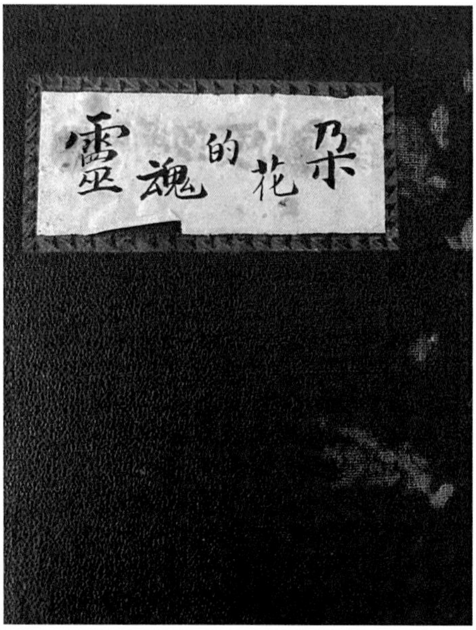

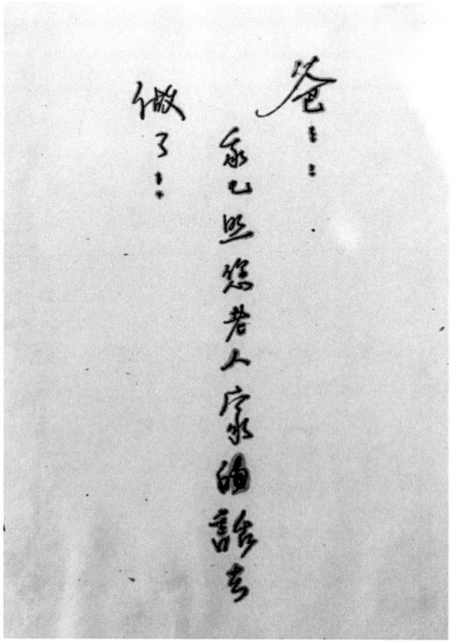

1 作者珍藏七十年的剪貼簿，
本書書名取自封面所題

2 剪貼簿內頁書寫——
「爸：我已照您老人家的話去做了」

3 作者珍藏的父親周鼎謙先生照片

文研會昨行結業禮
張道藩等先後致詞
文藝獎委會贈獎優秀學員

【本報訊】文藝青年研習會，各組研習期滿，昨（五）晚九時，在一女中大禮堂續行結業典禮，由中國文藝協會常務理事張道藩主持，到會的有羅家倫、曾虛白等來賓，和研習會教導員，學員等五百餘人。主席首先致詞，大意說過去文藝界人士所崇拜的魯迅，除了罵人便沒有眞正的文藝創作；現階段的青年文藝工作者，應該堅强，勇敢，富於創造和建設，但必需以國家民族爲前提的。這次研習班的學員，百分之九十是職業青年，很少是在校的學生，由此可見社會上各部門潛有文藝的愛好者，不獨學校爲然；因爲現在的文藝不是僅讓少數人享受，不是再走進象牙塔的，而是要供大多數人的欣賞。在座幾百位學員希望今後發揮自己的天才，在各部門工作單位中散下文藝種子，十年、二十年之後，中國一定有嶄新的文藝出現。更望大家記住不要爲文藝而文藝，我們應爲苦難的國家而文藝，組織努力，拯救大陸同胞。旋由羅家倫致詞，希望文研會不是曇花一現，各位學員雖然離開了會，仍應長期學習，把自己的筆訓練能夠成「點金」的指頭。曾虛白致詞勗勉文藝作家應重氣節，不蹈過去作家的覆轍。陳紀瀅報告會務，趙友培報告教務，旋分發獎金，然後進行各種遊藝節目，迄午夜始畢。

文藝獎助委員會前贈該會一千元，經該會舉行分組臨時測驗，并選拔平時成績優良者每組三名，頒贈獎品，計有：

（一）平時學業成績優良得獎者名次：1文學第一組：程澂鉊、李伯卿、蔣夢安。2、文學第二組：饒宛和、周修業、王鼎鈞。3戲劇組：秦木庭、黃精、解淵曼。4：音樂組：李德原、李作華、招學姬。5美術組：鄧從懋、夏雲生、樂俊濟。

（二）臨時測驗成績優良得獎者名次：1戲劇組：鄧則賢、台驥逸、張紹雄。2、音樂組：李淑珍、張耀高、李作華。3、文學第一組：駱仁逸、林再諾、周季祥。4、文學第二組：張雲安、馮鴎年、馬森慶。5、美術組：陳慶熙、陳步雲、張永霖。

以上每組第一名獎六十元，第二名獎四十元，第三名獎稿紙。

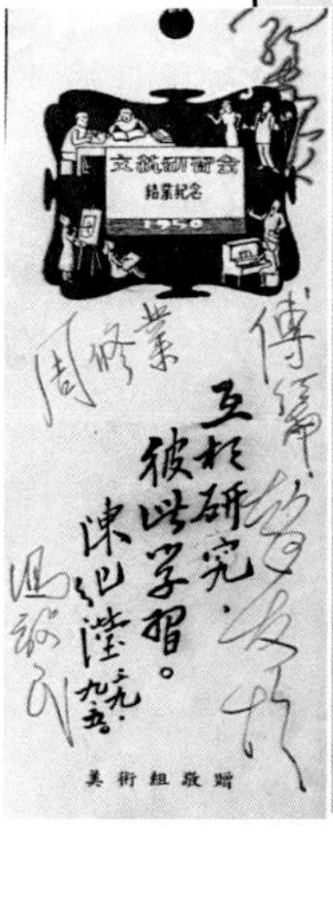

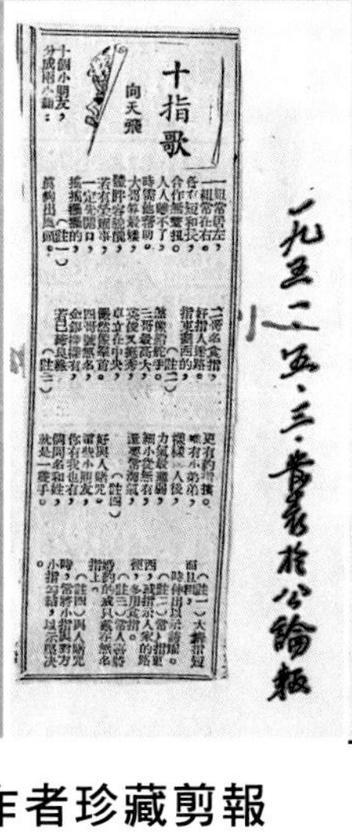
十指歌
一九五一、五、三、發表於公論報

望空之簡
1951.4.24 發表於聯合版副刊

作者珍藏剪報

1 曾獲文學第二組平時學業成績第二名，名次還在知名散文家王鼎鈞之前

2–3 作者珍藏之一九五〇年文研會紀念物，上有名家羅家倫、曾虛白等人簽名

4–5 作者一九五一年發表於公論報及聯合報副刊之作品

作者畢業照

作者雖投身軍旅，仍矢志完成大學學業，來台後一度在台大旁聽；空軍退役後轉任教職，陸續在輔大圖書館系及師大數學系進修，完成雙學位

作者退役後轉任教職逾三十年
攝於成功高中

恆毅中學時期

1 2
3

1、2　首度返鄉前夕新修之父母雙墳，終圓祭拜雙親之夢

3　四十年阻隔，首度與家鄉親人團聚合影

中排左二作者、右三為治家有恩的作者大嫂

與弟妹家人合影

兄弟四度同遊，足跡遍及黃山、長城、西湖、南京等地

弟弟建業曾參與創辦渝洲大學 （重慶工商大學前身），
定居於重慶

四度返鄉和親人團聚

弟弟來台探親旅遊

1 2

1　結婚照

民國四十七年與張秀女士結婚。
前排左為岳母陳盂金釵女士，右為五叔周繼先生。

2　全家福照

五叔周繼曾任重慶大學教授，後任職中央信託局，民國卅六年來台參與對日接收工作，退休後依附作者生活，民國七十七年病逝，未及返鄉探親。本書著錄之家書均為作者父親與五叔往來之書信。

育有二子二女，建立六口之家

1 與堯、舜、禹三孫輩攝於大湖公園

2 與所有孫輩攝於內湖家中

六十五歲時全家福

九十三歲時
新年全家福

九十四歲時
攝於內湖家中

與同袍故舊相聚

靈魂的花朵

周修業先生詩文集

周修業　編著
黃士蔚　編校

壬寅虎年桐月
萬卷圖書栞本

代序——向 父親致敬

父親有一本珍藏逾七十年的剪貼本，封面親書「靈魂的花朵」五個字，扉頁寫著「爸：我已照您老人家的話去做了！」

剪貼本裡有著父親一九五〇年參加青年文藝研習會獲獎的剪報，以及一九五〇～一九五二年間報刊發表十餘篇童歌詩文，始終懷抱著文學夢的父親，輾轉在軍職和教職生涯中，未能堅持在文壇發展，一直是他的遺憾。兵馬倥傯，倉促來台之際，又不愼遺失攜自故鄉桐城，先祖父以王羲之草書寫定的詩稿，更成爲終身憾事。

爲補缺憾，父親矢志舊詩創作，數十年未輟，戮力完成八百餘首「忘不了之歌」，思親、懷鄉、酬情、勵志、詠史、記遊、追夢、雜詠……，題材多元；晚年潛心學佛，專注養生，開拓新題，質量驚人。

爲嘉許晚輩，他逐一嵌入姓名創作；爲教育子孫，他親書「周氏家訓」六十餘則；爲了傳遞經驗智慧，他輯錄「十全十美錦囊」五十餘則，他傾注所有的愛與德澤在他所愛的家人身上。

父親一生謙沖自持，悲天憫人，鄰居愛犬遭禍橫死，父親亦爲詩哀悼。他將生活融入詩歌，把對父母、家國、子女、環境、生命的熱愛都寫入詩歌，他把自己的一生都譜成了「忘不了的歌」。

父親靈魂的花朵將永遠在我們心底盛開，我們將永遠謳歌您。

安之、翔正、元芳、真貞　謹誌

民國一一〇年六月十日告別父親前夕

目次

靈魂的花朵

目次

點滴是親恩

羅縷紀存

——父親病中手札

遺憾終生，終生遺憾

修業九十三歲作於三總

有幾件遺憾終生，終生遺憾的事情寫在下面：

第一　對父母未盡孝道

我家祖居桐城縣白柳鄉周家澗，因爲我祖父名字就叫做周澗泉，村前是澗水，後面層巒疊嶂，左右都是山丘果園，交通非常不方便，所以在村落附近都沒有設立中小學，只有一家短期補習班，可是並不適合剛啓蒙的兒童上學。

所以我小學第一年級就在家，爸媽教我讀書寫字，尤其我父親就是鄉村內有名的王羲之草書專家，寫起毛筆字來眞是龍飛鳳舞，所以我就跟他學寫毛筆字，第一學年就這樣過去了。

第二年小學二年級，父親外調工作，媽媽家裡事情又很忙，不能專心教我，本來在山後羅昌河有一所小學，但不招住宿生，無法就讀。我家門前院子很大，院內四周都種植了桃杏李桂梅樹，還有其他花卉，香氣四溢。池塘內游魚陣陣，蓮荷搖曳，岸邊金柳垂絲，微風吹來，爽心極了。所以父親認爲這是一個讀書的好地方，於是就在院內東西兩側建築二幢學舍，一幢長方形做教學之教室，另一間靠近溪邊正方形，做課外活動的場所。集合周家澗堂兄弟姐妹共二十多人，特別聘請一位私塾國學老師教我們讀四書五經唐詩古文，就這樣過了二年。父親在外地來信說，這樣念下去，其他科目就學不到了，所以要我去報考浮山高中附屬小學四年級，僥倖錄取了，於是在這裡讀了兩年，完成四年級五年級課程。

因爲這座小學離家有五十多華里，除了步行一個多小時外，還要渡過一條長河，然後再登山，因爲浮山有三十二巖七十二洞，小學就設立在洞前方家祠堂，交通非常不便，所以這兩年只有寒暑假回家團聚，其餘日子住在學校生活。到了五年級讀完，學校老師告訴我，桐城縣內桐城高中正招考初中一年級學生，你現在成績很好，不妨去考一下，於是奉師命去報考了，果然被錄取，而且成績還在前幾名。就這樣小學六年級就沒有念了，直接到桐中就讀。可是這個學校離家有一百多華里，當時又沒有什麼公共汽車火車，只有走路，所以又必須住校，這樣一住就是初中三年高中三年，在這六年期間也只有寒暑假回家團聚。

高中畢業那年適逢政府招考十萬青年十萬軍，去參加抗日，我又被錄取了，但必須要繞道舒城、立煌，通過大別山區往大後方重慶去受訓，其他路線都被日軍佔領了，無法通過。不巧，要準備出發之時，民國卅四年日本投降了，遠征軍就解散了。這個時候剛好我堂兄新邦由後方隨經濟部復員到了南京，然後請假回鄉結婚，結婚後我二哥就把我帶到南京去了，後來考上江蘇師範學院，但入學必須要繳保證金，我連吃飯都成問題了，我二哥新到經濟部工作，又剛結婚成家，我沒有錢，他又無法幫助，於是我就在南京找工作，南京剛剛收復，人事非常亂，根本找不到，於是流浪一年多，穿了一件灰布衣，身上沒有半毛錢，晚上在地攤上幫忙整理書籍，順便也看了幾行書。所以這次住在三總病房，夜間睡不著，就想到流浪在南京的日子，朦朧中想起了那時還寫了一首流浪之歌，我立即把它寫下來，因爲當時亭亭（次孫女）來看我，我叫她把它錄在手機裡，現在寫在下面，作爲一段插曲罷——

巔沛流離一載餘，飄魂落魄半分無，灰衣一襲數千里，明月三分幾行書。

赤馬紅羊偏逞毒，青天白日何成虛，男兒本是凌霄漢，何不龍騰氣一噓。

就這樣投筆從軍了，考上空軍通信電子學校，但這個學校不在南京，必須坐飛機到大後方重慶，先入空軍第一關，在四川銅梁縣受訓六個月，畢業後才正式到成都入通校就讀。因爲無線電通信沒有學過，必須從初級班念起，經過嚴格淘汰後，我以優秀成績畢業分發到南京空軍總司令部控制電台工作，這時通校有一位女老師教我們無線電學，電工學，電子學，剛好到南京總司令部來，是我頂頭上司，這段時間我們相處很好，也跟她學了很多東西，但是不到一年，民國三十七年，北平失守，徐蚌會戰失利，傅作義變節投降，黃伯韜將軍壯烈成仁，毛澤東百萬大軍渡江直取南京，所以各重要機關都紛紛遷往台灣。

我因為在電台工作，必須留守南京，到最後有六架飛機等我們留守人員撤退，可是我和明故宮機場指揮塔台人員只能坐最後一架飛機，但這時不幸原來保衛機場的部隊叛變了，還用機鎗掃射飛機，前五架飛機先起飛直抵台灣嘉義，我們坐的這架機器有問題，不能飛台灣，只好迫降在上海，一週後才奉台灣空軍總司令命令，乘飛機回到台灣，這時正好四月天，南京很冷，穿了一身大棉襖，一到松山機場，熱得流汗，脫下大棉襖，才穿一件背心去博愛路找到五叔，才安定下來。

於今在台灣一住就是七十多年，可以說生長在台灣，茁壯在台灣，奮鬥在台灣，哭笑在台灣，現在老病在台灣，將來也埋葬在台灣了。我對父母太不孝了，父母活著的時候，既不能晨昏定省，又不能菽水承歡，連死亡日期都不知道。直到七十九年返鄉探親，大嫂才告訴我，我母親是四十年大出血死亡，父親是四十五年病死。這時家裡正掃地出門，死時不但棺木沒有，連四塊板都找不到，最後只用一床草蓆送到山上埋葬了。

我回家鄉時，還是大嫂帶我們在荒煙漫草中找到兩老的墳墓，眞是可悲，我當時就跪在墓前伏地大哭，大嫂、建業、二妹、小妹也都哭了，我和建業弟合作，把墓地建築起來，並埋上墓碑，刻上大陸子孫及台灣三代子孫名字，並且安置大嫂晚年生活，又爲她做了八十歲大壽，因爲長嫂當母，又代替我照顧父母這麼多年，送老歸山，也都在苦難中渡過。

同時我和建業弟又幫助大哥的孫子考入大學醫學系，現在在家鄉開了一家診所，替鄉民服務，又幫助大哥的孫女念完大學，現在當電腦工程師，又幫助小妹的大兒子讀完醫學系，現在在南京人民醫院當外科主治醫師。又幫助我大舅父的孫子念完大學，現在已當上高中校長了。這只是在這遺憾中一點欣慰罷。聽大嫂說，爸媽死後，她向一位親戚跪拜，請借五元人民幣而不可得，我返鄉時，這位親戚還跑來向我解釋，我除了極度悲痛外，夫復何言，眞是悲哀，也眞是罪過。大嫂又說，爸媽生病到死亡，每次都日夜在呼喚我的小名，二娃呀！你究竟在那裡，怎麼不回來，聽後眞是五雷轟頂，天啊！我眞是不孝，如今在病床上回想起來，眞是血淚交迸，不能自已。

我這一生，奮鬥不懈，艱苦備嘗，雖然桃李三千，也不過是疊波峯中一個浪花罷了！也曾作詩自勉，終難如願以償，詩曰：

愧 修業作於三總

一生顛沛苦備嘗，唯有詩書潤腹腸。可惜智能貧且弱，如今病老未騰揚。

思弟 修業在夢中作於三總

弟去西南我奔台，神州顛覆盡悲哀。白雲親舍今何在，九十雙臨花未開。

第二　遺失爸爸的手稿

卅四年抗戰勝利，卅五年就跟二哥新邦赴南京，在離行時，爸爸交給我一個小皮箱，並對我說：箱內有一冊自傳及二冊詩詞初稿。你帶在身邊，有空看看，如果能列印出來當然更好。可是在卅八年南京失守時，我在總司令部電台工作，奉命留守，直到最後一架飛機，才能撤離。前五架飛機帶著行李已先行起飛，直抵嘉義，一週後才去嘉義機場查尋行李。可是飛機上都空空如也了。據機場人員說下飛機時，機上行李機器全都被乘客帶走了。當時人心惶惶，誰也管不了誰，現在追查，恐怕很難了。

回台北後備總司令部，公函再去嘉義飛行大隊去請求協助，可是仍然一無所獲。嗣後我想：是不是有人拿走皮箱，一看不是自己的東西，就把文稿丟了，是否有人發現文稿都是父親用王羲之草書寫成，而珍藏起來了。總之文稿是找不到了，眞是遺憾，眞是悲哀。從此以後，我一直心裡不安，悔恨交迸，也許是日有所思，夜有所想，所以晚上睡覺時經常作夢。

四十七年參加九三軍人節集團結婚後，因我調往嘉義108雷達站擔任雷達維修工作，家也搬到嘉義太保鄉居住。有一天清晨阿秀告訴我，她昨夜夢見媽媽，我說我也夢見了，媽媽容顏裝扮，一如往昔。我正想說明遺失爸的手稿時，忽然夢醒了。

又有一次，在路上行走時，看到前面有一個人好像爸爸，於是向前一看，果然就是，於是我在前面帶領爸爸回家，正走著走著，爸爸繞一棵大樹轉了幾轉，就不見了。

又有一次我遇見了家祿，他以前在我家幫傭，我問他：你怎麼在這裡？他說老爺就在這裡呀，於是他就帶我到了一家城隍廟，爸就是城隍老爺，當時媽也在座，當我跪下拜時，一轉眼就消失了，又是南柯一夢。

七十九年回鄉探親，因爲飛機只在南京降落，於是我弟弟的同學，當時他正在樅陽縣當衛生局局長，就親自開車來南京機場接我，晚上鄉村道路不好走，又沒有路燈，加上路線又不熟悉，幾轉又轉，迷路了，差點翻車，幸好駕駛鎮靜，停車再重找歸路。當天晚上我又夢見媽媽，她說，你這次回鄉實在太危險了，幸好我和你爸爸幫助指引歸鄉之路，又是南柯一夢。

當時我曾問我大嫂，爸爸還有沒有手稿在家裡，大嫂說，是有一份自傳詩詞手稿，要留給建業弟的，但不幸在掃地出門時，被紅衛兵燒了。我聽了之後，頓足捶胸，悔恨不已，我不死心，再重回老家去尋找。

前面說過，我祖居老家是在周家澗，門前有養魚池，有廣場，有學舍，有樹木花草，在大門前還有一對大石獅子鎮守家園。進大門後，通過長廊、天井、石橋，才到正廳，廳內四壁都掛滿了名家字畫，中庭有吊燈，左右有四座走馬燈，再越過側門，又通過一個天井、石橋，才是堂屋，奉祀歷代祖先牌位之處。

在這三進房屋兩側都還有七八間廂房，左側是我爸媽，五叔，三叔之住處，右側是二叔與四叔的家。當時回家一看，當年豪華的周家祖居已面目全非了。門前荷池塡平了，樹木花草都砍掉了，學舍石獅都被毀了。廳堂被拆了一半，名家字畫全不翼而飛了，僅餘西側廂房，也都被分配給別人居住了。樓上爸爸的書室藏書也都灰飛煙滅了。那裡還能找到爸爸的手稿呢？眞是悲哀，眞是遺憾！在家中，在夢裡，在大陸老家都無法找到了。悲哉，慟哉！天乎，曷克臻此？

從此，我發奮勤練書法，學寫古詩，完成了一冊「忘不了之歌」，聊慰父親在天之靈於萬一吧。此次生病，照胃鏡後，護理師遞給我一份衛生紙，我說我不哭，只是想作一首詩。詩曰：

生死關頭誰顧得，英雄也把淚來流，而今縱有無情債，也必高歌萬載秋。

又曰：

無情人世有情天，莫把涓流送入泉，九曲灘頭猶喘嘯，大江大海永綿延。

第三　由於意志不堅，影響發展

卅八年來台後，在空軍廣播電台擔任機務室値班工作。後來又兼任自由談廣播節目文稿的編審，經常在台北報紙副刊上發表一些短文與兒歌，又參加了中國文藝協會，文學創作委員會，練習寫作，倖得第二名，第一名鍾克和女士，第三名王鼎鈞先生，這二位現都成為名作家了，我仍然至今一無所成，慚愧！慚愧！

此時，我又考入淡江英語專科學院，即現在的淡江大學，可是入學要繳巨額保證金，於是申請休學一年，此時適逢國軍總政戰部主任蔣經國先生在北投復興崗成立了政治作戰學校，我考取政工本科系，受訓入學，不料此時空軍通信電子學校又通知我入通訊十九期正科班就讀。

畢業後，因成績優異直升陸用電子官班二期專修雷達課程；畢業後，分發到空軍防砲司令部第一〇七連雷達站工作，後又調至嘉義第一〇八連，當時我已成家，未分到眷舍，剛好此時台北空防部新建築了一批眷舍，所以我就申請高階調低階，到司令部電台擔任通信官兼台長，後又調秘書室擔任司令私人秘書，處理一些司令個人函件及演說文稿。當時又榮獲全司令部演講比賽第一名，所以被指令兼任軍官團政治教官及高砲補充營無線電及雷達教官，因為成績不錯，曾獲多次頒獎。當眷舍建築完成時，我又請周副連長陪我去晉見當時空軍總部參謀長，轉託防砲部司令准於分配一套眷舍，結果僥倖成功了，眷舍三間平房，座落在新北市蘆洲。我眞幸運，也眞要感激各級長官及朋友的幫忙，非常謝謝。

沒多久，因颱風來襲，水淹到二樓，慘了，我家只有一樓，水淹到天花板了，我家四口，原已撤退到對面二樓避難，當水淹到腰部時，我涉險返家想拿點小孩子的衣物及奶粉，但不幸轉回時，水已到頸部，一陣浪襲來，我抱了一個柱子，慢慢游到對面樓上。一夜大雨大風，屋內什物全部沖得一乾二淨了，好不容易建立一個家，現在全毀了，眞是令人心酸。此時，因過於憂傷勞累，痔瘡復發，起先只有內外痔與瘻管，後來變成肛門膿瘍，無法上班工作，醫院准予三個月療養，後來調爲療養員，於是不久就奉命退役了。

退役後，友人介紹我到一家私立雅禮補習學校教初三英文及高一數學。三年後又轉入成功高中，因爲資歷與學籍關係，五年後又離開了，再進入天主教恆毅高中，於是一教就是三十三年才正式退休。退休後又在補界教升大學補習班三年。

縱然桃李三千，也深恐誤人子弟。所以利用教學之餘，完成輔仁大學文學士及國立師範大學理學士雙學位，聊慰平生之志於萬一。

回想我這一生，於苦難中使意志不能堅定，由文界轉軍界又轉教界，殊途終不能同歸，影響發展前途，殊爲可惜。縱然這也是無可奈何之事，但總是令人遺憾的，因此作詩以自惕。詩曰：

立業創新必志堅，集中精力上峰巔，殊途歸一難如願，火藉風威燒上天。

阿彌陀佛

第四　婚前歷經學、諜、兵三變之劫

民國三十四年抗戰勝利，我剛好高中畢業，母親認爲，男大當婚，女大當嫁，要把我議婚方家女兒，方家乃我縣大族，其父當時任職縣城稅務局，與我大姊夫同事，於是託其作伐，剛好這方姓女生也讀浮山中學高中一年級，與我弟弟同學，一談之下，彼此均有好感，於是我們認識了，交往一段時間，感情很好，就準備正式文定。

就在這個時候，學校發生鬥毆事件，致而引起學潮，原因是該方姓女學生選爲校花，校內校外追求者甚多，於是互相爭風吃醋，又聽說該女生要與我訂婚了，更是氣憤不平，才引起這場軒然大波事件，當時黑函滿校飛，不僅罵該女生，同時也把我扯進去了，眞是氣人。從此我就飛重慶投軍去了，以後鐵幕低垂，也就無法聯絡了。眞是「無可奈何花落去」，令人失望悲哀！遭致婚約失敗，也可說是「學變」之劫吧。八十二年我回鄉探親，方姓女生特邀約我與我弟弟到她那裡聚敘，我認爲見面很尷尬，所以我沒有去，我弟弟一個人去了，此後再無聯繫，唉，花落人飛，算是一朵斷裂的彩虹吧。

三十八年來台後，一直在空軍廣播電台工作，我在前面說過，我參加文藝協會，在會中我認識了一位吳姓女生，她當時是台大外文系二年級學生，人很天眞活潑，也很美，我們相處很好，她常帶我去台大旁聽，也鼓勵我開創前程，另覓蹊徑，也曾論起婚嫁，只因國難當頭，尙難如願。

不料在三十九年元旦，台大在台北中山堂舉辦舞會，其中有人跳大陸的秧歌舞，一查就是吳姓同學領導的，當時即遭扣押，後經警備總部偵查，確爲共產黨間諜分子，我當時也在偵查之列，幸好，她極力撇清我們的關係，我的日記與文稿也被拿去審查，又經過我電台長極力保證才無罪開釋，後來聽他姐姐說，她被判十五年徒刑。這也可說是我的「諜變」之劫吧，人生如此，奈何！奈何！

嗣後，我在電台又認識了一位廣播員，她姓謝，台北第一女中畢業，剛考進入台大，又考進了我們電台，因爲我們年齡相仿，又是安徽小同鄉，所以相處極爲融洽，也很溫馨。當然感情是培養起來的，所以我們不久又戀愛了，而且愛得很深很深，眞是

「醉過方知酒醇，愛過方知情深」。

不過造化弄人，此時晴天霹靂，一紙人令，奉調屏東受訓六個月。離別後，每日一信或數信，但紙短情長，難抒離情於萬一。不知是不是離別後的感情是脆弱的，不到數月生變了，來信少了，字也少了，寥寥數語，敷衍了事，我感到奇怪，寫信問她，她說她父親年老重病（她父親曾任職國防部中將參謀長），要她早日結婚，所以我知道她另有所屬了，此次也可說是「兵變」之劫吧，哀哉！曷克臻此。

我一生當中，婚前遭此三劫，眞是心灰意冷，悲愴莫名。還好，皇天不負苦心人，我遇到阿秀了，她當時才二十三歲，我比她大九歲，四十七年結婚後，她備嘗艱辛，與我一齊建起這個家，從銀婚，金婚到鑽石婚，相愛數十年，至死不渝。有詩讚曰：

貧賤夫妻百事哀，孫賢子孝備榮哉；婿媳體貼無得比，柴門大開迎福來。

阿彌陀佛。我還是成功了，這眞要感謝上蒼與佛祖使我們全心全意相愛。

去年她住院時，在三總加護病房，痛苦哀嚎，我們一家十八口也眞哀痛莫名。有一晚我探病回家後，跪倒在佛祖神像前，請求佛祖開示加持降福，並立即用易經卦理卜了一卦，其中有本卦，之卦與神數。在本卦之卦裡只說明．般卦象卦理，看不出結果，但在神數裡卻顯然出現十個字偈語：「明月空中照，清泉石下流。」顯示整個宇宙空間明亮，水本性就下，由石下流出，可一瀉千里，這正是大吉大利的卦象，所以當時就認爲她一定能在明亮佛光照射之下，由石縫中艱苦流出，安全出院了。

嗣後我又請求佛祖明示我的病情，我也卜了一卦，也有本卦之卦與神數，但神數只有八個字：「月沉海底，人在夢中」我當時就驚呼「月沉海底，還有月嗎？人在夢中，還有人嗎？完了，此乃大凶之兆！」果然今年秋冬大病來了，我住進三總，天命如此，夫復何言！但我又一想，思吉則吉，我爲什麼不向好的地方去想呢？所謂「千江有水千江月，萬里無雲萬里天」，這不也是很好的景象嗎？我已了然於胸，我心平靜，面對挑戰，接受治療，聽其自然。

修業九十三歲作於三總，也是在病榻上最痛苦的回憶與呻吟吧！但心情很愉快，有佛祖加持垂愛，又有一家人替我祝福祈禱，更有我歷代祖先垂愛庇佑，我就足矣。

感謝上蒼，感謝佛祖，感謝祖宗，感謝大家，感謝一切醫護人員。

阿彌陀佛

病中賦詩八首

大年初一有感 二月十二日

今聞南京外甥電話感觸良多特寫詩如下：

同登九十三兄弟，共約壽籌晉期頤。無奈天公不作美，咸以同喜亦同悲。

悲者未如所約，同登百壽。喜者各人各自，全福同歸。

夜夢一 九龍九鳳，駕遊天空。二月十四日，寫詩記之。

九龍九鳳同巡天，十面玲瓏漫紫煙。玉塑金彫瓊鑽道，玄音道骨盡神仙。

夜夢二 靈魔交鋒 二月十六日

靈魔交鋒壓舖來，張牙舞爪勝熊摧。殘兇狠厲無倫比，今夜爲何夢此哉。

夜夢三

英雄勇士借帽鈴，仁賢姥姥全應聆。黑夜風驟雨又急，助人爲樂史留名。

夜夢四

姐妹弟兄建家來，磚頭泥石齊飛開。天倫之樂人人羨，簡陋家園柴門開。

佛祖開示佛在我心永駐留，所以我心即佛。佛在我心中，記住貴人助人。他就是他心中的佛，我感謝每一天幫助我的人，他就是我心中的佛。

示一口田「福」，每人都有一口田。成人成佛在心田，心裡有佛就成佛。

一條扁

一條扁擔擔天下，兩條扁擔挑一擔，三條扁擔合一挑。

一條扁修正版

一條扁擔一條通，二條扁擔十字同。三條扁擔結正中，救命仙子哈莫特。全球英雄正當紅。

地藏經菩薩本願經十首

修業請小姑丈及小姑指女婿達宇和女兒真貞。指教

讀經感　一

如來眞實義何之？無量十方難受持。妙法深微救世界，花雲秀雨聖大慈。

讀經感　二

化現金容妙難倫，明珠照持九華春。地藏慈愛十光界，智慧大千千古巡。

讀經感 三

調御丈夫天佛師，人度大乘己度時。光明遍照恆沙數，大展神威天人師。

讀經感 四

娑婆世界萬千劫，供念觀音是誠心。山林大海亦如是，久久日增大福臨。

讀經感 五

大小橫情諸惡心，慶雲毫相光天沉。龍若天讚地藏王，香雨花雲又花音。

讀經感 六

一心淨信億千誠，世界娑婆鬼王驚。惟有眞願誠結石，多名何況是菩生。

讀經感 七

般若光明彩大放，檀波羅蜜音天華。世尊頂門大毫相，微妙音發天龍花。

讀經感 八

十方萬世天下春，讚歎大慈廣度津。大乘典經摩頂授，忤形橫事少人身。

讀經感 九

慈心廣大救人神，毫紫相光頂間新。無間罪無妙音放，大光雲海盡是春。

讀經感　十

須彌能泛巨海深，小惡大悲相因尋。鐵圍山中鬼王血，無賢罪障承斯臨。

永嘉大師證道歌十首

後學周修業以十首七言雜詩敬引述之，請先進指教。

一　心根法塵鏡上痕，痕去光現性即眞。悟了人生心即了，無相無空無不空。

二　寂滅性中尋無明，無明實性佛天眞。大千空空於覺後，法身無物幻化空。

三　無念無生妙眞空，廓然瑩徹心境明。慈雲甘露潤大地，頂上圓明旋又生。

四　五蘊浮雲三毒水，四大無常四大空。摘葉尋枝水撈月，涅槃路上定難行。

五　行禪坐禪動默禪，頓悟了悟生死悟。如淨琉璃摩尼珠，自利自他莫愁竭。

六　取理捨妄布慈雲，摩訶般若力無窮。醒醐常納一切法，恰如如來正法輪。

七　般若鋒兮大丈夫，空摧外道天魔膽。佛性眾性一念間，一攝月輪月無邊。

八　唯一佛乘更無餘，眞空不礙眞妙有。五眼五力難可測，無形無相是眞體。

九　三通四智同一道，八解六通新法門。大圓鏡智含寶月，玲瓏剔透化無窮。

十　爲首開行是大道，大道通天菩薩行。無心見力知多少，圓融無礙般若生。

即身取證簡要之法四首

恭讀金剛師父「即身取證簡要之法」並敬撰七言四首追思懷念，弟子周修業敬撰。

一　三人同列二師在，智敏慧華金剛證法身。無形無相大無際，日正何愁樹影貧。

二　因果報應誠不虛，千年福報千年應。無常迅速牛死大，發菩提心十眞如。

三　七代祖師姻緣像，千古絕唱雙座陞。引古道今教化深，金剛忘我又空無。

四　佛心月心本如如，斯道在焉隨處是。長空大海傲今古，雙聖夫婦自古無。

大江東去
往事知多少
——生活萍蹤錄

來台之際自訂年表三十八年六月脫稿

民國十六年丁卯（一九二七）　一歲

本年夏曆十月初十日卯時，生於安徽省桐城縣湯家溝紅門寓所，時余父供職於湯鎮煙酒公賣局。鄉俗重男輕女，余未出世之前年，余母生余姊麗英，家人咸不樂，三朝喜宴，亦草率了事。及余生時，家人猶以爲女，余祖父暨諸叔咸居里（周家澗）未來賀，余父亦外出，僅余外祖母隨余母居焉。後得喜報，家人咸出意外，喜樂之情，亦因之彌彰，尤以余祖父爲最。余未足月即出世，且孕時余母體弱多病，故余體質素孱，後經余母百般調護，聊可補先天之不足。余姊前，猶有一大姊，俊俏秀麗，未週歲即夭，余父母惜之甚。

民國十七年戊辰（一九二八）　二歲

余父早歲卒業於保定軍校，歷任排營長，追隨 國父革命建國，後因負傷轉任公職，並與家海元先生經營圩業。五叔繼東渡日本，入東京大學攻習財政金融。

民國十八年己巳（一九二九）　三歲

春，湯鎮舉行提燈大會，余祖父抱余往觀，於人群擁擠中遺失銀手鐲一只。

是年十二月，建業弟生於湯鎮紅門。

民國十九年庚午（一九三〇）　四歲

嘗與麗姊從家祿玩。家祿年輕活潑，役僕余家，時推小座車攜余與姊至街心遊。一日家祿有事去，余獨與姊戲於道傍，忽見余父過此，乃尾隨之。不意余父未察覺，竟致迷失路徑，幸爲浮橋有一識者送之歸。事後，余母責余父，父乃啞然。其時，街頭巷尾拐騙孩童者甚夥，余與姊未遭其險，亦云幸矣。

民國二十年辛未（一九三一）　五歲

是年夏大水，圩田全被淹沒。湯鎮居屋亦水深盈尺，街心以小舟渡人。余父乃攜眷回鄉。此次水災實二十年來所未有。專恃收穫維生者，誠咸無以爲計。余家尚稱小康，若以豐年積穀，和善相處，堪可以渡艱困。不意家人性乖聽讒，不安余父家居，時以分爨爲由，爭吵不已。余祖父亦無法，余父曉以古人九世同居之義及兄弟手足之情，亦付之一嘆。不得已乃於是年冬析居。十餘口之家，以不滿斛之穀，何以維生，幸余父到處張羅挪借，家人節衣縮食，乃免於飢饉。此時余父與余母苦心孤詣，忍氣受辱，可謂至極矣。

民國二十一年壬申（一九三二）　六歲

大妹秀英生，大哥亦於是年冬完婚，嫂傅氏乃余邑望族也。

民國二十二年癸酉（一九三三）　七歲

祖母疽發逝世，舉家哀傷不已。僅五叔留學東瀛未歸。余天性不羈，但聰穎活潑，故深得祖父母疼愛，每有盛食必先饗余，有玩具必先爲余備，有過錯則剴切規誘，尤見慈愛之心。及祖母見背之時，余立其床前，猶撫余髮頻頻頷首。余時幼小，見家人號哭，乃隨之哭。如今思之，曷深悽戚。

年終，余母以余漸長，督教益嚴，每日非識方塊字五個不允外出。余甚苦之。後宗厚小舅父設館於其家，父乃命余從其破蒙。讀《三字經》、《人手足》等書，麗姊與兄敬業亦與讀。一日午後，太陽高照，天氣燠熱，余與敬業兄牽水牛至池塘飲水，不料牛性大發，韁繩脫落，狂奔於野，余與敬兄幾傷於蹄下。事後返家，飽受責難。

民國二十三年甲戌（一九三四）　八歲

余父供職湯鎮，延族兄逸林至家教余讀書。敬業兄、麗姊及表叔之子悠元、黑子亦從讀。余年爲最幼且調皮，爲便於管教計，特與師同席，讀書習字均不敢懈。但性不斂，常搖首蹬足，鬧得不亦樂乎，師因之大發雷霆，責罰之餘，猶擬以繩索懸弔而笞之，余驚哭不已。此事余祖父與母均不以爲然。既爲師長，即應明察兒童心理，慈祥誘導之，有過亦不宜如此野蠻管教也。

是年夏大旱，鄉人均以樹皮草根爲食，余亦深嚐其味。

夏，輟學家中，荒嬉已極。余父供職於外，余母疼愛又不忍稍加夏楚，故余益不以爲畏。某日，余與鄰童嬉戲而起毆，後又玩水而失足河中。歸時余母責余，余倔強不受且還擊之，母憤甚，罰余跪，余又不從，不得已杖余，余乃哭喊而逃；意欲往李家梆求外祖母袒護也。幸半途為大嫂劫之歸。事後余母深為不樂，蓋受此忤逆之刺激也。

余母李氏，身出名門，壼懿卓著。善女紅，尤善刺繡烹飪，且深明大義，精細幹練，賢慧端莊，實非常婦所能及。故余父嘗語余與弟妹：「余幸有汝母，不然，余內顧之憂多矣。」余之所以能有今日，實亦有賴於吾母之教益也。如今思及幼時之忤逆不順，余心誠愧悔痛悚之至。天乎?其何以減斯罪於萬一耶?!

民國二十四年乙亥（一九三五）　九歲

改從宗發小姑爺讀於其家之堂屋內，距余家僅百步耳。同學有宗發、宗應、宗厚、敬業及師之子玉常等共二十餘人。李師督學雖嚴，惜不諳學生心理，徒事鞭笞，故學生不但獲益甚鮮，且深恨之。下半年因病，其友代授，益狠厲。余調皮，尤遭其忌。每日無不頭破血流以歸。余母亦深不以為然。表兄荒保猶以「老師打無人保」之語戲余。（時表兄傭余家）益感不願從讀。自是日日逃學，家人則以在學，師則以在家，均不察。一日，挾書包匿於田野草葦中，忽感埂傍桑椹已熟。乃出，緣樹而上，不意失慎跌下（距地丈餘），胸腹受傷頗劇，哭叫幾不成聲，幸為路人瞥見，急負之歸，以童尿調治多日始痊。

冬，父染疾甚篤，醫藥罔效。余母求神問卜，日夜以淚洗面。余與弟妹均幼小，常亦侍母泣，但不知其悲。時家境適困，大哥遠遊，不克濟家，叔嬸亦束手無策。幸父疾未幾即癒，不然余家幾毀矣。余更遑論有今日哉？

父病奄奄時，曾夢天神下降。衣金盔、著銀甲，指余與余母謂余父曰：「汝命可續矣，汝妻與汝子均善良，汝災厄已過，他日正有以報國也。」言畢，忽遁。自是，父疾漸痊，日趨霍然。父嘗以此語余弟妹，余等均感甚。

余自幼即患痔疾，隨發隨癒，家人亦不爲意。至斯時較劇，每如廁輒痛而哭。余父不常家居，余母亦無法，惟撫愛慰藉，明祝暗禱以祈神佑而已。此時吾母苦心，可概見矣。後父歸，延桐醫療治。渠乃江南人，醫道素著，與余父私交甚篤。同診者有李家梆之李炎先生與堂叔維長等。余母憐余痛苦，且防意外危險，不許全部割除。不料後來復發，竟成膿瘍。母深悔之。

祖母逝世後，繼愛母逾恆者，惟外祖母一人。彼常住余家，與余可謂形影不離。斯時余讀書稍有進益，通俗小說，尚可領略。故每放學歸，不顧外祖母忙否，（彼精縫紉，常爲家人裁製衣服。）即依其傍高聲朗誦。（外祖母重聽，低音不能聽見。）彼亦愛聽不之拒；且常於讀畢後，另講動人故事，譬如七俠五義、陳世美不認其前妻、薛仁貴征東、薛丁山征西等饗余。余與弟妹無不興趣盎然，至深夜亦不許中輟。余母不耐其煩，常責余。但事後亦復如是。

表兄善政，亦外祖母之長孫，讀安慶高等學堂，課業優異，尤擅足球，嘗代表皖省與全國賽。暑假中，余隨母歸寧，從其習算，惜渠染疾，旋即不治。余母與余舅悲痛不勝。余外祖母尤痛逾恆。余亦慟失良師。天乎，何召忌若此？

民國二十五年丙子（一九三六）　十歲

是年余父家居，鑑鄉里學童日夥，乃庀材鳩工於堂屋東首建新屋一所。即所謂學屋是也。延徐鴻元先生爲師。同學者二十餘人，四姑奶之孫悠元表兄亦與焉。晨讀《幼學瓊林》、《四子書》，午讀《左傳》、《詩經》，惜師不講解，徒誦口供而已。開始習毛筆大小字、初描紅、後印本。建弟亦於是年上學。

是時，塾內分爲兩派。余爲北派之首，悠元表兄長南派。摩擦甚厲。放學後，輒集所眾，對陣以戲，石彈如雨，棒矢交加，洵如戰場也。後爲師所悉，痛責之乃和。

未幾，復聯合加入宗厚所領導之集團。宗厚乃杜臣大哥之次子，性嬉蕩好勝，肄業於羅河鄉小學。暑假歸，集村中童子數十，與老徐莊筱業對壘。筱業即徐師之侄也。時筱業正集訓渠村之童，以圖欺壓余村。故每至炎日西沉，輒與宗厚攜隊往抗。分前後兩隊：前隊盡爲年幼者，執短棒謾罵，以期誘敵也；後隊較長者居多，持自造之竹槍（以粗竹製成，內實以沙石，可擊百步）。由四週分途躍進，以乘不備而接應也。後日漸擴大，接觸時，幾成仇讎，直至雙方家長止之，始煙消雲散。

此時，余父管教益嚴。日則巡學塾中，夜則親授詩書與古今中外名人傳略，以期余有以效法也。余之愛讀古人傳記，實奠基於此。

余原名新瑤，三哥名新琨，後以叔祖名瑤琨，爲避諱計乃易名新智。蓋取「新其所智」之意也。三妹玉梅及大姪八萬生。五叔自日本學成返國。邦兄亦隨五叔赴柳州。

民國二十六年丁丑（一九三七）　十一歲

改從大姊碧雲讀於短期補習學校。

中日戰爭爆發，京滬淪陷，安慶亦不守。四叔悅僑不得不攜眷返里，暫居北頭老屋。余家為其南首，僅埂一小坵耳。渠二女碧雲、宛蘭均畢業於安慶高中。學問新穎，教導方法亦遠較老學究為勝。故余父即令余從其讀。不越月，別具效益。來學者日夥，附近私塾幾為之瓦解。於是乃改立一所補習學校。即以余家之學屋為址，分三班授課。余與麗姊、詠英、琪姊、敬兄、必鵬等為甲組，建弟等讀乙組，領導課外活動亦為余與琪姊負責，蓋余與琪姊為正副級長也。（琪姊為三伯之長女）。課程亦增加，有國文、地理、歷史、常識、圖畫、音樂、體育、勞作等科。均為短期小學課本。晨有早操，闢舍前曠地為操場，倦則休憩之。甚能迎合學生心理。余歷年均受約於塾師，自由全失；所讀亦不過死書而已。茲得一展天靈，循良師之善誘，臻讀書之樂境，洵快事也。但鄉人有腐朽者仍以為教學生嬉戲也。殊不知學生年幼，性靈活潑，非如此不足引其興致，啓其天資，而臻潛移默化之功也。是年，余學識長進最大，心智亦與時俱進，每試輒有獎焉。

夏，李炎先生亦創設補習班於李氏宗祠，補習者均為中學生（李炎乃余舅遠房之侄也）。是時，寇氛益熾，後方抗日反應益因之加強。故每放學後兩校輒聯合舉行愛國宣傳大遊行，跡遍各村鎮。並編隊受軍事操，演習游擊戰術。由碧雲大姊教授音樂，以壯聲氣。如是每至夜深始散。即大熱大雨，亦不復輟。其熱烈如此！

是年冬，五叔由柳州來信，予余弟兄命名。余弟兄八人；大哥中立，二哥新邦，已成長獨立。其餘六兄弟，齊集於堂，爭長論短，互不相讓，余父乃命抽籤：三兄為敬業，五弟為建業，六弟為持業，七弟為鴻業，八弟為成業，余為修業。自此，即以為名。

余父稟性正直，里中自治公益教育慈善諸事，均由余父經紀。故族中長老耆宿常過余家。即就書室與余父談。余父必命余輟讀倚坐，且教以應對進退之儀。

民國二十七年戊寅（一九三八）　十二歲

碧雲姊他去。余父改延李兆熊師設館余家學屋。同學者除吳伯瑤、錢大仲及瑾榮妹外，餘皆依舊。每晨讀古文一篇，午習史地，晚頌唐詩，必至背誦始已。李師慈祥親切，循循善誘，暇時教余等弈棋，尤感融融之樂。斯時，余已開始練習作文，並寫日記。每次均得好評。同學咸羨之。某次全班比賽，余獲勝，父獎以金購糖果。余樂甚。

自是益發勤讀。

余不善書法，父商之於師，習柳公權帖，復易顏帖，均不成。乃請舅父程門寫樣本，以便易於摹仿。經「對臨」、「背臨」數月苦練後稍進。夜歸，父猶親自講解執筆之法與運筆之要領，以啓悟性。其望余之切如此。年終，鄉里春聯均出余父之手筆。余父尤工王羲之草書，余嘗磨墨侍於左右，亦間或試書一二簡易者，余父嘗勉勵有加。

三月，父與李世華叔同赴皖省府會立煌就任公職。大侄本仁生。斯時，余家兄弟姊妹嫂侄八九人，居室逼仄，食指繁多，且須具館師膳，皆余母躬親料理之，僅余嫂幫助而已。是以余母艱苦備嚐。顧於余等督教仍不稍懈。輟讀歸，余母坐燈下治縫紉或司紡織，必命余傍坐讀書。余父每信至家，輒言之又言，教之又教，亦不以遠離而稍忽。諸叔嬸亦常過余家與余母話家常，每至亦必涉及余讀書事，無不多方勸余應及時努力，不宜荒嬉自誤。自是能知勤學自奮者，實基之於此時也。

冬，祖父染疾甚劇，促余父歸。十二月，余莊分配祖山，以便營葬祖塋。余家得蘆蘆地，古樓山二處。前處葬高曾祖父與浮橋三伯之父母同穴，後處葬曾祖父母兩柩。移柩時，祖父負疾響鑼前導，命家人送之於後。或勸其勿拘古禮，宜珍重身體爲是。祖父慨然謂之曰：「送老歸山方爲兒。余雖病，不得不如此也。」由此可見余祖之孝道矣。

祖墳未葬，素爲余父寢食不安者。今得歸葬三柩，且爲吉地，大慰余父之心。惟於議葬之時，亦煞費苦心也。

民國二十八年己卯（一九三九）　十三歲

仍從李師讀，畢古文讀本六冊。李師講解頗詳。故作文乃大進。吳靜修先生甚嘉許之。靜修先生乃余縣耆宿，與余父過從甚密。斯時，余知識大開，情愫亦因之澎湃若潮，未幾，即對余之姨表姊發生愛慕之心。惟彼此均年稚膽怯（彼僅長余一歲），不敢表露於萬一，祇深藏於內心而已。後二姨父曾託人作伐，余父母不察，堅拒之。余深爲憾憾！

二月初，祖父病篤。大哥由圩趕歸時即逝。

入春以來，余祖父隔食病加劇。余父欲外出赴任未果。先在正月初，祖父欲食湯圓，不能下嚥，幾暈。及至月尾，忽好轉，不但飲食正常，且能扶杖自行。家人戚友咸慶幸不置。之後，猶日日扶杖巡學塾中，督余與弟妹等讀書，不允稍懈；並贈師黃莖鞭一條，囑嚴管之。自是，同學均不敢惰，師亦較勤焉。不意此景不常，未旬日，疾復劇，待家人急呼余歸時，余祖父已奄奄一息。指余謂余父曰：「此子雖放蕩不羈，但本性溫厚敦謹，善爲教之，將來不負爲余家好子弟也。」後復詢五叔與邦兄歸期，垂淚滿腮，蓋以渠等遠遊報國不克送終爲憾耳。此景此情，及今思之，猶歷歷在目。余祖父期余之切，望余之殷，余將何以報答耶？愧疚之至。

民國二十九年庚辰（一九四〇）　十四歲

改從族兄逸林讀。後轉入宏初小學肄業。未幾又考入浮中附小。

春，余父復經舒城、霍邱往立煌。旋奉省府令，長安徽難民工廠。接收並調訓抗戰期間各省淪陷區之難民，委以編織、縫紉、裁製前後方軍民所需之衣服與被褥。

五月間，奉父諭：「偕逸林師往考浮山附小」，宿父執房養吾家。次日入考場，畢國文、算術、常識等科乃歸。越五日揭榜，錄入高小五年級。余樂甚，余母雖樂，復以余遠離爲慮。

開學時，四叔負行李送余往。余初以入新校爲喜，後獨處於陌生之地亦不免有思家之感。余叔勸勉有加，至今猶髣髴憶及。

附小原設於浮山中學內，本期因班級增多，乃遷於方氏享堂，位鉛山之陰，距中學部有三里之遙。分初小與高小兩部。初小三班，高小四班，共有百餘人。余讀五年級，同學亦有四十餘人。王樹華、詹克強，房金健、房石麟、房聞、李玉梅，及族侄宗應、宗發等與余最要好。除前三人同級外，餘均讀六年級。

喬國璋、吳樹德、周紉芝、黃如惠分授社會、音樂、童訓與國文等科。余斯時頗能勤學，各科均有長進，尤以國文爲最，黃師深許之。黃師年近五十，性爽豁、健談，好與學生遊。每課餘，輒高談闊論，大發其神經。故全校師生均以「老神經」目之。授算術者爲丁先生，其人狠厲，教學甚嚴，諸生無不畏之。惜與諸師不洽，未期終即離去。

校內生活甚苦，八人一菜，席地而食，每餐均不飽，房君金健常自備私菜佐侑，亦邀余同食，余甚感之。時校中踢毽子之運動甚盛，余級以查東泉，詹克強與余爲最擅長，時稱「毽場三將」。六年級有陶自新者，身矮靈活，毽術爲全校冠，余等嘗與之賽。

民國三十年辛巳（一九四一）　十五歲

肄業於浮山附小五下。

是年春季，學校開學甚早，校容亦大加刷新。由史磊冰任校長，喬國璋、李湘維，分任教務、訓導主任。課外活動亦增加，話劇團、宣傳會、鋤奸救國運動等名目亦紛紛興起。師生合作，響應熱烈。

此時，抗戰已達最酣階段，敵機到處轟炸，破壞我後方教育文化甚慘。本年罹難受創最鉅者有菁華、桐中、二中、三育等中學。余校初中部亦兩遭其襲，附小亦受其機槍掃射。其經過情形記略如下：

入春以來，敵氛猖熾，余桐湯家溝、椶陽等重鎮均告失守，縣城亦遭其攻擊，僅距余校百里耳。師生家居淪陷區者甚多，寒暑假不得歸，均留校任宣傳工作，敵甚忌之。時以安慶爲基地，乘間偷襲。幸余校位於山岩中，四周環山，密林叢叢，屢不得逞。但爲預防計，各級均組成一防空哨，敵機一來，即鳴哨通知上課師生逃避，免作無代價之犧牲，於是日遁竟達十餘次之多。

後以方氏享堂目標太顯，且門前牌坊高聳雲霄，益易導其航線，且屢來屢逃，亦不能安心受課。是以全校師生決定均朝出暮歸。晨起即挾書包往附近林叢中，席於地，膝爲桌以讀；黑板懸於高樹上，師坐石上以授，日食兩餐，午以乾糧代之，入夜始歸。生活雖苦，而精神益奮。迨期終，始移回考試。

不意末三日，敵機竟來，未審是否係漢奸通知者。先三日盤旋者再，隨即飛去。五月二日試畢，余方欲進膳，突見敵機三架，掠空而過，師生均散去，余不以爲意，猶立窗外觀之。不數分鐘，此西行之機，忽掉首東指，始覺必有所企圖，即聞軋軋之聲，則已側降對余校以機槍掃射矣。此時，余與數校工即臥倒於牆腳下，旋槍聲略止，余即與校工同移伏於屋後叢草中，而第二次之掃射又作，時校工等驚恐不已，余年幼未嘗歷其險，尚仰觀尋覓其蹤。尋轟聲隆隆，煙火沖天，始知已放彈矣。及其飛去，師生由四野歸，爭相述其險，幸未有傷者，惟屋瓦略損耳。後查悉受彈之處，即中學部大操場。有頃，驚魂甫定，而敵機又增三架來，放彈二十餘響，始揚翼而去。

此次空襲，除中學部二十四間偏房全毀外，大樓西角亦微損，操場幾窟窿處處矣。但人畜均無恙，亦不幸之大幸。

假歸，經宏初小學，敬業兄已受驚返家矣。蓋宏校亦遭其掃射耳。當時余母聞之，焦灼異常，及余歸始釋。

本期，余對國文興趣最濃，每作輒洋洋數千言，盡十餘張始已，此乃余好勝心所致也。緣此時中學部有學生王定邦者，善爲文，每經國文老師吳逸生潤色後，即印爲余級課外讀物。余喜愛之至且深羨之。是以每作必仿其法，長篇深論，似無或止。奈讀書不多，筆墨思路均拙滯耳。

算學教師爲張國鈞先生，自然教師爲馮女士，乃中學部馬先生之妻也。國文老師爲劉先生。張師乃北大畢業，奉母至孝，溫厚敦謹，爲學最勤，有目爲「書獃」者。馮師和藹可親、督學甚嚴，時召余至其室，訓迪鼓勵，無微不至。惜未幾即夭逝。全校開會追悼，厥狀淒切，余尤悲慟！國文教師劉先生，務實際，不好虛榮，嘗規余爲學做人切勿躐等好勝。渠又長於辯才，時教余學演講，以期以己之所志而被澤於世人也。

四月尾，大舅父逝世。

月初，余以春假歸。時舅父疾正篤。母命余去問安，並將父信與閱。舅臥內室，輾轉床褥，已骨瘦如柴矣。余坐床前，外婆、舅母與表弟妹等亦侍坐其側。舅父素愛余，七、八歲時亦常住其行中（時余舅於羅昌河鎮經營米業）。近年來，以離家就學，未常見面，茲於病中見之，益感快慰。詢余校中功課頗詳，並勗勉有加，余深感其教。將辭歸，渠忽執余手曰：「余將死矣；上有老母，未能盡孝，下有稚子，未克培育，余之罪也。汝父遠遊，不能見最後一面，余深爲憾！爾年幼宜努力讀書，善保身體，將來得志毋作腐朽者流，余之至望也。」言畢，涕淚縱橫。余亦附其身泣。

返校之第四日，校舍被炸，余狼狽歸，一路烏鴉迎面飛鳴，心知不祥，憂急無似。至里門，遇大嫂，詢舅父病如何，曰不起矣！驚哭入上房見母，母已悲慟過度，染病於床。旋即赴外家唁弔，則已移靈於堂矣。悲哉！曷克臻此？！

余舅嚴正慈祥，樂善好施，早歲經營米業，後改執教鞭，無不滋益梓里，深得鄉人敬仰。余母胞弟兄有四，均不幸夭折，今大舅復中道殂喪，余外祖母與余母之痛更可知矣。

暑假，補習於桐東補習班。

余讀附小五下時，學識進步甚速，所習各科均嫻熟異常，師擬以「跳班」獎之。跳班者，即依校例，凡成績優異者可越級而升也。

暑假，適震川來余家，乃同往拔毛山補習，以備投考中學。拔毛山位震川家上周莊河西，即張夢桃大姊夫之村也。班址設於村中堂屋內，分甲乙丙三組。震川讀甲組，以備升高中，余讀乙組，建弟擬讀丙組未果來。張國鈞、國鈐、國珍兄弟三人分任一級以授。其父總督社務，管教甚嚴。課目均投考所須知者。時余與震川寄宿於張夢桃姊夫家，其弟宗應亦與余同學焉。夢桃隨余父供職立煌，其母乃余二嬸母之姊，溫厚賢淑，待余尤見慈愛備至。其媳亦柔嘉淑慎，視余如手足，余常以姊呼之。每學歸，輒以「煎蛋炮炒米」之點心饗余，蓋余喜食此也。及今思之，深感不忘。

秋，升入復興初級中學。

六月初，各校招生期近，余與震川、宗應、玉常等赴磚橋投考省立八臨中，乃余皖名校也。試畢，以人多額少，恐不得取，復歸試浮、復二校。復校乃菁華中學教師章子實先生新創，分一二兩級，余與宗應均錄入。浮校以余爲附小未畢業學生，拒絕收取。八中放榜日，余以路遙未果去，後聞宗應言，已落孫山之外。余懊傷之餘，乃從宗應之慫恿而入復校焉。該校初創，設備與師資均不佳，學費亦較昂貴。

入學週餘，忽接八中通知單，始知余已錄入正取。余先茫然，後乃興奮之至。比馳歸，請命於母，適大哥由圩返，極主余退學往八中就讀，震川之父阻之，余遲遲未果決。後奉父諭：「八中即將遷往東湯池，距家益遠，不許去。」乃仍返復校。

復校內學生共四百餘人，程度甚不齊，爲便於授課計，校方復舉行大甄試，按成績編忠孝仁愛信義和七組，成績優者居前，余列入孝組，尚不甚落人後。

期中，余染疾乞假歸調治，適敵寇企圖進攻項鎮舖，人心惶惶，自相擾攘，余在校中之行李書籍均於斯亂中遺失。安定後不久，教廳以本校未立案而查封，學生優者遣送他校，餘皆解散。同學饒廣學、周達、汪之道，均轉入浮校。待余病癒，再行申請，已時過境遷，不復生效矣。悔甚！悵甚！

民國三十一年壬午（一九四二） 十六歲

是年春，與建弟入勵志補習社補習。該社乃章文奎、吳士杰所辦，以李氏宗祠爲址，距余家僅隔一澗。

全社分爲文理兩科。文科有國文、英文、史地三種，由章師任之。理科有數學、理化，由吳師任之。暇時常以小說消遣，《西遊記》、《封神榜》、《水滸傳》、《紅樓夢》、《東西漢演義》、《三國演義》，均於斯時完卷。

暑期，余父送余往縣城應試。先擬插班孟俠中學，以乏證件未果（復興中學停辦後，因未立案，無肄業證書）。後以同等學力考入桐城縣立中學，仍讀一年級。自是，復開始余之「中學生」生涯矣。

余幼時雖頑劣而好嬉戲，常貽慈母憂，至是始慰母心。

桐中開辦於四十年前，乃余縣之最優學府。師生勤奮，校譽頗著。時有「欲讀書，進桐中」之流諺，但不易得其門而入，由此可見當時盛況。

校址設於孟俠公園內，此園乃紀念余縣革命烈士吳孟俠也。屋宇寬敞宏麗，為全城冠，分高初中兩部，高中部居西首，初中部居東首。中有廣數百畝之操場，即為余縣之大運動場也。上首有中山堂，以「抗戰必勝，建國必成」為聯，分懸於其側，每有集會，輒於此舉行。

同學者男生居多，女生僅有三分之一。原校長為史化成先生，後辭職他就，繼任乃原教務主任吳逸清先生。吳校長西文最擅長，且工理學，曾獲博士學位。其人熱心教育，督學甚嚴，師生有惰者，輒百般感化，循循善誘之，務使其就範始已。

時余級主講國文者為宋君達先生，主講地理者為周碧山先生，主講英文者為倪漸義先生，孫菲園與劉心如分講數學與童訓。

初高中共有十二班，有五班又分二組，約四百餘人，分東西參居之。每六人占一室，課室與自修室合。每級由級任導師管理之，每夜自修二小時，就寢前必集合點名。余與吳愛華、詹克強、戴先榮、方玉斌、王光舟，住劉心如先生之鄰室。

午前授國文、英文、數學與歷史，午後爲地理、童訓、音樂、圖畫。余於是年數學、英文獲益甚豐。數學習整分數四則、比例、公倍、公約、數列與級數，以及各種文字應用理解題。英文讀國民英語讀本，畢四十餘篇。

校內生活簡樸，一日三餐，早餐稀飯，午晚兩餐乾飯，八人一席，共一菜。除過節日宰豬加菜外均如一。（膳食委員會飼豬數頭，每逢節日，宰之佐餐。）自修時自備菜油燈，余常與愛華、克強、山村、海星四人合用之。余性儉，不善浪費，每期除繳學膳費及書籍理髮等雜費外，零用錢甚少。衣服被褥亦常於課餘自洗，從不假手他人。余父母戚友咸嘉之。

余與愛華、澤農、克強、山村、周悅交最篤，克強、山村、周悅與余年相若，性情甚相投；愛華、澤農小於余，而天資穎異，爲學勤奮，深爲余級所愛重。

余七、八歲以前，性行放蕩頑劣，體既弱，但好與弟妹鬥，余母常叱責之，余屢改而屢犯，余母常流涕責戒，謂「爾天資雖不劣，如此倔強好嬉，不以讀書爲重，父母終將失望矣。」至斯時，余遠離膝下，日與畏友切磋互勉，深知幼時之失檢。於是日以繼晷，孜孜於學問中，以期悔過而博父母歡心。因此，余之性情亦漸趨沉默內斂，由外向而變為內向矣。

學期將終時，校內發生風潮，紀略如下：

本期初中部有兩班學生畢業，其中有戴、項二生為當時伙食委員，經營全校師生伙食。不意渠等品行不端，以為自己即將離校，乃大揩其油，致激起高中部同學不滿，開會檢舉，請求校方嚴處，校長吳逸清乃請本縣縣長劉文潮查辦，後以渠等結業在即，又疑有高層人士介入，未予議處。於是風潮乃起。

全校一、二年級同學均參加高中部陣營，共三百餘人。渠等僅兩班人，知勢孤乃遁。余等內應外合，將寢室教室內之玻璃器皿，校長室內之桌椅門窗，打得落花流水。其時制壓風潮者僅宋君達與劉心如兩先生，餘師皆逃之夭夭。蓋宋、劉二師平日善與學生處，性情和煦正直，故不遭學生忌也。相持達旦乃散，次夜復起，疑遭社會不良份子介入，縣長不得已派警彈壓，擄去主動肇事者七、八人，風潮始平。

此役，校方損失頗巨，校長亦被毆傷致疾而死。事後同學咸深悔憾，謂雖義憤，亦不該如此暴動也。

九月間，余家七日兩遭匪劫，財物一空。不得已徙羅鎮居焉。

年來匪氛昌熾，打家劫舍，幾無夜虛之。故家道稍裕者，無不夜夜惶惶，東藏西匿。新屋有李君，家素小康，且在外供職有年，積資甚豐，所有貴重衣物，原置於三嬸母家樓上。及匪熾，恐不免於難，乃擬移至羅鎮友人處，蓋羅鎮有駐軍，匪不敢近也。不意事未行，當夜即遭匪劫。由余家堂屋天井竄下，時家人亦因擔心尚未就寢，聞槍聲乃四散而遁。天曉歸，箱籠狼藉，衣物被褥均劫一空。越七日，夜又來，鳴槍數十響，乃揚長而去。此次未劫物，蓋恐余父報警追緝而先示威以彈壓也。

是役中，余母因顧及弟妹嫂侄，未能及時逃出，後伺隙由後園遁，不愼失足池中。該池水深盈丈，若非爲匪救起，余早已爲無母之人矣。事後由校歸，聞母言，深感該匪之德。余父此次亦受微傷，其情如此：當首次匪入屋時，余父與諸叔均逃至莊前大楓樹下，老屋諸家亦聞訊來，語聲嘖嘖，意欲起而抗之，會匪劫後出，一匪道經樹傍，夜色沉沉，莫辨，余父趨前詢之，匪乃以刀柄出擊，中頭部，流血少許，逾月始痊。

自是，諸叔均先後於羅鎮賃屋避居。余家人口眾多，苦無多屋可賃，且亦不勝負擔其昂貴租金，於是父乃決定將「學屋」（即余幼時從師讀書之室也）拆毀，移架於羅昌河李維香菜埔中，共成八間，基地租十年，築工咸鄉人助之也。落成之日，余在校未歸，得父信乃知其詳，但此時余父之苦心，非余所能罄知也。

此廬倚市瀕河，雖爲蘆草結成，尚甚高朗可居。中央堂屋爲祖神享祀之地，左爲廚房，右爲哥嫂內室，其鄰即五嬸母居室，再次爲余母及諸姊妹寢室，余父寢室與書室即其對面一間。余與弟假期歸，則居於堂屋內。堂屋正中有一天井，屋後有一院，爲飼家畜之所。堂屋中置一桌，供啜食用也，家人融熙和睦，頗感天倫之樂。惟余父感居處之無定，猶如浮萍之無根，東遷西徙，不知歸宿何處，時深戚戚。因以名此廬爲「萍寓」，以資惕焉。

十二月尾，敵寇攻陷縣城，搶劫後乃退。

先在月初，即啓攻勢，譚何易師長與劉文潮縣長併力擊退。中旬又緊張，高和埠、大小關、金神墩，均先後陷落，敵機又大肆轟炸，城內人心惶惶，富商巨賈咸攜貲逃避鄉間。余校學生眾多，恐必要時又不能急於疏散，且爲避免空襲計，故亦於月初提前放假。但以教師均散，未舉行考試。後聞人言，敵寇已退，學校定於元月四日補行期考。

余與愛華急欲往試，父先不允許，請之至再，謂不與試本期即無成績，父乃勉強許之。步行至孔城，見逃難者紛紛東來，道爲之塞。余異甚。適遇汪兆麟同學，乃知縣城已陷。其時已至午後三句鐘，不得已復與愛華趕歸，至高家埠天色已暗，山路陰森，黑夜漫漫，若非二人同行，幾不敢舉步矣。抵家時已夜分。雙足疲極。家人均責余不聽長者言，致吃此苦也。此次余與愛華均失被褥一件，蓋存於校中未及攜出也。

五叔任職中信局駐外稽核，並兼任重大（重慶大學）教授。

民國三十二年癸未（一九四三）　十七歲

仍肄業桐中。二侄本義於是年出世。

本年上學期易章九皋爲校長，教職員亦有變動。余級依去年成績分爲忠誠兩組授課。余幸列忠組，乃成績較優者。殷老先生授余級國文，張汝梅先生授英文。此期余英文興趣最差，進步亦最劣，余不努力固爲一因，但張先生之教授法不良亦不能辭其咎也。

章校長留學日本，惟性情孤傲，不善與人處，師生均不洽，故常有學潮鼓動。有日，高二某生犯過，未從訓育主任指責，渠竟因之大發雷霆，拳腳交加，將該生摔傷且開除學籍，以致眾情憤慨，開會議討，欲驅出此非辦教育之惡徒。罷課三日，校長、訓育主任之寢室均被搗毀。本縣耆紳孫聞園先生出面調停，將該生醫愈復學後，風潮始平。然章校長及宋主任竟因之解職。事後，竊聞張效三昆季相語，謂以章校長之行爲雖欠當，但亦不得如此辱之甚。誠感當時之幼稚。

章校長辭職後，朱宗武接掌，聘孫仲謀先生爲訓育主任，吳逸生任教務主任，姚沛生授國文，吳鎮東授英文，馬光昌、葉樹桐、孫菲園授代數、理化及博物。校政刷新，諸生亦踔厲向學。於是校譽大著，幾與省立一中相頡頏焉。

朱校長與孫主任均余縣人氏，辦教育有年，頗著蜚聲。孫先生尤擅於口才，每訓話時滔滔不絕，頭頭是道，學生無不悅服。姚沛生即佐元先生，乃余桐古文家（桐城派）姚鼐之後，頗有文名，講授甚詳且熱情懇摯，同學有尺寸之長，則譽之不去口。

本期除規定應授課文外，猶選讀古今中外名文二十餘篇。作文每週一次，批改絲毫不苟。先生評余文條暢有餘，而凝謐不足，教以選修辭練句之要，謂「文從字順各率職」。知此七字，乃始可以學文。又於課餘，選古今中外文學名著數十冊，令余閱讀，並教作讀書劄記，分大意紀要，詞句摘錄，閱後感想與評論等項。余興致益濃，日夜孜孜孜不倦，致音樂圖畫等課亦因之偏廢。如今國文稍有進益，固賴姚先生之教，而對音樂、圖畫格格不入，亦難說不是植因於此時也。

民國三十三年甲申（一九四四） 十八歲

肄業於桐中二下。

本年易張效三先生授國文，葉樹桐先生授物理，餘皆依舊。

此時起，喜閱新出版之小說，或戀愛、或偵探、或冒險、或歷史……。每日必向同學借三、五冊，寢饋如斯，若甚有至味者。暑假閒居尤沉溺之。

斯時校中有一極不良之風氣，即所謂「逃班」，「逃班」云者，對自己所不感興趣，或認為不難自習之學科即自動逃課是也。此風倡於三、四資質優異者，中材生亦漸起效之，雖教師點名亦不畏也，故余平均每日常有一小時逃班，在寢舍中、或校園內、或後山草坪上自己讀書為樂。所讀者以文學方面為多，氾濫涉獵，無計畫、無系統，學問基礎之薄弱，不能不深悔斯時之自誤也。

本級同學以余縣者居多。久而相習以學問才華相慕者，則有張澤農（張效三先生之子，國英數皆冠絕全級，惜身體羸弱，常困於病。）、吳愛華、吳福寬、周悅、方玉斌、王光舟、劉珍環諸君。以性情氣誼相投者，則為郭山村、詹克強、戴先榮、劉盛文諸君。詹君小學即與余同學，中學又復同班同級，誠快事也。

譚何易師長調升四十八軍副軍長後，李本一即接充其任。李師長廣西人，行伍出身。緣其勇敢善戰，膽略過人，兼之能刻苦自奮，是以升遷甚速。渠辦事認眞不苟，且公平正直，凡縣內有事須其解決者，靡不盡心竭力為之。有關政治方面輒與范專員苑聲、陳縣長漢流共同商討。其學問造詣亦深，書法別具一格，尤奇異者，其左手、甚至口足均能揮毫，嘗與人以口或足執筆書對聯，凡有求者，無不允諾。其對教育尤具熱心，常率專員縣長科長往城內各校視察，每至輒有剴切訓示，學生無不歡迎。余校為本縣縣立中學，尤深關注，其師部與余校僅隔一阜，假與學生遊，輒談其戰鬥經驗及自己奮鬥小史。渠無官僚氣，每出僅己一人，無衛士以隨，市街有不潔或市民有不守秩序者，輒即時以善言糾正之，鮮有不服者。每月舉行月會一次，集合全縣軍政學商民各界於余校大操場以訓練之。渠治軍嚴而有方，故士卒均勇於效命。五月初敵屢犯均不逞，且斃敵甚眾，槍械彈藥擄獲無算，各界開會祝捷時猶展覽焉。渠又鑒於學子莘莘之偌大城市而無一圖書館以供閱覽（僅有民眾教育館一所）。乃於余校山後建立一所，以「鶴齡」爲名，蓋爲紀念省主席李品仙也。館內設備周全，有閱覽室、藏書室、娛樂室、會議室等，圖書盈案，蔚成壯觀。館設阜頂，空氣流暢，周圍蒔以奇花異木，達石階於山麓，頗爲宏麗。余常於課餘讀書於此，益感李師長之賜渥也。

余校前即爲孟俠公園，園內花木茂盛。有平坦大道直通街衢，兩傍分立高聳雲霄之洋杉，門口有石獅守衛之。園左右有涼亭，中以陸橋貫之。橋後有假山，巍峨矗立。右有游泳池，水源於桐東大河，乃本年新建築者也。每至薄暮，遊客如雲，夏季來游泳其間者尤多。余不諳水性，亦常濯足其間，感樂不淺。

本年暑期余假歸，同學吳福寬補習於吳鎭東先生處，常與李君來此游泳。一日，李君獨來游，不幸竟遭溺斃。事前李君在家（居同學之家）寫稿，忽狂風吹倒案前窗門，幾傷額。知爲不祥之兆，乃出門避之。過公園，忽起游泳之念，時適陰雨綿綿，別無他人，後由過道者發現急救起，但已不治多時矣。

李君安慶人也，本屆畢業於余校高中，爲人和善，學問優異，每試輒冠全級，嘗獲獎焉。自其家陷敵後，學費援絕，乃常於假期中，爲校方繕寫各科教本講義，以所得充下學期學費。其勤苦可想而知。不意畢業未幾，即遭此厄，可悲也乎！

下學期升入三年級，校內教師仍上學期之舊，唯數學改聘葉樹桐先生。周碧山先生授國文與外國史，章儲英授外國地理。周先生擅長國文，教法甚詳盡，但批改作文不甚熱心。外國史尤敷衍塞責。（外國史一科本係張志道先生所授，因故未到校，校長乃請其暫代）一日，講希臘文化。書上印錯一重要人名，渠含糊以授，不之改。於是同學咸起嚷之。渠老羞成怒而退。次日，上課時又來，同學相率遲遲不赴講堂，校長來督責，始陸續夾書入室，則周先生已拂袖返家不復出矣。校長大怒，欲革斥諸生，而同學多人竟提議請去周先生，謂余等行將卒業，外國史一無所獲，將何以備升學也。校長乃強頷之。致本課竟虛席一學期。

余校教育方針，重自治自覺，管理不甚嚴，而考試甚勤。自校長教職員以至於學生，皆重感情之陶冶，而不重形式，全校融化於一種和易之空氣中，自然孚洽，鮮有自暴自棄，或囂張乖戾越出常軌者。校內設有學生自治會與校友會，並每級有級會，每級選正副級長各一，即爲中隊之中隊長，每中隊又分三小隊，選小隊長六人。余嘗被推爲級長，領導全級活動。每兩週出刊物一次，以爲學生之園地也。

此時，余受知於吳正東、張效三兩先生最深。吳先生授英文整整兩年，熱情誠摯，善誘曲譬。當吳先生未授余課時，余幾視英文如敝屣，惟勉強應付考試而已。自正式從其學後，不僅所受之課文與文法記誦甚熟，即其他有關參考資料亦常抽暇讀之，不懂之處請其解，並自行練習造句或作短文。時與余互相砥礪者，有吳福寬、吳愛華二君，嘗同至其家，勉余等專習英文，謂英美科學發達，將來英文必趨重要，蓋易迎合潮流而易深造也。張先生乃澤農君之父。余嘗與山村君過其家，師母招待備至。先生擅於口才，嘗鼓勵余學演講。但欲演講生動，必須洞悉各方面知識。故又勉余勤學以奠其基。此兩先生之箴言，誠使余獲益不淺。

是年冬，敵倭欲攫取糧食，又陷城。此時敵倭已漸趨崩潰階段，余桐反攻益力。敵為求生計，不得不作困獸之鬥。會立煌、霍邱、六安均相繼棄守，余桐兵力大部西調，敵乃乘機侵入，大擄糧食而去。其時，余與詹克強、吳福寬、吳愛華猶在校，及聞槍砲聲、飛機軋軋聲，始狼狽逃出，行李書籍棄去殆盡。未棄者自己肩負以行。山路崎嶇，肩足併痛，越二十餘里乃止於同學方玉斌家。次日，大雪紛飛，寒氣砭骨。余與愛華仍冒之而返。至中途，余即染痢，加之泥滯冰滑，傾跌者再。若非愛華扶之，幾不能成行。薄暮，盡六十里，抵愛華家，二姨曲爲調護，手足由僵而暖，心身始稍適。越夜，送余歸。母憂甚，乃延愛華之祖療治，服藥多劑始痊。然已形銷骨立矣。侍余疾者二妹最勤，而大嫂與麗姊調護飲食尤盡心焉。

十一月尾，余父應魏曙東舅爹（時魏老任職省府）之邀，往立煌助王振國表叔辦理安徽難民工廠之交卸事宜。不料抵達不久，立煌即爲敵氛襲及，於是又復趕歸，跋涉重山，冒險犯難，歷盡艱辛，越十餘日始抵羅鎮。王表叔及其廠內諸同事十餘人，亦同宿余家。十餘件行李，亦卸存余書室內，外人不察，以爲行李內藏有小布黑粉等物，致起盜心。以至十二月十七日夜來劫時，一無所獲；又不願徒手而去，於是將全家被褥、箱櫥、米麵及重要書籍等洗劫一空。其經過情形，記略如下：

十七日夜，月光如水。余父因沿途受勞尚在病中。大哥與傭工周三亦方由圩抵家在書室內請安於父。時余與弟妹亦在內。約八時許，聞屋後有人聲，旋窗前有人影掠過，電光屢次閃入室內，蓋其已在佈崗也，因時尚早，以爲鄰人返家過此，未予理會。有頃，呼門聲起，由緩而急。因門陳腐，未數擊即毀，余父知有異，方令避之，匪已入。匪執手槍扼守書室門，命余等勿驚，其餘約四、五匪分守其他各門。大門外有十餘匪伺立。一高身深眼，斜覆以禮帽，衣厚長袍者持槍入內，笑謂余父曰：「周老先生，有擾府上，實非故意。務請將由立煌攜回之黑粉小布交余等」。旋又曰：「余等乃屬某部，特奉令來檢查違禁品」。余父乃力陳其理。謂：「無任何違禁品可資汝，請汝檢查。」匪怒，即奪余外祖母之柺杖擊余父，命勿高聲，蓋恐聲傳屋外爲鄰人覺也。之後，命其夥搜查，箱櫥櫃匣均遭開啓，無所獲。復詢於余父，父回答如前，並謂擊斃，亦無以從命。匪亦咆哮，復擊，大哥以臂阻之，匪捽以抽屜，幾中。諸弟妹侄等均恐甚，又不敢哭。余立於大哥身傍。大哥氣憤欲抗，父示意不許，余執大哥手，勸其勿造次。匪乘間擊余首，痛甚，幾暈。移時，匪知無所獲，乃命余父更衣，取去皮襖與長袍，相率退出。臨去猶謂：「此行乃迫不得已，請勿追緝。」

事後，鄰人均尚未寢，交來慰問。是夜，市中汪恆昌店中亦受其擄。蓋此時縣城陷敵，原駐軍已他調，故敢猖獗若是也。翌晨，新調防軍即抵，相距僅數小時耳。若先一日來，亦不致遭此厄。其命運何其蹇剎耶」?!

是役也，家室如洗，僅外祖母之棉被尚存，蓋其已睡，天大寒，匪不忍奪去也。其尚有些微人性，亦屬難能可貴！大哥由圩攜歸之款，原置竹籃中，匪入室時，余母乘間藏於內廁桶底，乃幸免。由此可見余母之精明。

立煌失陷時，與余父同時逃出者，有李炎先生與湯鎮許孝武先生，後彼等因事羈留一日，竟遭敵擄擊斃。余父每談及，輒泫然淚下。

冬，余議婚方氏。後起軒然大波，乃罷。

余少時好玩，及長，急求上進，考入縣城最高學府，成績尚不落人後。余家世代書香，爲全鄉卓卓者，故余深得鄉人戚友欽羨，時以「二先生」呼之，蓋余行二也。余益自知警覺持重，立志不負渠等所望。自是鄉人戚友，欲以女妻之者日夥。余父母以婚姻兒女終身大事，宜其自由抉擇，他人不宜強作主也；而余則鑑早婚之爲害，亦不願早有家室之累，而礙將來事業前途，故旋議旋輟，而不以爲意。

至本年冬，楊樹灣方家大院有方宗嶽者任職六安稅務局，亦余父宿友，其所生二女均窈窕賢淑，長女尤慧麗，僅次余一歲，就讀於浮山中學與余弟同學焉。時余大姊丈詹德信亦供職於方先生局中，偶與之談及，乃引起方先生之熱忱，託其作伐。並託其姨妹房靜女士考察余之學業成績。時房女士執教於余校簡師班。時余在校未歸，言之於余母，母未置答。

及余寒假歸，余母詢余意，並以方小姐與其母暨其表兄之函視余。該函乃報告學校情形，並云學期結束後即返家等語。文字尚端秀，不意遺失於校外草叢中，爲余弟無意拾得，亦云巧矣。不久，詹君復來議，同學張宗應、何建武、房金健、朱文俊諸君均促余速就，不可失此佳人。余弟亦謂此女品學兼優，爲全校佼佼者。余甚恍惑。乃於假中往浮校視其究竟。

果然，亭亭玉立，舉止大方，誠不失爲大家閨秀也。於是憐愛之心，油然而生焉，惟此時校內功課最緊，未便即於置理。翌年正月，本有文定之意。余母惑於迷信（八字不合），且困於經濟，故遲遲又未果行。不意於此期間，同學某君，竟生妒心，先散佈謠言，後僞造書函，企圖破壞余之婚事。（該生假余名爲建義）信中極盡其侮罵之能事，致其接閱後，氣憤交集，數日未進食，疑眞爲余書也。後詢余弟及閱余之辯函，乃大白。

民國三十四年乙酉（一九四五）　十九歲

肄業於桐中，校長仍爲朱先生。高三教師吳裕法授幾何，周碧山先生授國文，三育中學教導主任章志道先生授外國地理，吳正東先生授英文，均以勤學率導諸生。同學亦靡不勤奮向學。余於本年中益覺讀書之樂，尤偏重於英數。

因當時理、數教師缺乏，故高初兩級畢業班數學老師至開學尚未聘定，校長鑑於畢業在邇，課程不能耽擱，乃與東南中學交涉，延聘吳裕法先生降級兼授之（因東南先聘）。吳先生乃余桐破罡人，家貧好學，畢業於西北聯大理學院。惟因勤奮逾恆，身體瘦弱，時困於病，但其教學熱忱仍不稍減。講授批卷，每至深夜始已。或勸其稍息。輒謂「諸生畢業在即，除校課應結束外，尚須授以升學之參考資料，余豈能以一己之私，而棄諸生升學前途耶？」因之，諸生勤學益甚。不意，好景不常，未兩月東南中學仍奪之去。余校師生聯起挽留，終未果。後不越月，吳師即因勞致疾而歿於該校。余校師生聞之無不痛悼之至。昊天不弔，亂忌英才，甚可惜也。

五月，余校舉行各級聯合運動會於大操場。由童子軍團長劉心如、體育主任阮振邦與軍訓教官周子予任裁判，又聘外界體育先進任監督。有田徑、跳高、百米短跑、八百米接力長跑、鉛球、標槍、鐵餅、拔河、籃球、足球、排球、乒乓球等項。參觀者數千人。高二魏慶（魏舅爹之子）百米短跑與長跑均冠軍。余級足球鐵餅獲亞軍，由李本一師長頒獎。銀盾、錦旗多種均爲他校獲得，余僅得信封、信紙、鉛筆等獎，至此始深悔往日未多練習也。在會期次日預賽時，因裁判有偏袒之嫌，致起罷賽糾紛，余級喧鬧尤烈，經校長及諸校友調停始平。

本校學生寄讀者（即住校也）居多，走讀者僅城內學生而已。蓋校令非家居城內者不允走讀，恐其無人管束而荒嬉也，但寄讀者均按校內規定時間作息，夜間無法延長自修時間，余常苦之。本期余鑑於畢業在即，各課均需勤補，非設法在外走讀不可，於是託人向校方說項，謂寄宿於親戚家，決不自誤。乃得與郭山村、詹克強、倪海星、吳福寬、方玉斌諸君同賃一室以居，互爲畏友以相砥礪。膳食浣洗由詹君親戚唐氏任之，費用與校內同。距校僅千步。後因該房退賃，乃徙至南門大街某氏後院，屋狹地濕，大不如前，膳食亦漸劣，礙於詹君情面終未有所言。

六月初，修畢三年級學程，同級卒業者一百餘人，余成績列第十。畢業典禮之夕，同學治酒食以饗諸師，校董事長孫聞園、潘贊化與縣長教育局長亦均應邀出席，訓勉有加，盡歡而散。翌日夜，男女生聯合表演話劇：有滿洲血、月上眉梢、小放牛、西洋舞、女青年、從軍去等節目。以西洋舞（由女同學葉立儀主演）、小放牛（由王有餘、劉盛文兩同學合演）最博觀眾彩聲。後繼之以音樂會，由音樂教師吳曉霞任指導，有口琴演奏、大合唱及抗戰歌曲多支悠揚嘹亮，獨樹聲譽。先在兩週前，余與兩級代表十餘人即開始籌備。余與王有餘、戴先榮編刪劇本，同時編刊同學錄。以作分別後之紀念。故此時功課荒廢不少。

臨別之夕，舉行一茶會，高初三畢業同學均與焉。別意綿綿，離情脈脈，似有不勝悽戚之感。

余校公田甚多，經費充足，故每期學費均較他校爲廉。不意至本年公田爲縣府收去，學費乃大增，且需繳實物（如米油柴等）以防物價高漲。余家距校七十餘里，行李書籍自不勝負，何能攜此重物。且自圩田陷敵後，全家食糧均仰於市。是以每期開學，煞費籌措，甚至奔走師友之間，丐求擔保遲繳或分期繳納。余三伯浮橋及其女家琪幫助尤力。因之余感讀書之不易，向學益勤，甚至大暑之夜亦未嘗輟讀。同學時以『書獃者』呼之。余父恐有害身體，常戒余爲學不可太貪，貪則傷身損智。余爲求知慾及恐負尊長苦心之所驅使，泛濫涉獵，有如饕餮者，未能從其教也。及茲畢業，感前途之茫茫，升學之不易，尤深惕厲焉。

七月初，余與愛華、福寬、克強等往縣中應試，澤農獲第一、愛華第二、余列第十一。應試者千餘人，錄取僅百二十人而已。克強、玉斌不幸落第，懊傷之至！余等亦爲之惜也。後又往試省立二中，愛華、克強均取焉。獨余名落孫山外。自是彼二人不克與余同學矣。下期入桐中高中。除原同學二十餘人外，餘皆他校學生。浮校最多，如查世慶、房烈勝、孫光第、章海元、張彬、陶龍翥、吳忠愷等均是。

校長仍爲朱伯健先生。軍事教官易爲章東澄、毛重慶女士授英文未果來，後改聘天主堂神父丁茲先生講授。丁先生乃荷蘭人，信天主教、住中國有年，但漢語仍不能通。講授時均用英語，初，學生不解者甚多，習之既久，尚可領略。先生道貌岸然，常著中國式長袍，爲人和藹可親。首次上課時，校長作簡略之介紹後，彼即以英文與諸生談，有不解者即以華語起而詢之，彼亦不諳其意，乃相視而笑。此時所讀者，乃高級英文選，講解甚速，練習亦常作，每週一、三講文法，用實驗高級文法課本。學生能透解者甚鮮。余嘗與山村、澤農、海星諸君共同研習之，故稍獲裨益焉。因之諸同學常以余等爲復講之師，備加問難。余等乃愈奮，蓋恐不解而羞也。此時余讀音稍有進益，理解亦較強焉。

女同學馬昆淑之父授國文，以油印代課本盡四十餘篇古文，余讀熟其半，餘僅領略大意耳。兩週作文一次，每作必詳細批改，分一、二、三、四等級以獎懲之。余獲二等居多，未曾獲頭等焉，常深愧疚！

余級百餘人仍分甲乙兩組授課。五十名以前者為甲組，後者及備取者均為乙組。詹君克強乃開學後補考入校者，故亦編在乙組。與余四年同窗好友，自是分開矣。余甚悵然，彼亦戚戚。

本期余仍與海星、山村寄宿於張老先生葆芝家中。張老先生年近古稀，仍矍鑠如壯。國學修養甚深。余等常於夜間自修時請其補習《左傳》，講解頗詳。張太太乃廣西人，操其鄉語，余嘗苦不能解。其幼女穎生，活潑天真、妙曼秀麗，實逗人喜愛。

中秋節夜，余同學四人購月餅糖果栗子多種水果賞月。置桌於院前，請張老先生、張太太與穎生三人上坐。皓月當空，清麗如鏡。先請張老先生講史上賞月佳話，次由張太太講其鄉里奇風異俗；繼之由余等講一故事。穎生唱歌以助興，別饒趣味。至中夜，余與克強、山村、海星復登山巔，抵膝傾談，忽澤農兄送石榴、桃子、栗子等水果來，又復飽餐一頓，深感其誼。

是年秋九月，抗戰勝利，國土重光。余鄉亦由亂而轉安寧矣。余父鑒於落葉歸根之義，且感羅鎭萍寓亦非久居之所。於是十二月復徙返周家澗居焉。

除夕夜，家人團聚一堂，祀祖畢，共啜年飯。余父感往歲避亂不能歡聚，今雖苟安，亦不知明年何如？深爲感喟！余母與諸叔深慰之，余亦甚感戚然。

民國三十五年丙戌（一九四六） 二十歲

仍讀於桐中。

本期國文教師易殷老先生、英文教師易毛重慶女士、數學教師亦易張志遠先生。乃澤農君之叔也。殷善夫先生授歷史、章東澄先生授軍事學。餘皆仍舊。

殷老先生爲余縣宿儒，邃於經史，惜其思想太舊，未能迎合學生心理。先生耳重聽，性情孤介，態度尤冷漠，而課甚嚴。一日授國文，有同學劉方不小心撕毀其考卷，因大怒而出，請校方除名，同學咸爲不平。

毛女士乃安徽學院畢業，綽約多姿，口才極佳，其對英文講授，尤偏重於文法。

張志遠先生某大學畢業，數學造詣甚深。尤擅長於幾何。故其講授時無不透懂；解題時重於理論，不重視公式。故嘗謂：「一難題之解答，必須理論透澈後方可有路線可尋；否則猶如盲人騎瞎馬，東西亂撞而已」。此語感余至深。余對幾何有所奠基，實始於此。

余級女同學有十餘人，大半均係老同學。其中以方遂德、姚靜、馬昆淑、葉立儀成績較優。然對課外活動常不參加，深引調皮男生妒恨。某日將女生盡取以綽號，並書於黑板以戲之。但對方亦不示弱，亦盡書男生綽號以還報。後教師上課見之，莫名奇妙，故起鬨堂大笑。嗣後同學見面，均以綽號相呼，初不愜，久則習以爲常。

夏、余級同學饒廣學及高三同學多人聯合發起一讀書會，藉以究討學術、聯絡感情，且宣傳讀書之重要而其有裨益於社會。因爲宗旨正確，故參加者有百餘人。余亦被邀加入。假日，開成立大會於圖書館，推饒廣學爲會長。余建議定會名爲勵志，後易爲勵青。蓋勵其所志，而達青雲也。會內分學術與遊藝兩組。學術組又分數學、理化、文書、圖書等股；遊藝組又分社交、漫畫、宣傳等股。余被選爲數學股股長兼長期撰稿委員之職。聘浮校董事長房秩五，教務主任張國鈞以及余校校長朱伯健爲名譽會長，指示各事宜。展開工作之後，頗獲社會學校好評。會員亦漸漸增多，幾遍及余桐各校。假期中，同學星散。亦仍以書信聯絡，各項工作照常推行，未曾稍輟。其所以致此者，實緣各人分工合作，各盡其能。所謂「人盡其才」也。深引為慰。

六月中，湯鎮亦有桐東讀書會組成，遍邀東鄉學子參加。周邦彥、劉雙九等發起，余與李維政亦被邀加入。但因當時局勢紊亂，未能參與實際工作，成立大會亦未出席，甚為遺憾。

本年持業、振起、振興諸弟均畢業於浮山附小。下期擬投考中學。建弟亦擬升學高中。故余暑假即設一補習班於余堂屋內。為渠等補習各項功課，炎暑弗輟，督課亦勤，故渠等進益甚多。致考時均無落第，亦甚為慰也。

課餘，嘗助叔父耘田，藉習農事。登穀時尤忙。甚至赤足袒裼，日炙炎日之下，奔走於田野之間，不覺為苦。蓋余性好勞也。但時有不諳余性者，嘗以失「學生」身份譏之。謂「此乃農夫之事，非讀書人所宜作也。」以一介書生而操此勞務，深為不然。但不知中國乃以農立國，讀書人亦可藉而習勞，何可笑之有余以此還詰。彼等始啞然。

元月初，余父憂勞成疾。余與大哥均宿於堂屋樓上以侍之。某夜，三嬸母與淑英表姊急呼余起，謂余父病轉劇，呼余與大哥去。蓋渠於隔壁聞之也。余與大哥去時，父已不省人事，呻吟頗急促，急救之乃甦，然體力已不支矣。余深憾當時之貪睡。

元宵節，鄉人舉行燈會，以慶國家承平。夜分至余家，聚舞約二時許，余父因病未起床，余與四叔出迎之，招待備至，渠等深感焉。會散後，忙亂中失愼將茶壺摔碎，父深責余，謂此小事如此不留意，將來何以國家爲?此事感余甚深，至今猶記之不敢忘。

余父深惡賭博，即新年佳節亦不允余弟兄姊妹以此爲戲，蓋恐染此惡習將來不能改也。但余嘗與弟妹暗下從之。一日，被父察覺，怒將賭具擲諸池塘中，且嚴斥之。自此再不敢嚐試矣。余至今不但無此嗜好，且各種賭具大多不能辨識，皆余父之教也。

余父擅草書，鄉人求之者日夥。余常爲其磨墨伸紙，時亦仿而習之，但終不得其神。父亦擅於古詩，詩稿盡兩冊，惜離亂連年，終未付梓。後因離鄉赴京，於來台途中遺失原稿，深爲憾憾!

是年春夜，有虎襲門，余與表兄荒保欲出擊，母不許。後由樓窗以石擲之，乃遁。未所獲甚惜之。

期中，余校學生因好勝心驅使，與省立女師發生互毆風潮。

先在月初，兩校諸生即有微隙，及至某日於余校大操場開會時，余校隊伍應立台前，但彼校先佔去，余等以在公共場所不與爭。後本校教官章東澄奉命施口令整理全場隊伍時，渠校不受理，其校長孫其節見其學生無理抗命，亦不加以指責。因之余校諸生大憤，即遵前進口令向前衝之，彼校隊伍秩序乃大亂，女生被推跌倒者亦不少。會散後，章教官憤極。余等集學生二百餘人圍劫其校長，不獲。乃追至該校大鬧，屋瓦器皿損毀者無算。後由本縣聞人孫聞園及余校朱伯健校長出面調停，始平。

期終，縣內柴荒甚劇，余校伙食幾無以為炊。後經校務會議決定，由全校師生集團往黃甲鋪山中購運。軍訓助教劉先生領隊，抵達時即與當地保長接洽諸事宜，該保長狡猾之至；先應允，後無以從命。致引起劉教官氣憤，摑之，該保長不服亦還擊，於是同學等亦揮拳相助。劉教官並鳴槍示威，保長因之身受重傷，流血甚多。後經法院驗判：保長以辦事不力而革職。劉助教亦因其行為粗暴而開除。此事乃不了了之。

假日，全校師生往投子山旅遊。將歸，與某軍官發生衝突。其情如此：先前某軍官嘗來余校參觀，致單戀余校高三某女同學，於是情書頻投，不意終遭白眼。因之該軍官含恨欲泄，竟邀歹徒十餘人乘余等旅遊歸時劫之。當時，高中部隊伍領前開路，初中部居中，女生隊斷後。幸諸生聞及，盡起圍而逐之，乃未遭其算。然該軍官與女同學均已魄上九霄矣。事後，該軍官竟因失戀而解職，女生亦因之轉學他去。

抗戰勝利週年紀念前夕，全城各校聯合舉行提燈誌慶大會，商會與各民眾團體亦有戲劇演出，熱烈之情，洵非言喻。

越日，引投誠之日人至師部演講，講題是：「日本侵略中國的野心與遭失敗之因素」，操日語，由余校教師史佩芬及潘贊化二人翻譯，聽講者甚夥，堪稱萬人空巷焉。

暑期，余弟建業畢業於浮山中學，逕升其高中，獲第一焉。誠吾家之千里駒也。

余家自遭匪三劫後，經濟一落千丈。十餘口之生計及余與弟妹之學費，均仰借於鄉人戚友。及今年，圩田又遭河伯之殃，鄉人戚友亦未免於難，以致挪借無從，幾瀕於絕境。余之求學亦因之中輟矣。余感前途之茫茫，失學之痛苦，時深啜泣。余父嘗亦泣曰：修兒，汝之輟學，豈余之意耶？乃困於經濟不得已耳！余感余父之苦心乃益泣。父知余向學之堅，有輟建弟學令余續讀之意。余以建弟年幼，不能遠出謀生，堅不從。父乃撫余臂曰：「汝之友愛性成，洵可嘉也！汝父無力全汝弟兄學業，余深愧憾！然而有志者事竟成，汝其善爲自奮自愛；爾五叔與邦兄均將東歸，（抗戰勝利，隨國府還都）當可助汝一臂之力」。於是決定於九月俟邦兄返里結婚後，即偕其晉京。

將離家時，余有兩事頗費躊躇！一係余之婚事。有吳姓者以女之多姿，家之富有，託人多方說合，並願以金錢濟余續學，完成大學教育。余感其情之不可卻，深費考慮。同時又有蔣莊傅姓者，亦求之不遺餘力。余不知有何優處足其青睞也。後均以婚事非可妥協而未就。

另一事即余父之病。年來余父身體日衰，痔疾亦屢發，日不安席，夜不安眠，家人深慮之。某日，由羅鎮歸，幾暈倒田中，幸杜臣大哥扶之。歸時，已目眩心悸，不省人事矣。自是，余父呻吟之聲，時聞於耳。今以輟學竟遠離膝下，菽水竟不能承歡，晨昏又不克奉養，余父之心，固其苦矣，余之心，又何其忍耶？

臨行，余父扶杖送之於門，族之父老有詢余何往者，余父笑曰：「如遊僧托缽，貧人求傭，何方棲止，難自定耳！」臨歧聞此言，觸動愁緒，爲之淚下。回顧余父母，亦均熱淚盈眶矣。

是時，余作一首歌以自勵。歌曰：

經援絕、學業輟，遽整輕裝與親別；快把那心與志決！

救世拯民灑熱血，勳名耀貞節，萬代赫赫偉人列。

抗戰止，建國始，吾輩青年正奮起，破釜沉舟雪先恥，
砍荊除莠憲政胚，共和人民喜，謳歌頌唱太平祉。

抵湯鎮，宿王老先生問臣家中。本欲趕往圩中與大哥辭行，以時晚未果。次晨，大哥聞信來，聚敘於葉家茶館。會徐大啓、王義甫兩先生亦來送行，勗勉有加，余深感焉。是夜，大哥與王君（徐君已往他處）宿朱家，余與邦兄宿王問老家。問老適赴縣未歸，王太太與其二小姐招待備至。

翌晨，方起床，有五六丐者紛向二哥求乞。渠等均周家潭人，因荒嬉無度，不務正業，將祖產蕩盡，致流乞街頭，見有服飾闊綽者，即度蠭起求之，百般諂媚，無恥之至。二哥深訓之後賞以金始散。午後，僱民舟抵老鼠頭，大哥與義甫君亦往焉。族老聞之，爭相請宴。於是，又復滯留一日。

凌晨，天宇開霽，紅氣漫空。余與邦兄復乘小舟起行。大哥依依不捨，送之又送。抵岸，忽謂余曰：「汝今輟學遠遊，為兄不能助力矣！來日方長，汝自珍重可耳。」旋又曰：「學問無止境，汝今外出，應宜設法就學，不可速謀事業也。蓋學問基礎少時奠定，將來自有發展。家中諸事，汝勿為憂，父病余自延醫診治，亦勿為念。」言畢，幾

不成聲。余亦扶其身泣。舟啓後，猶立彼岸諦視良久。此情此景，至今猶不能忘。

舟行至中途，風雨交作，浪濤洶湧，舟幾覆。二哥乃命止於舊縣。余初次遠行，且念余父之病，復感前途之茫茫，大有耿耿然。二哥勸慰有加，復以酒飲之，聊以消愁耳。此夜中，有警十餘人登舟清查，蓄意糾纏，必有所獲始已。至余舟，二哥出對且提示經濟部服務證件乃幸免，如此不肖之徒，假公濟私，誠可恨也。因作勵志之歌：「渡江」一首：

中流擊楫渡江來，一葉孤蓬萬浪開。耿耿忠懷貫日月，涓涓熱血灑塵埃；

九衢揮霍腥羶氣，竟國紛騰勃厲哀。從來正義淩霄漢，不信青天喚不回！

歷二日抵京。次日即雙十節，不僅是國慶日，亦是余之生日。離家別母，感念親恩，曷勝悽戚！作生日之歌，以資惕厲：

亂世逢生日，天涯念母時；雲高海又闊，何日報烏思？

國慶日舉國歡騰。余與邦兄及其同事多人聯袂至中山陵遊，盡興始返。越週餘，五叔亦由滬來，相聚甚歡。

余先往邦兄處，後遷至金川門外文殊禪院內，蓋亞兄之軍隊駐於此也。

十一月十日，亞兄與淑媛嫂於南京大鴻樓舉行結婚典禮，賓客如雲，頗稱盛焉。

余擬入上海立信會計專科學校就讀，後以學費太貴未果。時適空軍通信學校與國立江蘇師範學院招生，乃考焉。幸均錄取，通校尤膺冠軍。考時，先體格檢查，而後口試筆試；體檢不及格，不准與試。蓋空軍注重體力耳。余以通校與師院皆取，無所決，乃請示於五叔與邦兄。先五叔贊成余入師院，後以「海闊憑魚躍，天空任鳥飛」之句勉余，邦兄亦附議。於是乃入空軍焉。

十一月十五日，到第十招生辦事處報到，二十日晨八時由大較場乘C-46號專機飛渝。此余生平首次坐飛機。中途於武昌停四十分鐘進午膳，後復起飛，歷二小時乃抵白市驛。越二日，乘汽車抵銅梁，編入空軍入伍生總隊第二隊受訓。蓋此乃空軍第一關也。時鄉友李大章亦受訓於第七中隊，與余常晤敘，頗減思鄉之感。

民國三十六年丁亥（一九四七）　二十一歲

仍受訓於第二隊。三月五日期滿結業。

第二隊位於中正堂之左，瓦屋，與第四隊鄰焉。同隊受訓者有八十餘人，皆自各省而來，尤以湖南人爲最多，所謂：「無湘不成軍」，誠不誣也。與余同鄉者有胡思文、張效祥、李永高、李震、李明玉、崔之安六人。李明玉與余同訓於第二區隊第五班。本隊長爲傅維漢上尉，隊副爲劉世華中尉。第一區隊區隊長係吳相炎中尉，第二區隊區隊長係戴步衢中尉，第三區隊區隊長係廖世佑中尉。共分九班，每區隊三班。第一班班長係鄧伯英少尉，第二班班長係彭世杰，第三班係周輝，第四班係林公保（後易爲李鼎），第五班爲吳繼鑫，第六班係陸輝，第七班係陳威，第八班係陳相道，第九班是張自強，均軍校畢業者。

余班班長吳繼鑫，乃浙江臨海人，溫和慈祥，對學生尤盡誘導之忱。以狠厲著稱者，有四班林班長與三班周班長；以誠摯有學養著稱者，有李班長與陸班長；以術科較優者，有鄧班長與彭班長。吳、戴、廖三位區隊長均嚴而有方，堪稱老教學者。中隊副口微拙，但性和善，好學不倦。中隊長剛直爽朗，處事練達，尤有長者風。

入伍期間，術科較學科爲重，蓋注重訓練體力耳。術科有軍事操（分基本教練與戰鬥教練）、鐵槓、雙槓、木馬以及其他各種健身運動等。學科有英文、數學、政治、物理以及軍事學等。每週末舉行一次小組討論會。以每班爲單位，班長即爲組長，主席由班員輪流擔任。討論事項，均以日常生活之改進、精神之訓練、與國家大事國際局勢之演變爲題，藉以交換意見，聯絡感情，並可養成演講之技能，加強口才之訓練，誠要課也。生活緊張嚴肅，全係軍事化。苟無忍苦耐勞之精神，決不能泰然渡過。余就讀於桐中高中時即已受過軍訓，然初至此，仍難以接受。

每日除睡眠吃飯之外，幾無十分鐘休憩時間，非集合訓話，即整理內務。內務乃軍隊之要者：可壯觀瞻，且光軍譽，故尤注意，不但要求整潔，且須整理四方四正、有稜有角，如豆腐然。余睡於三層高鋪，尤不易施展，余嘗苦之。每日班與班賽，至月終即舉行內務大檢查與各中隊賽焉。余班以孫如麟爲優。

此時，爲集中學生心思，增強訓練效率計，對於學生書信之往還，家報之投寄，均實行檢查。如有不合規定之情節或思想上有分歧，即予以適當之輔導與處罰。

伙食甚優。每日三餐：早餐稀飯、饅頭雞蛋，午晚兩餐乾飯，菜蔬甚豐。六人一席，惟席地而坐而已。

第一個月基本術科，操徒手各個教練，第二個月操持槍各個教練，最後一個月訓練野外戰鬥演習、班教練等。實彈演習一共舉行兩次，首次余獲二十一環，爲全班之冠。

第二次余因病未出席，空砲彈演習僅於操場內舉行一次。

入伍生活甚苦，精神亦欠安慰，服裝尤劣，冬季棉衣幾不能蔽體。尙幸川省氣候溫和，若處於北方冰天雪地中，難免無凍砭之虞。學生均僧頭，不允蓄髮，被蓋與零用金，均公家發給，聊可濟用。

元月初，有三人竟因不耐軍事生活管理而潛逃。後被彭班長追回，禁閉一月方釋出隨班聽訓，厥狀至慘。渠等三人均余皖滁縣人，緣家庭富有，紈袴之習甚重，故一受苦，即意灰志餒，不能振作矣。渠等與余由京同機而來，且同鄉，故感情尙洽，先前有潛逃動機時，曾邀余同陣，余以離家路遠，且人地生疏，又乏盤費，不能冒昧從事，勸慰之。不料開班不久，渠等竟不告而遁，至清晨集合點名時方悉。後在禁閉室內，余以同鄉之情，屢去慰問，且多方託人說項保釋，乃大有悔不當初之慨。

余體力甚弱，單槓、雙槓、木馬，均不及人，屢受班長或區隊長之處罰。因之余練習益勤，即夜深人靜時亦嘗與馬達厲君同往操場苦練，非至手酸臂痛時弗止。馬君北方人，信回教，飲食均單備。爲人和善誠摯，惟常苦術科之不如人，與余實係同病相憐。

二月初，傷寒病甚劇，染者十餘人，余尤篤，歷兩週餘始痊。病中余感離家萬里，備切思親，尤感事業未成，學業未竟，深爲憾憾！是以情動於中，而言承之。故嘗作二詩以藉慰，詩曰：

有病方知健是仙，呻吟床榻苦綿綿；離鄉背井誰人問？惟有孤衾伴獨眠！

鄰舍雞啼劃八荒，悠悠長夜斷黃粱；可憐客地千絲淚，猶是離人枉斷腸！

侍余疾者，以邱漱磷、胡思文、馬達厲、王承海、王潤林諸君爲勤，吳班長尤深關切。每至深夜猶來榻前問好否，並備飲料以飲，尤深感焉。

病癒之初，飲食銳減，但喜食湯圓。每晚至山後民間購食，有老媪，慈祥親切，嘗與余談，詢余病情備至，並以傷寒祕藥及小菜與余，余深銘五內，未刻或忘也。

期將終，不慎將日本三八式步鎗上之刺刀彈簧遺失，槍乃軍人之第二生命，決不容許有所毀損。以情節之重大，非嚴處不可。卒因吳班長愛余深切，倍加袒護，予以修復了事。修復時班長尤費苦心，親自率余往桐梁市內多方周折乃成。因武器普通鐵匠不能修理，後班長託其友介紹一位原係某大兵工廠之技工，方克修理完成，至今猶感班長對余之關愛。

此時匪氛甚熾，搶案迭起。總隊乃軍事重地，恐警衛不周，致生意外，故每夜各中隊均加派學生守衛，以固實力。本隊學生八十餘人，幾每週輪值兩次，每次兩小時。無時鐘，以燃香爲準，黑夜漫漫，四周寂寥，一人立於其間，膽小者無不疑神疑鬼，自相驚恐。余初次輪值，既感責任之重大，不容稍懈；復覺心虛膽慄，無以自持，深引爲苦。期終時，猶舉行衛兵演習，每夜幾輪值三四次，且往深山荒野巡邏，槍聲起處，跡必至焉，毫不敢怠也。余之膽量較前爲佳，實應歸功於此時之訓練。

舊歲除夕，余等仍在班長督促之下作疏通溝渠之苦工，手足胼胝，汗流浹背，大不謂然。因之思家之感亦油然而生焉，幸與李大章、胡思文鄉友聚敘，聊資慰耳。

週一舉行週會，集各隊於大禮堂，由總隊長勞聲寰訓話後，即由訓育主任講時事演變與國際趨勢。之後令學生抽背軍人讀訓及黨員青年守則，不熟或讀音欠朗者，立即罰之以示儆。

學科以英文與物理爲最要，余於高中均讀過，徒事溫習而已。戴區隊長亦余皖人，性情爽直明快，嘗謂余輩所以須學英文者，乃以英美強盛，科學發達，欲從而超之，必先利其器而後可，故英文即爲時所尚也。設若中國一旦轉弱爲強，執世界之牛耳，何患中文不爲他國所趨向者耶？此言乍聞之甚有理，余佩服不置，因之對英文興趣乃大減，蓋心理以爲中國不久必強盛也，及今思之，深有不盡然耳。其理甚明：即使中國強盛，外語仍爲溝通與知彼之工具，豈可偏廢耶？

元旦舉行論文與壁報競賽，余以〈新年開唱〉稿投之，幸獲刊出，且得好評，樂甚。

自元旦始，於教室左側，闢一中山堂，以供全隊官兵生閱讀之用。無圖書，由各人捐借，余亦捐兩本。

此後音樂課亦聘任專科教官教授，多爲軍歌。每整隊出行，歌聲雄壯，尤增氣勢。

新春與各隊賽，余隊曾膺冠軍。

三月一日舉行畢業考試，先術科而後學科，由總隊部派人監考，絲毫不苟。越二日揭榜，余列四十四名。七十八人僅張德新一人未及格，張君年最幼，美姿色，其兄爲某軍長，性嬌好嬉，不力學，時受訓誡。臨畢業之夕，猶信口毀辱官長，不意爲吳區隊長所悉，竟罰跪且禁閉焉。

三月三日舉行畢業典禮，並治酒食與諸官長同樂。晚有遊藝會，節目均精采，其熱烈歡樂之情，匪言可喻。

此後精神鬆弛不少，偶爾與胡思文、李明玉往土橋銅梁逛遊，稍悉川東民情習俗。

川地多山多霧且多雨，所謂「天無三日晴，地無三里平」誠不誣也。民風淳樸敦厚，不尚浮華。物產豐富，橘子廣柑尤多且廉美，余常食之至飽。

前有永溪河，時游泳其間；巴岳山聳峙雲霄，樹木茂盛，嘗與班長往採奇花以點綴隊園」深感山水之樂焉。

越日，即離此赴蓉。分乘三卡車，全總隊官兵均聚送於總隊部門前，大有不勝依依之感。

出空軍第一關，天即降雨。夜宿遂寧。翌日宿簡陽，再次日乃抵蓉空軍通校。

於遂寧至簡陽途中，天氣仍惡。車由高山峻嶺中盤旋飛馳，頗有危險之感，幸司機技嫻，未出意外，但至午後，車轉彎下山越橋時，不意橋滑車巔，一輪虛懸於橋緣，幾巔覆於河中。當時適逢雨後，河水湍急，深不可測。余適坐於前廂，其危益甚。後以車曳車，移時乃成行，致抵簡陽已萬家燈火矣，同車者均相慶餘生，不勝其樂耳。

抵通校三日後，舉行甄別考試。

試堂設於大操場，每人間隔距離各兩步，由六位教官監督於內圈，外圈由各隊官長巡視之，毫無倖進之餘地。揭曉後，個別至診療所檢查身體，余列第十二名。成績不及格而淘汰者十二人，體格衰弱而淘汰者僅一人。至此，余儕同學又少十三人矣。

按部令：凡學生體力或學力不合格，即予淘汰。淘汰後按報考地址之遠近發給旅費。但當時局勢混亂，物價日日高漲，區區之數，根本不敷所需；且歷盡入伍生活之酸辛，竟阻於宮牆之外而不得入，感離家萬里，插翼難飛，悲前程茫茫，如迷途之羔羊。余幸未遘其境，亦可想見其悽苦也，故余全期同學聯合請示：給予淘汰者返家之交通工具，或發給足夠之旅費。但格於部令，卒未達所請，淘汰者固怏怏然，余等幸運者亦深感國家法令之不當也。

未幾，遷住新八號，編入第四隊受課。距校本部約里許，第五隊與余鄰焉，余隊爲第七期，後改爲第八期。因五期乙班易爲六期，原六期即易爲七期，故余七期即順序爲八期。意在化簡，免於混淆也。

本隊隊長乃張滇沅少校，隊副爲蕭禹九上尉。分爲三區隊：第一區隊係七期同學，區隊長乃葉國光少校，余列爲第二區隊，鍾緒奎爲區隊長，周靖民爲第三區隊長，分別領導課外活動及生活管理之事宜。

余期同學分兩組授課，課程如一。除通信術、空軍操典外，餘均普通學科，如英文、物理、電工學、無線電學、微積分等。術科亦有軍事操、單槓、雙槓等。惟課時甚少，不若入伍時之注重也。各學科均由校部派專門教官擔任教授，術科則由本隊直屬官長任之。通信術教官爲褚梅春，空軍操典教官爲飛行組組長楊千仞，電工學與微積分教官爲王睿文。（預備教育時爲教授科長代理機務組組長劉國鉞兼任）。英文教官爲齊東野先生，爲余之同鄉也。

齊教官乃余桐城人，與五叔在日本東大時同學，授課時，余察其鄉音始與之談起。渠頗謙恭，嘗邀余至其寓所，其妻亦川大畢業生，端午節即於其家歡度，賓朋滿座，盡川大同學焉。

六月四日舉行第一次期考。淘汰楊志堅、張德莘等；降入九期者有陳棠華、閻承九、張政煒三名。期考後，則依志願分有線電與無線電機務兩組，前者三十九名，後者三十四名。余選列後者。此時，空軍第四、八兩大隊射擊士亦有調訓入本期者，如：彭華勤、賀駿陵、李定乾、鄭志福、秦志卿、康榮良、易俊民七名。

九期正科此時亦由銅梁結業來校。本期同學尤樹楨、陳系卓、于武泉、姚宇仁、邱驥五名亦考取該班受訓。

第一學期中，余對通信術一科頗傷腦筋，同時對有線電亦不感興趣。於是商諸張振中教官，乃決選修無線電機務。此期，普通學科除英文外其他已刪減，專修無線電課程，內容有無線電學、蓄電池學、電學大綱實習、內燃機學、政治學等。前二者為李以道教官講授，內燃機為余普三教官講授，電學實習為楊守賡、廖常春、鄧幹中三教官分授，政治教官易為殷鍾良，英文教官易為戴璞。

本隊官長亦有變動：張滇沅調長第三隊，原隊副蕭禹九升為隊長，調姚文副之。第一區隊區隊長鄧明譜調往銅梁入伍生總隊，其缺由唐介仁充任，訓育教官仍為夏奇蓀中尉，總隊副栗鼎調訓南京，其職由王虎代理。每週有小組討論會一次，由訓育教官事先指定會議主席以及發言人。討論題目則由校部訓導處擬定，教官圈選之。余屢次被指任主席，深為教官嘉許，惜準備時間倉卒，未克盡所欲言。

第二學期考試於九月四日舉行。淘汰康榮良、姚煥若二名，降入九期者有金自伶、鄭志福二名。余成績列第七，劉雲漢冠之。

本期各科教官仍舊。

夏，全校舉行第二屆運動大會，本隊榮獲籃、足球、徑賽三冠軍，並為足球校隊之主幹。於九九體育節在中正公園以「一比〇」擊敗成都足球精華之蜀健隊，頗稱榮焉。

五月，舉行全校國語演講及壁報、論文競賽，皆幸名列前茅。

每週末，舉行內務大檢查。由校長鄧志堅與教育處長王祖文率各隊部隊長蒞臨檢之。如有不整潔者即處以勞役或禁足。余隊嘗獲第一，鄧校長曾於集會時嘉許，譽為冠絕全校，並勉勵成為全校之模範隊。

第三次期考淘汰秦志卿一名，觸犯校規被開革者易俊民一名。至此，本期同學僅餘六十七名矣。此時教育處長王祖文他調，由梅汝琅中校接任之。梅處長乃英國皇家空軍雷達軍官學校畢業，學術優良，辦事認眞，校容因之大有改進。

本期英文教官易為曾超先生。無線電學科結束，開始無線電基本實習、內燃機、金工等實習亦相繼肇始。

九月七期同學畢業。余期同學特刊壁報以賀。余作〈送七期畢業同學序〉一文投之，並塡歌詞一闋以贈。歌曰：

秋風颼颼吹行色，咫尺陽關，無奈人將別，從此風雲建事業，應記取別離時節！

西窗剪燭空蕭瑟，遙望中華，遍地狼煙烈，建軍建國無限責，都寄望諸君承接。

此期間，鄉里匪徒猖獗。余家全徙居圩中，二、四叔均遭其擾。余接父信，無限憂灼，愧力不從心，無以爲計耳。

六月十五日中立大哥歿於圩中。

大哥照應圩業，得以維持闔家生計。抗戰期中，與敵匪相周旋，出生入死，其險亦可想見，其苦心更可知矣。勝利前夕，以一圩之主而遭敵倭逮捕，幸爲余父舊雨營救，方免於難。余輟學離家時，彼送至中途，勗勉有加。余時感不能忘。及本年，突患腫毒，鄉僻無良醫，誤於藥，遽於六月十五日逝世。闔家痛悼。余父初不令余知，後知不可隱，始函告邦兄，囑舉以語余，但離大哥之喪已數月矣。

此不幸之惡耗傳來，不啻晴天霹靂，使余心神恍惚，悽傷萬狀，學術科因之荒廢不少，幸章、胡二君深慰之。

事先接建弟信，因悉大哥病體甚危，憂心如焚，乃即寄回銀耳半斤，以資調養，並祈急移京醫院療治，切不可誤於土醫。不期信尚滯於途，而其音容已杳！自此人天永隔，徒喚奈何！天乎！曷克臻此？

大哥病重之日，適余第二次期考之時，修課畢，方寢，忽見有人影掠院而過，追踪之未有，因之不安於眠者數日。一夜，余於朦朧中，覺有狀人類者覆余身，余掙扎時許乃覺，覺時仰觀院中，月光如水，萬籟俱寂，未有什物也。當時亦不知有異，及閱邦兄信，始察此夜正余兄逝世之時也，乃知余哥之不忘於弟，余亦念念於哥，故心靈感應，雖數千里之遙，亦不免有此夢也。噫！余哥何其短命而死耶？

大哥乃余前母之子，長余十餘歲。余前母張氏，即余邑名人魏曙東之戚也。賢慧端莊，惜早亡，遺余哥與姊二人，姊亦不幸夭折，余哥年幼，余母苦心孤詣育之鞠之，俗謂「難爲繼母」。而余母幸能一反斯言，實至愛之交融有以致之也。因之余母名聞遐邇，余兄亦孝敬逾恆。今母年邁，兄忽棄之而去，母心何堪！而余又不能侍奉左右，每思及此，不勝悲慟之至！特作七律，以代一哭！

握拳透爪恨悠悠，無限情懷無限愁。天若有情天亦哭，水如無恨水長流；

花開花謝尋常事，人去人留究幾秋。冥冥幽幽誰是主？爲何送我到西頭！

民國三十七年戊子（一九四八）　二十二歲

本年肇始，鄧校長志堅即奉命調任空軍第四軍區副司令，其原職由方朝俊接充。本隊訓育主任亦易爲李時飛教官。

二月初級班移居校本部。余隊居大禮堂之左，新八號改爲教官宿舍。

三月十九日舉行畢業考試。劉雲漢列第一，張瑞林列第二，陳星輝第三，沈嘉棟第四，王丕成第五，余爲第六，崔玉生第七。餘皆有先後之別。三月尾舉行畢業典禮，由訓練司令劉牧群將軍親臨主持，夜有平劇。次晚全校師生舉行歡送畢業同學大會，有茶點招待。繼有話劇、魔術等節目表演，熱烈異常。畢業後，無所事事，嘗與郭瑞文、錢伯讓、李大章諸君遊。並與張教官振中、開致祥、湯桐安、胡思文諸同鄉攝影紀念。

四月初，分發命令到達。有線電組除留校同學外，餘悉分發到南京通信總隊見習；機務組計西安八名、南京五名、北平六名、航校十名。本校留五名。余抽中南京籤，誠幸甚。臨行前夕，移往陸官聯絡班等飛機，因氣候惡劣，屢行復止，直至四月十八日方乘校車抵新津，次晨即於新津機場登機，歷四小時方抵目的地——首都南京。下機後，甚憊，乃與左玉林、劉松岩二君僱車往宿邦兄寓所。建弟、淑英嫂均在此。闊別年餘，今重聚首，歡心無似。然談及大哥之不幸，又有不勝酸辛之感。

自大哥病逝後，余父母感傷逾恆，體質益弱。余離蓉時曾購川產特等銀耳及冬蟲夏草等補藥，以資調治。不意抵京後，匪氛益熾，江路阻隔，既不克返里省親，即帶回之藥亦無法送達。眞有「雲斷孤山外，峰迴幽谷中，去家千萬里，魂夢託秋風。」之嘆！

四月二十一日，往小營空總部四〇六通信大隊報到，分派於無線機務股見習，左玉林調發射台見習。

五月，新生社大樓落成，余與李以道教官調往該社無線電控制室工作，生活優裕，頗稱愜意。

六月，李教官調返大隊部統計室服務，劉松岩亦調往明故宮機場指揮塔台，蕭澤銘與戴治周接充其任。

九月十七日，見習期滿，方始報部補實，自此工作較重矣。

邦兄供職經濟部，建弟就讀於市立高商，休沐日嘗相過從，頗感手足之情天倫之樂。惜五叔離滬赴台，未克聚首甚憾耳。建弟於暑假中，返里省親，余以工作繁重，未克擅離。亞兄由九江解職來京，媛嫂與潯侄亦同來。

九月，余議婚唐氏，即唐英先生之姪也。

先震川來京，商之於余，備加讚揚，並贈相片及親筆信以閱。余請示於母，母不允，乃罷。同時，復議婚李家，與唐乃姨表姊妹也。以匪亂而中輟。

在此期間，父曾來信詢余婚姻意見。余曾臚陳如下：

婚姻乃夫婦之始，夫婦乃人倫之源。有婚姻方有夫婦，有夫婦方有父母，方有子女，方有兄弟姊妹；有父母子女兄弟姊妹方成一家，聚家方成一國。是以婚姻係人生之大事，家國之要務，斷不可輕忽也。

我國昔時對於婚姻極不注重，不顧年齡相當與否、心志相近與否，均由父母強行之；甚至總角垂髻，即行文定，夭桃未灼，即賤摽梅，似恐有遭怨曠之勢焉。以致雙方志意不合而脫輻者有之；性習不洽而因之憂傷或離婚者亦有之，甚至寡廉鮮恥之行，待月迎風之弊，亦層見疊出焉。若是，家曷隆耶？家不隆，國曷興耶？故婚姻亦可謂「王化」之端也。

洎乎歐化東漸，舊俗稍頹，自由立見風行，然有未審自由之眞義者，謬以豆蔻年華，情絲任綰，遇人不淑，亦青眼枉拋，致失足一朝，遺恨千古；亦有以自由無束縛之嫌，即可任縱性慾，拋大好人生於春花秋月之中，　戀床笫之域，既消磨其風雲進取之氣，復耗損其寸陰尺璧之時。以致鬱鬱以死，悒悒以終，卒無副天地父母家國生長撫育之盛意也。

是以愛國憂家之士，亟思有以改良而提倡之。改良之道，惟實行允諾，中和新舊，本愼於始之精神，既聽男女自由選擇，復重父母顯明之命意，中之以媒妁之言也。所謂顯明之命意，即父母應準情酌理，合於大道。如子女有性情相契，才貌相若之人，宜成全之，不宜固執己見，無理阻撓，反致啓其苟合或輕生等弊，蓋如是於吾國禮教之大防，固無破壞，而於人生自由之幸福，則已造端矣。於是家國復興，庶有望焉。

雖然實行選擇尚有相關而生之要件有五：

一、年齡相當：古禮男子三十而娶，女子二十而嫁。蓋合大衍之數，而生萬物也。今雖不能俱洽，然亦須以女子次於男子爲宜。蓋女子生產事繁，撫育責重，而易悴容也；且女子身體發育較早於男，笄年先於冠也，故亦宜早焉。

二、性行相仿：性情相仿一事，尤爲重要。不然兩相脫輻，家道難成矣。一家之道不成何足惜，而不知一家者，非吾所能獨私也，彼實一國家之細胞也。一國家組織之細胞，而悉被戕於今日憒憒之手，國其尚有豸乎？

三、德智體三育優良：古語云「女子無才便是德」，是乃大錯而特錯。及今男女平權之風起，尤顯見焉。蓋夫女子亦人也，亦家國之一份子也。何以男子竟涉獵聖道，磨練智術，捍國家、衛民族，垂簡千秋、流芳百世，女子何困守閫閨，湮沒以死也！故現今女界奮起，爭相炫耀焉。故德智體三育並優，於家，固可樹立母儀，家嚴荻訓；於國，亦有裨匡也。而體育一項，尤關乎女子之健康，後代之綿延，益宜重焉。

四、家庭須清白：家庭之關乎一身甚大，故家庭之選擇應以清白為宜，不以富貴為著眼也。蓋富貴之家，子女多嬌奢淫佚，所謂紈袴之習，靡不有焉。幸或無犯者，亦甚鮮有卓犖之行，迥越之志也。故縱貧賤而清白者，亦家規嚴謹，庭訓有方，不失為大家之閨秀，或小家之碧玉，正道之巾幗也。於是子女日染其習，浴其身於德之中，呼吸吞吐，自無非善也矣。

五、姿容之選擇：關於姿容方面，人固不無好美嫉陋之情，即古語所謂「窈窕淑女，君子好逑」，亦無非此意也。然而莊姜美而無子，孟光陋而遺芳，西施害國殃民，無鹽信言興國，則又如何耶？故姿容之選擇，固不宜偏於美，亦不宜偏於陋，以中姿無失大體可耳。竊有八端：

肢體高低肥瘠須相稱；臂脊須平厚，五官須整齊；肌膚光滑，顴骨低平；不結喉，不露齒；行爲莊重，不輕浮，不妖媚；飲食言語，須從容，不貪饕，不荒誕；眉目清秀，耳朵垂厚，目不斜視；胸乳發育正常。

綜上所述諸端，均係犖犖大者，選擇時必須謹慎從事。然而選擇之能力係乎年齡者半，係乎養成者亦半。養成之道，首宜注重男女交際，以廣其見聞，而燦其閱歷，藉以熟察上列諸端，詳審洽己之見，期無一旦驚艷而迷失其準則也。

此外血族之避忌，早婚之改良，亦宜重焉。蓋論者宜備，備則善，善者有裨；不然遑論一過，不審其詳，爲害益甚。況此二者近犯者日眾，受害者日深，故附此以明，足儆婚姻萬不可以一微而忽也。

我之婚姻意見蓋如是，冀我族人亦復如是，則兩性相契，家國復興，自不難矣。

秋，欲讀重輝商業專科學校，以期充實學識，增進技能。請示余父及五叔，以經濟拮据未果行。蓋重專乃私立，學雜費均較國立大學院校爲貴也。

本季，河水甚大，圩田屋宇均陷水底，閤家乃徙居震川姐夫家。蓋祖鄉周家澗已爲匪竊據，不能歸也。斯時，余父之苦心與傷感，實非局外人所能洞悉於萬一。余年逾冠，尚不克有濟於家，以分父母之憂，而減家人之慮。午夜思及，誠深愧疚！

民國三十八年己丑（一九四九）　二十三歲

仍服務於新生社無線電控制室。蓋時局動盪，電台及大隊部全體人員均已遷台，唯余一人奉命留守也。

一月二十一日，亞兄不幸被火車輾斃。

新年以來，和談失利，徐蚌棄守，首都重地漸遭砲火之洗禮。亞兄時供職於聯勤總部，適奉命爲其部內押運器材往南昌，以便疏散。不意經滬時，夜幕低垂，天地混沌，竟失足於火車下。次日媛嫂於鐵道醫院見之，已斃多時矣。肢體四裂，血肉模糊，厥狀之慘，誠不忍卒睹！二十四日余得陳潮文與邦兄之信，始悉其情。哀悼至極！

邦兄以部務正忙，且值風聲鶴唳之時，不便離守，余乃邀媛嫂之兄郭瑞文同往，以火車停駛，滯遲一日，抵時業已舉行火葬，其骨灰由媛嫂攜往南昌去矣。

噫！千里奔喪，未得一睹遺容，兄弟手足，其悲何如！幸郭兄深慰之，乃稍減耳。後得媛嫂信，知其遭遇異常，悲痛自不能已。迭信勸慰，並馳報家中，請展叔接之歸。然彼性強烈，倍愛余兄，今遘此慘境，後之如何！不可知矣。悲哉！所遺稚子孀婦，將何以度其餘年？

四月二十三日，南京棄守。

余因負運新生社無線電器材，最後方搭機飛滬。因當時情勢紊亂，余之行李均遺失殆盡。尤可惜者：即余歷屆之畢業證書、同學錄，以及百餘封家信、數冊余父回憶錄與詩集原稿，均遭其難。此項損失，雖千萬金亦不能彌補於萬一。余常引為終身大憾！

於滬滯留二日，因情勢緊張，未能往晤敬業三哥，甚悵。

二十六日由滬乘機飛台北，在松山機場下機。是夜，即往謁五叔，離亂中相逢於異鄉客地，不勝歡暢焉。

二十七日，往通信大隊報到，分派在發報台工作。

自是，余之顛沛生涯，又復邁入另一境地矣。

忘不了之歌

忘不了之歌

輯一　生日之歌

修業初稿，九十於台北，丁卯十六。編按：本輯九首。

序

夫詩胡爲者也？何以讀詩？吟詩？作詩？茲擷古論之菁華，錄之於后——

天地之精爲人，人之精爲心，心之精爲氣，氣之精爲聲，聲之精爲言，言之精爲文，文之精爲詩。

詩者，思也，持也，心聲也，往志也，性情之谿，天地之心，君德之祖，百福之宗，萬物之戶，天文之精，星辰之度，人心之操也。

在心爲志，發言爲詩，宣鬱達情，擷菁登碩，緣情而綺靡，乃精神之浮英，造化之祕思也。

景乃詩之媒，情乃詩之胚，以數言而統萬形，照燭三才，煇麗萬有，神祇待之以致饗，幽微藉之以昭告，情融乎內而深且長，景耀乎外而遠且大，故思遠義深。辭道事隱，貫乎道德之體，通乎性命之情。

始讀之漠然而迷，中讀之暢然而懼，然後囂然而樂，蓋以其言動心，其色奪目，其味適口，其音悅耳。

故作詩者，一情獨往，萬象俱開，口忽然吟，手忽然書，不期然而然，莫之致而致，律和而應，聲詠而節，言弗睽志，發之以章，而後詩生焉。

故詩者，志之所之也，在心爲志，發言爲詩，情動於中，而形於言，言之不足，則詠歌之，詠歌之不足，則不知手之足之舞之蹈之，詩賅於六合，而主乎寸心，達於萬有，而攝之毫芒，重於多識，而歸諸簡要。

詩可以興，可以觀，可以群，可以怨，不學詩無以言。

二十歲生日 民國三十五年十月十日，離家別母，投身軍旅，感念親恩，無以為報，時引為憾！

亂世逢生日，天涯念母時。雲高海又闊，何日報烏思。

三十歲生日 民國四十五年十月十日，三度軍校畢業，分發空軍。三度，初級班、正科班、研究班

漂泊無家客，驚逢初度年。親恩猶未報，國恨不曾湔。
碧血無由灑，丹心空自堅。龍騰如有日，翔貫九重天。

四十歲生日 民國五十五年十月十日，滯居海島，側身杏壇，思國憂民，曷勝淒戚！

功勳未及建，旭日忽當頭。四十名如土，八千路等休。
海濤徒自嘯，江水空長流。霍霍磨刀斧，凌空斬楚猴。

五十歲生日

民國六十五年十月十日，修畢輔大師大文理雙學位。

世亂星移業未成，夢回滄海客心驚。卅年劫火愁方熾，萬里江山恨不平。
雲隱西陬羞逸岫，濤翻南海總關情。丈夫肝膽英雄血，肯使蹉跎負此生。

六十歲生日

民國七十五年十月十日，作育英才，三十年如一日。

光風霽月弄清姿，天下痌瘝己溺飢。嚐膽臥薪殷國念，民胞物與篤民思。
同舟共濟更何待，秣馬厲兵是此時。壽國壽人同壽我，光華復國樂期頤。

七十歲生日

民國八十五年十月十日，退休閒散，怡情悅性。

春雨漫巫山，滄茫雲海間。還家幽夢斷，去國旅魂艱。
愁染鬢雙白，憂侵髮滿斑。迷津暫借問，蒼者淚何潸。

八十歲生日

民國九十五年十月十日，閒雲野鶴，悠遊自在。

八十年華似流水，海天躑躅幾多愁。夢魂黯黯縈心轉，鄉思茫茫汎梗憂。
卅載功名由宿命，半生戎馬逐天酬。長空翹首涵虛碧，萬里千年騰角虯。

九十歲生日

九十春光似拂梭，人生價值究如何。辨微探索求生化（生生不息，創造化育。），窮奧蒐尋摘讚歌。

愼矣葆眞明大理，偉哉揚善合中和。花前月下何須醉，韻撥心弦勝玉珂。

師生慶生宴

人生九十不勝愁，幸有諸生獻壽籌。上海鄉村仁愛路一〇六宴會地，南京區里水西頭三十六從戎地，如斯逝者黃耆九十至，豈可雄哉逐浪流。不輟薪傳司鐸樂，青優藍遜上層樓。

歌罷海動色，詩成天改容。愁來獨長詠，聊可以自怡。

新詩吟罷愁如洗，一曲笙歌飛上天。

輯二　勵志之歌

修業初稿，九十於台北，丁卯十六。編按：本輯十八首。

詩以言志，歌以詠言。應物斯感，感物吟志。在辭爲詩，在樂爲歌。

渡江 民國三十五年九月偕二哥新邦渡江赴京，投身軍旅。

中流擊楫渡江來，一葉孤蓬萬浪開。耿耿忠懷昭日月，涓涓熱血灑塵埃。

九衢揮霍腥羶氣，竟國紛騰勃厲哀。正義從來凌九闕，青天確信定重回。

狂流 民國三十八年四月二十三日，南京棄守經滬赴台途中，深感國事蜩螗，身世飄零，特賦此七律以自勵。

滄海狂流慟陸沉，九天風雨痛深深。男兒傲壯千秋志，烈士雄懷萬里心。

浩氣瀰漫追往古，貞魂磅礴貫來今。龍蟠虎踞今猶在，竹破靡披有好音。

龍起矣

英雄鼓枻擊中流，挽此江山翦極讐。躍馬中原彰旆節，馳軍南國愧封侯。

滔滔四海無窮碧，滾滾三江滿岸愁。霹靂一聲龍起矣，風雲鼓角動滄州。

感憤

山河千古痛沉淪，歲月悠悠又一春。儘有丹心扶國族，誓將棉力報黎民。

黃花有意經霜健，綠葉無心著露親。收拾新亭涕淚感，大刀常賦夢痕新。

海上感憤

海上棲遲又一年，撫髀自喟淚潸然。痛逢家國千年劫，恨鬱江山萬里煙。

遲逸岫雲霖雨待，照迎山月曉花妍。古今多少英雄血，莫灑荒坵染杜鵑。

漫興

臘鼓頻催歲已新，家家戶戶接春神。圍爐痛飲屠蘇酒，聽角深欽執戟人。

萬里山河餘劫淚，廿年聚訓歷艱辛。春回大地重光日，葉綠花紅草又茵。

秋夜感懷

中庭獨步夜初長，無力西風窺我房。明月無聲還有影，黃花有色豈無香。
高懸劍匣心原壯，滿貯詩囊氣自蒼。若笑生涯壓線苦，周郎勤作嫁衣裳。

憑欄

憑欄四顧夜茫茫，燈火千家萬點霜。明月無聲圓又裂，菊花有蕊謝還香。
雲天遊子勤懸膽，雷雨孤臣創錦章。東帝若予貔仔便，踴登京闕浴朝陽。

海隅寄懷

中華文運會蓬萊，風雨同舟氣象開。三戶亡秦終一楚，十年興漢必三台。
薄天豪氣雲端下，動地雄風海上來。一曲昇平人盡樂，普天同慶賀千杯。

誓

千古江山萬里遊，英雄末路倍堪愁。苦將俗子騎頭過，忍讓魚蝦抱頸游。
鴻鶴戾天終有日，大鵬薄日不須憂。男兒自古千年志，誓把滔滔浴九州。

傳檄

艱辛唯此日，孑獨海隅棲。志躍青雲上，心馳碧海西。
渡江吟楫擊，戴月舞雞啼。傳檄聲威遠，揚鞭聳馬嘶。

星移

星移歲又更，聽角客心驚。國難愁方熾，家仇恨正萌。
澎台揮一旅，金馬樹千旌。蹈厲平生志，風雲闢太平。

悲世

天道究何在，人心藏且迷。立身無本末，處世有勃谿。
疏棄唯私利，近親乏提攜。世風嗟日下，志者意何凄。

老松

山邊一老松，蒼勁貫雲峯。錯節盤根幹，歲寒更燁容。

試

試畢方離場，心中自著愁。勸君勤早讀，他日佔鰲頭。

畢業有感

尚戀輔園夜，春歸在客先。闢城繞樹色，萬里盡烽煙。
拯溺方殷日，吾儕畢業時。深衷惟報國，大義起王師。

明志

志士凌霄急，孤松背雪驚。艱危堪重任，置死甫能生。

悼

午夜驚雷遘國殤，全民悲慟欲戕腸。慈湖有幸厝英骨，誓復神州衛國疆。

四載韶華似一漚，輔園夜色罩離愁。莫嫌此別長亭晚，應教同窗誼永留。

驪歌驟唱客心驚，曙色甫萌更遠征。愁滿襟懷志益決，氣吞湖海樹旗旌。

山海烽煙悲故國，乾坤當擔在今朝。英雄自古肝腸烈，拼掉頭顱也自豪。

掃蕩妖氛先著鞭，請纓報國不輸賢。男兒有志沖天日，華國重光在眼前。

輯三　懷鄉之歌

修業初稿，九十於台北，丁卯十六。編按：本輯十七首。

蝴蝶夢中，家萬里。杜鵑枝上，月三更。

語出唐・崔塗〈春夕〉。原作「子規枝上」。

還鄉夢

青山簇簇水茫茫，一望鄉關一斷腸。九死一生辛歷盡，十年八月苦難嘗。

千愁萬念風拋絮，兩意三心雨打裳。飄魄殘魂秋淚賦，莊生夢蝶好還鄉。

別母

別母六十年矣！仰望白雲悠悠，徒增涕淚。因賦七律，以代一哭！八境六十年來還居南京、銅梁、成都、上海、台北、新竹、台南、嘉義八處。

少年別母展初衷，回首如今已是翁。白髮斷腸驚異夢，青巾掩目翻暈紅。
四時佳節徒思苦，八境安居亦淚濛。遙望鄉山千萬里，依稀猶見白雲中。

遊寺思鄉

南都有寺名開元，首次登臨思欲仙。風景不殊徒讚賞，山河有異枉流連。
鄉心千里成殘夢，浪跡十年化竈煙。且把精神重振起，龍吟虎嘯著先鞭。

獨夜

杜宇夜啼倍覺哀，桐花春艷總先來。池塘著綠風飛絮，縷縷鄉思夢幾回。

家書

望斷鄉雲，烽煙隔岸，欲寄，何從寄也！

淒風苦雨柳絲絲，欲寄無辭又有辭。一寸江山萬里血，洪喬偏不到周祠。

望天涯

憂傷欲絕是無家，夜笛聲聲月影斜。萬里秋風兩行淚，斷篷殘席望天涯。

倍相思

頻年漂泊究何之，借問歸期未可知。寄語蒼天明月夜，白雲親舍倍相思。

天涯望月

行年二十走天涯，十載奔波仍去家。六萬八千多里路，青山仍舊月華嘉。

思念故園

念載棲遲倍覺哀，紅情綠意送春回。風光明媚蓬萊島，那及故園一樹開。

望鄉曲 一

無花無酒在天涯，壇歇歌殘孤影斜。夜半望鄉台上月，清光可漾故人家。

望鄉曲 二

浩茫滄海對邊來，十載避秦仍不回。望斷故園秋色遠，心如鐵石也興哀。

送別

今晨攜手上河梁，贈柳贈詩又斷腸。瘦馬西風從此去，白雲深處望故鄉。

思鄉

向晚何人歌式微，聲聲淚墜沾征衣。淒淒落落飄零客，不識鄉塵怨暮暉。

思親

春風又度玉門關，萬里干戈人未還。倚閭淚垂天欲雪，相思無語慰離顏。

誓

極目鄉關遠，白雲天際流。烽煙何日息，誓起復神州。

思鄉 一

雲斷孤山外，峯迴幽谷中。去家千萬里，魂夢寄秋風。

思鄉 二

翹首天無際，白雲深處家。烽煙何日息，明月滿中華。

輯四 追夢之歌

修業初稿，九十於台北，丁卯十六。編按：本輯廿六首。

人生有夢，夢化人生。

化蝶心情也自由，熙然依舊妙莊周；搜玄更入華胥境，夜夜如斯不白頭。——方東美

詩道

詩道悠悠不可違，窮鑽極研永相依。東南西北空寰宇，上下古今入夢幃。

只怨情切翻誤恨，已達心槁豈無欷。孺生小子何知曉，竟有潛虬尚可飛。

豪情

擲地飛聲有也無，鏗鏘嘹喨正堪娛。桐城自昔文聲熾，寶島從今詠意殊。

皎皎冠哉明日月，駿駿騁矣動山湖。世人莫笑顛狂士，直把豪情付一夫。

破曉

淡月疏星閃五更，花甦人醒鳥爭鳴。魔幢晦影層層息，神火曦光冉冉萌。
萬物欣榮呈造化，千秋迴轉論豪英。吾儕何不從頭起，把緊辰光競遠程。

問

春到人間映綠波，鵑號月下愴悽多。無情滄海吝微粟，有意人間怨夠磨。
蓄志男兒雞伴舞，涵英壯士楫擊歌。江山終古會隆盛，何以無緣鳴玉珂。

長歌

長歌午夜恨悠悠，倦鳥何年始肯休。慷慨生涯爲士傑，從容立志作公侯。
撫心愧灑英雄淚，回首羞登燕子樓。遙想當年顏太守，玄宗不識奈何愁。

春戲

春來自放好周旋，花暖蒂紅紫幹堅。縷縷輕絲纏蝶影，盈盈嫩蕊破蜂田。
風狂迷離華胥境，雨驟神馳伊甸前。自是人生無別味，二合繾綣勝登仙。

春花

春花春月春風姿，婀娜娉婷柔似絲。巧笑盈盈如振翠，溫存款款似傾思。
櫻唇豎點潛龍岡，柳黛橫塗丹鳳儀。天降秀靈鍾采地，嬌妍姝麗賽西施。

移情

移情自放夢難尋，柏節松操恆入心。遙念南方文定處，深懷北方誓情音。
江河滾滾空縈夢，歲月悠悠猶綣沉。醉後方知醇酒烈，愛過才悟入情深。

春夢

春夢初驚起，鄉馨沁欲凝。情人怨去遠，壯士憤歸遲。
香霧霏霏月，惠風嫋嫋姿。雖無擎雨蓋，猶有傲霜枝。

久客

久客頻歸晚，杖藜步石峯。煙籠斜月閣，風盪橫山松。
鵬落青崗竹，雁陳碧草蓬。拳拳明宿願，揮旅起藏龍。

興懷

戈枕驚幽夢，朝陽滿樹叢。頻年家國念，遍地狼煙籠。
志冠千峯上，心趨萬丈穹。海天同一嘯，奮力建奇功。

悲世

人世何澆薄，富貧判白青。褸襤犬繞吠，都麗虎銜聲。
位側身如絮，金多語則驚。誰知權貴子，幾世有清明。

斷夢

鄰舍雞啼劃八荒，悠悠長夜斷黃粱。可憐客地千絲淚，猶是離人枉斷腸。

畫外

春深酣夢趁滄波，畫外聞濤新意多。楊柳桃花爭著艷，中流擊楫莫蹉跎。

春夢

春樓酣夢夢還甦，浩浩長歌驚客愁。非是一年芳草綠，幾疑身外已千秋。

偶成

鶯飛草長雨濛濛，二八佳人靨漾紅。蜂蝶不知身似蠍，熙熙攘攘舞春風。

思人 一

中宵遊子起酣歌，手捧青琅玕一顆。我欲思人人不在，關山萬里奈愁何。

思人 二

忘不了之歌

清光掩映盪心波，山麓松叢擁一窩。湖畔榭亭泣訴語，半如吟詠半如歌。

春風

春風多事蕩幽香，浪蝶邪蜂爭頡頏。若問幽香何處發，西門城外趙家莊。

芙蓉

芙蓉如面目含煙，二八嬌娃酷似仙。無力東風偏好事，三番兩次幾周旋。

雜詠 一

最是銷魂處，桃花舞翥風。翥風眞得意，花落水流紅。

雜詠 二

烽火瀰天日，中秋佳節時。壯懷何日償，明月可知期。

幽夢 一

百草含幽發，雲天低幕暉。浮生同一夢，夢覺幾時歸。

幽夢 二

孤枕驚幽夢，斜陽滿樹叢。西風悲戰馬，古道盡幽中。

濤濤

夙昔青雲夢，高難飽自豪。濤濤滄海水，何處不生濤。

茫茫

月下思人苦，夢中憶物傷。茫茫濃霧裡，人物兩相忘。

輯五　酬情之歌

修業初稿，九十於台北，丁卯十六。編按：本輯卌六首。

人生自是有情癡，此恨不關風與月。　歐陽修

此情可待成追憶，只是當時已惘然。　李商隱

誓情

一灣春水月登樓，碧落同流影欲羞。千古江山情不易，百年歲月愛難留。

英雄自昔吞寰宇，國色原都驚冕旒。地老天荒人不息，白雲芳草更悠悠。

自憤

宦海浮沉作嫁衣，無端梗汎任棲遲。滿懷壯志無由遣，一寸丹心祇自知。

涕淚雖多徒一哭，怨愁正烈怎堪思。春花秋月何時了，無限情懷賦一詩。

情劫

幽思難夢不勝愁，把劍橫空未可休。千載有情千載絕，十年無怨十年仇。
青山鬱鬱愚公哭，碧海濤濤精衛憂。祇恨當年酬莫逆，滿腔熱血付東流。

向丹心

蒼茫天地月華愔，秋賦思歸夢裡吟。雲斷巫山情不斷，水深碧海愛尤深。
鯤鵬萬里知天壤，龜鶴千年識古今。芳草天涯雖已綠，貞明抱影向丹心。

病中寄恨

蹉跎歲月夢難尋，新怨長翻舊恨侵。千載幽情思不絕，半床暈月翳難禁。
還家夢繞春宵短，去國魂牽秋水深。一病不知身是客，杖藜蕭颯苦低吟。

問

握拳透爪恨悠悠，無限情懷無限愁。天若有情天亦哭，水如無恨水長流。
花開花謝尋常事，人去人留究幾秋。朗朗幽幽誰是主，爲何送我到西頭。

書懷贈友

萍蓬無定劇堪哀，椒柏同歡賀一杯。潭水桃花千里碧，秋風衰草一身灰。
紅裙白酒如相契，碧血丹心誓不摧。我愧無能酬莫逆，春風明月送君回。

離南之北贈友

一載同窗三載隔，三千里外又重逢。坐從日暮徒思苦，語到天明仍意濃。

感舊兩行花濺淚，酬恩一片客愁容。如今又向天涯去，何月何時再把鍾。

遊開元寺 一

開元風景甲南都，結伴偕遊意興稠。佛海無邊稱聖地，孽淵有岸靠神州。

寶峯如塔超層巘，靈燦似焰貫斗牛。人世修行難得處，吾儕俗子愧悠遊。

遊開元寺 二

歡遊盡日在南禪，我借東風飛上天。無眷卻如有眷客，有愁反似無愁仙。

四方上下稱寰宇，千載古今論聖賢。自忖無能酬莫逆，丹忱惟有賦先鞭。

風雨賦懷

雲天滄海任悠悠，一片丹心萬縷愁。明日黃花堪一歎，他年碧血映千秋。

佞人自古心腸狠，烈士如今肝膽留。天若有情天亦哭，風風雨雨灑神州。

送春

春去無因實有因，東風盡擄小桃紅。五更夢斷巫山雨，三月魂銷幻海虹。

歸雁有聲驚客淚，飛鴻無語唳天風。愁來愁去知多少，迷霧猶漫四五峯。

傷懷

夜半不寐，獨步林中。東南西北萬物皆似有情，唯余獨覺「虛無」，良深浩歎！

烽煙正熾夜初涼，獨步趦趄淚滿裳。南隘叢林篩碎影，西隅淡月灑微光。

東風輕掃階前葉，北鳥溫撫枝上房。萬物有情皆自得，奈何我卻獨吟長。

賀友人結婚

佳人才子慶齊眉，綠袖黃橙聚作堆。家室咸宜無限樂，乾坤文定有餘摧父母反對。

山河福祿殷殷祝，日月麒麟冉冉來。天宇光華指日矣，情深愛固永相偎。

贈別 一

黯然銷魂者，唯別而已矣。今離友遠去，鬱陶頂絕！特賦此寄懷，並贈吾愛。

朝辭台北市，暮抵黑森林。爾影沉尤遠，我心遠更沉。

雲高天地闊，浪大海洋深。何日能回轉，重挑午夜琴。

贈別 二

細雨紛紛下，佳人送遠行。淚從雙鬢落，愁由五中生。

相視無言對，把臂有咽聲。含情脈脈意，金石海天盟。

贈別 三

故人送我行，拳拳感殷誠。把臂無言對，凝眸有淚盈。

微風聲斷續，細雨影斜橫。恨別他山遠，汪倫情益貞。

贈別　四 此情可待成追憶，一寸相思一寸灰！

與卿離別後，愁鬱更深深。食了無甘味，寢罷益昧沉。

佳辰沒趣賞，美景怯光臨。滄海珠垂淚，藍田玉不吟。

賀 姜君化楠結婚時，曾遭父母反對，但最後終能如願以償，誠可嘉也。特賦詩以賀。

佳人才子總相思，月好花嬌家室宜。惟願愛情能永固，蔭濃葉綠子連枝。

月夜

清輝無既感良宵，碧海青天夜夜嬌。寶鏡窺人花滿地，最銷魂處著詩高。

美目詞　贈南丁格爾 民國四十五年十二月三日住院割治闌尾炎因有感撰此美目詞，以贈南丁格爾。

盈盈春水溢橫塘，萬點煙波照海棠。病客那知卿底事，依稀眼裡有春光。

割盲腸偶感

臥病今朝住院來，平生唯此腹先開。盲腸無用空餘恨，萬縷迴愁一剪裁。

迎春怨

忘不了之歌

青山綠水漾神癡，黃鵲聲聲步履遲。借問春風何日到，紅樓深處盪花枝。

桃花

三月桃花似火明，嫣然欲滴笑盈盈。平生不解東風意，錯把無情作有情。

送別

遠人送客此經過，離緒愁懷共一歌。明日天涯又遠別，西風淚灑血絲多。

憶情

三年與爾手同攜，有夢無端東復西。流水青山芳草處，白雲明月仍淒迷。

自嗟

向晚憑欄意著迷，最難將息日偏西。南陽臥主今安在，抱劍長吟聽馬嘶。

恨春風

星眼娥眉一點紅，雪膚花貌漾春風。春風不識春心樂，錯送天鵝上碧空。

贈友　一

汪倫情勝潭千尺，范相贈袍感慨多。人海紛紛干底事，友誼戀戀舞婆娑。

贈友　二

東風催賦送行詩，萬綠叢中折柳枝。人海茫茫渾似夢，不知把臂更何時。

惜春 一

亭亭玉立弄清姿，燕語鶯聲心欲癡。非我當年投筆去，春光何與我遲遲。

惜春 二

欲去尋春春已歸，悠悠千載恨難揮。子規啼盡無邊綠，又向傷人弔落暉。

愁

愁來踏碎階前月，恨極敲飛案上塵。君若有心莫笑我，無情風雨不饒人。

弔

黑森林裡避烽煙，林姓人家遘劫灰。可恨凜然忠義骨。黃花碧草土成坏。

桃花

桃花有淚落千行，春到深山繞舍香。極目四衢人不絕，迷花時節又逢傷。

故人來

斜風細雨故人來，鬱結心花朵朵開。念載不聞家國事，人間地域可堪哀。

灑淚

夕陽有淚灑天穹，血染杜鵑無限紅。我欲高歌歌欲哭，天涯何處訴離衷。

贈友

君在南都我在岡，慇懃相約意方長。中庭對語晚來息，未到天明聲又昂。

等

柴扉虛掩待君來，物換星移花又開。孤影蹣跚空悵恨，幾曾淚墜首重回。

哀子規

割麥插禾不忍聞，聲聲布穀入三分。煙疏日暮雲過也，無意繁花別樣芬。

春盡

春盡枝殘豔滿墩，巫山雲雨盡銷魂。紅顏不自矜春色，春去顏消嵌淚痕。

訪友

來來去去幾多年，去去來來君又遷。交臂失之誠可笑，天涯咫尺夢魂牽。

春歸　一

蒼狗任悠悠，春光不久留。昔日樓畔月，今否照儂樓。

春歸　二

美女哀遲暮，芳華盡晚春。悠悠天地裡，瞬倏又翻新。

元宵節

火樹銀花燁，心葩朵朵開。元宵佳節夜，蟾燦灑瀛台。

浣溪沙春遊

無風無雨過岸來，閑花野茉夾山開。天高地闊任徘徊，萬里碧空雲一點。

三春佳日綠侵台，神遊故國萬縷哀。

輯六　飄零之歌

修業九十。編按：本輯廿首。

誰憐一片影，相失萬重雲。杜甫

一夕高樓月，萬里故園心。白居易

感時

時艱世亂嘆何如，顛沛流離又歲除。一襲灰衣千里地，半朴白酒兩篇書。

紅羊赤馬偏逞毒，白日青天何隱疸。披瀝本是男子漢，龍騰虎嘯氣長舒。

興師夢

莽莽紅塵擾擾秋，知音何處覓歸舟。鐵鞋踏遍三千里，柳絮飄浮六十周。
地覆天翻昏日月，民沉國泯陷江洲。天涯風雨興師夢，定續梅魂復國仇。

自嘆

逝水如斯嘆仄居，春花秋月幾輪餘。桓溫慷慨十圍柳，范蠡周回千里魚。
有異山河空宇泣，無憑身世故園墟。臨風灑涕天涯落，把劍盟心一卷書。

感憤

峰透夕陽照遠人，天涯零落淚沾巾。美人芳草春方艷，志士青松冬仍新。
千古江山無國嘆，百年身世有鄉塵。花間有酒須當醉，應是無何北城春。

太息

蹈海投荒荏苒頻，茫茫八曠捲埃塵。十年浪蕩風飛絮，萬里飄零雨洳身。
七十老萊獻舞樂，三千弱水輸淪津。人生究竟知何似，留取丹心照萬春。

遊左營水塔

左營水塔矗立湖中，斜暉西萊，倒影盪漾，龜魚游於湖中，相與浮沉；群鴉噪於枝頭，似為遊人而歌。余與友人同遊過此，特賦詩誌之。

負戟南都不可歸，左營水塔隱斜暉。群鴉亂噪亭邊樹，孤鯉微驚岸上翬。
西灑兩行遊子淚，東馳萬里故人闈。勸君莫負春光好，大化游漓朵朵飛。

戍邊偶感

辭國邊陲戍，夢魂斷曉鐘。鴛鴦愁獨宿，雞鶴憤同蹤。
志躍千層上，心趨萬丈峯。明朝南海去，破浪幾多重。

月夜懷舊

艱辛唯此日，孤獨一身棲。志駕青雲上，心馳碧海西。
清風揉細柳，明月照清溪。玉影今何在，引領空悴迷。

海隅憤懷

海隅滯未歸，鄉淚滴征衣。屈坐形骸促，昂行身影微。
龍遭蝦戲苦，虎落犬欺譏。癸性傾朝日，天涯永莫違。

偶感 一

萬里飄蓬十載遊，落花有意水東流。可憐碧血濤濤灑，盡付江流十九州。

偶感 二

飄泊有年，救世有心，但奈天不我助何！賦此七絕，聊洩無涯之憤。

遙寄一身千里外，空憑隻手挽乾坤。昂昂七尺竟何用，午夜歌聲催夢魂。

偶感 三

忘不了之歌

何人貪醉菊花旁，三十年來無此傷。莫非重陽萸折後，天虛風劇雁失行。

偶感 四

十年作客海天行，不問新情問舊情。黯月殘花難入畫，依稀醉使夢魂驚。

偶感 五

身病又兼心內病，呻吟未已復吟呻。傷心異地無悲泣，淚已流向心愛人。

偶感 六

輕爲病體重爲愁，走馬看花花也休。若問當年豪健氣，如今已盡付東流。

偶感 七

秋風落葉聲聲淚，春日閑花朵朵開。異地兩情千里絕，隔牆娛樂隔牆哀。

偶感 八

作客蕭條秋意滿，逢人歌哭恨方長。階前無月空危立，半截愁身半截霜。

偶感 九

薄暮輕煙淚濺花，斷腸人在斷腸涯。誰人能解多情意，滿耳斜陽噪晚鴉。

偶感 十

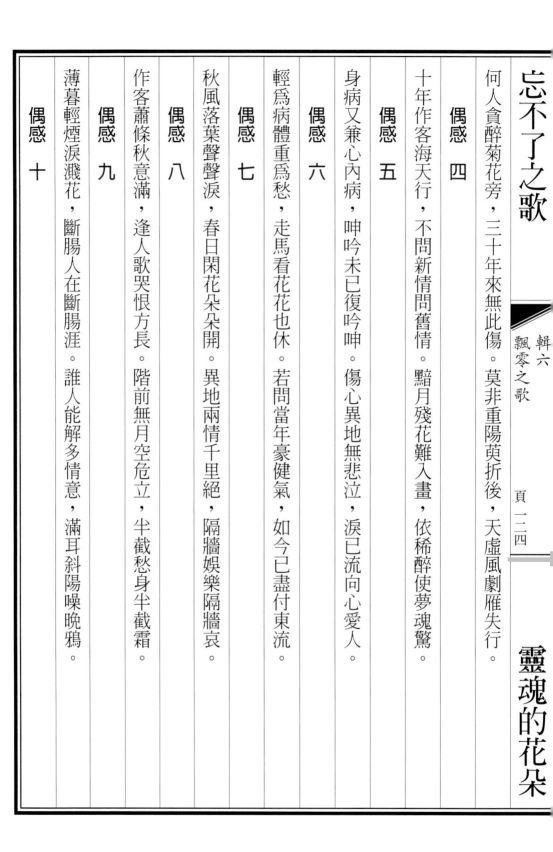

關山復在關山外，天外從來又有天。我欲鵬飛千萬里，依稀尚要幾多年。

愁 新詩吟罷愁如洗，愁來獨長詠，聊可以自怡。

不知心更愁何事，每向深山夜夜啼。我欲忘情忘未得，我欲洩恨洩無由。

情恨本都無定主，爲何我獨上西樓？上西樓，盡眼愁，茫茫暝色無邊際，

斬斷新愁又舊愁！情悠悠、恨悠悠，情到何時方能絕？恨到何時方始休？

休便了，了便休，休休了了仍是愁。愁滿心，愁滿頭，愁恨交煎一楚囚。

輯七　回鄉聯吟

修業九十於台北，丁卯十六。編按：本輯卅六首。

己丑清明回鄉掃墓有感

酉年負笈走他鄉，顛沛流離苦備嘗。國際聲威超赫赫，民間元氣極洋洋。

庚辰春節曾迎祖，己丑清明又上香。周氏宗親眞了得，瓞瓜緜遠爲民揚。

清明 與成弟聯吟

今逢盛世又清明，響砲沖天相簇迎。喜見二兄皆健壯，樂知五嫂更莊盈。

盤飧兼味天倫樂，縱酒放歌舉斝傾。三月陽春花似錦，不禁哀思蓼莪情。

回歸 與成弟聯吟

己丑歸來赤子心，八旬依舊吐鄉音。天涯唯有江淮夢，海水難量血肉深。

閱盡風雲除惡浪，還期曙色化長陰。魂牽兩岸難如願，縈繞華胥發夢吟。

兩岸 與成弟聯吟

兩岸皆兄弟，尋根本一家。歸來歡麏綻，辭去淚痕斜。

互盼臨場圃，再期樂藹廝。同心興梓里，戮力建中華。

回鄉書懷

萬里紅塵一夢中，半生離緒有誰同。江南故國風光好，山後新居氣象雄。

寥落尊親何以問，枝繁後輩豈能通。迎壇瑞靄欲昏醉，垂暮低吟向晚風。

祝壽 與成弟聯吟

俊才高節八旬辰，盛世稱觴樂此身。互慶齊眉康福景，相依舉案鰈鶼親。

動猷彪炳心猶壯，文彩風流筆更新。大地回春迎麗日，花紅葉綠錦如茵。

送別 與成弟聯吟

風亦無聲雨亦柔，垂絲脈脈水悠悠。涕零似注心中湧，步履如吟耳際留。

昨夜溫馨話小院，今朝黯鬱走瀛洲。一聲鯤吼天涯遠，望斷星雲望斷秋。

憶往與成弟聯吟

失恃垂髫強自立，中途輟學習桑田。流離磨礪求生計，顛沛勤勞補典篇。
雨雨風風半世路，眞眞假假一生緣。可憐滿首皤皤髮，幾度疑眞白鶴仙。

迎兔歲次辛卯成弟作

喜值兔年好兆頭，家家團聚樂神州。崑崙莽莽山河壯，海峽茫茫煙雨遊。
萱草青青忘白髮，茱萸默默憶吟秋。氣凝完璧人心向，大化親親一統猷。

慶雙春日歲次辛卯成弟作

立春春節雙春日，適曆順時亙古稀。且喜孩童相互慶，更欣翁姥復重暉。
神州處處歌華錦，大地溶溶潤綠肥。信使兼程巡海陸，誰能不醒不芳菲。

兩岸情深與成弟聯吟

音問時難見更難，長空翹首曉星寒。歸鴻戾日衡陽浦，落照巘山阿里巒。
日月濤聲啼杜宇，莫愁湖色泣皤闌。情催海峽波相擁，共釀相思兩岸瀾。

迎虎年與成弟聯吟

牛去虎來轉大千，威聲赫赫震雲天。環球齊唱迎元旦，通域同歌慶虎年。
舉世同儕皆手足，全軍袍澤罄忠賢。中華一統千秋業，到處春風煦煦然。

迎春曲 庚寅春節

陌上草薰春爛漫，空中旌展梅凝棻。綻霞瀾色傳青靄，開霽祥光都麗雲。
水暖江清魚陣陣，風和山秀鳥群群。山河莽莽蟄雷起，萬戶千門樂以聞。

感懷 與成弟聯吟

閱盡風霜苦更癡，抱殘守拙盡抽絲。晚年逸興能無礙，壯歲奮心自有時。
粗食漫言成趣味，淡飧何道賽膏脂。對容方曉春將老，有夢喜仍賦頌詩。

龍年頌 與成弟聯吟

國泰山河麗，民康貝穀豐。金甌分轉合，衰體老還童。
把酒魚兼肉，放歌月伴風。新潮爭樹幟，藍海萃群雄。

迎金蛇 癸巳正月

寰宇騰歡盡舉觴，頌迎金蛇舞春陽。彩燈光耀來新歲，爆竹爛漫頌律章。
芳草離離霖雨潤，和風陣陣讚歌揚。百花狂奏新春樂，難訴千言萬語長。

金蛇頌（與成弟聯吟）

曠古聖明景萬千，舞騰金蛇寫華篇。敢教日月舒佳氣，爲使乾坤共發姸。
不信浮雲能蔽日，豈疑鐵柱可擎天。神舟一脈新風采，虛宇扶搖莫羨仙。

振興（與成弟聯吟）

振興華夏賴群賢，桃李芳菲四海姸。柳浪松濤吟雜韻，鶯梭燕剪譜新篇。
詩潮滾滾千秋地，學海茫茫萬里天。國富兵強歌盛世，和平民主慶陶然。

海島憶兄弟（與成弟聯吟）

翹首天涯各一邊，情牽昆仲兩相煎。長空騰鬱烽煙散，環海飄芳瑞靄姸。
故國風光流覽晚，瀛台歲月泛梗憐。神馳惟有童嬉戲，快意最堪笑囔然。

與成弟聯吟七首

讚

滿腹經綸是鶺親，騷人越老越精神。鴻文醒腦書中寶，妙語解頤席上珍。

思

思路光明如日照，心田浩潔似冰純。期頤在望同前進，兄弟聯吟滌俗塵。

幾番聚首白湖鄉，情篤心誠共話長。萬里相思縈一夢，十年離別淚千行。
芳華有意迎新歲，春色無能解鬱腸。陰霾必先除務盡，安和樂利浴朝陽。

夕照

夕照桑榆冠彩雲，餘暉映面落繽紛。手持禿筆情如火，口誦詩章意若紋。
幽世坐忘思寂寂，哲生蝶化夢紜紜。神怡忘忿身常健，心曠消愁氣不氛。
玄鬢成絲空白首，徒絃豈有獨悲聞。

抒懷

年將八十一山翁，歲月無情自煥容。小院風輕聲寂寂，橫塘煙淡月溶溶。
暗香浮動香猶淺，眾色搖衰色正濃。蜂蝶早隨時令去，從容磨墨寫年豐。

一家親

陸台兄弟一家親，同脈同文又有倫。江海翻濤齊逐鱷，嶺原化雪共迎春。
雄風萬里歌重起，霜葉千山韻更新。夢繞令原樹幾匝，嘔心泣血託鵑神。

三籟

天賦靈覺融三籟，詩畫二胡耿一心。濟物迷離求湛化，浮塵溷俗必無侵。

三絕

周氏汝南世澤長，成文成武任翱翔。業興業旺無人比，詩畫二胡三絕揚。

八弟新春雜詠

一

歲序更新景運開，千紅萬紫送春來。人人添福又添壽，舉世昇平樂快哉。

二

吾人何處覓忠臣，世事風雲板蕩時。豈有長河無曲折，崙崙屹立自雄奇。

與成弟聯吟

一

少小分居見幾鮮，孫曾後輩不忘先。陸台一體好兄弟，肝膽熙融娛晚年。

二

兩岸分離兩世餘，雁鴻時有卻時疏。家緘烽火金難買，共淚壎歌篪一書。

金蛇頌 一〇二年作

壬辰方去癸巳來，紅梅獨放報春開。微風細雨斜飛燕，綠柳垂絲擺幾回。

催春

天公有意把春催，更使東風送艷來。百葩齊發相爭妍，水到渠成花自開。

中華頌 與成弟聯吟

一

錦繡中華萬里天，交融水乳醉纏縣。晴空妍夢朝曦引，幻瀉紅泉到海邊。

二

華夏兒孫意氣盈，連枝茂盛互崢嶸。天開藻鏡融詩夢，博化大和展太平。

與成弟聯吟 二首

一

亂世情牽緣骨肉，夢魂常繞海山間。故園錦繡仝瞻仰，白髮他鄉催淚潸。

二

來鴻去雁共心窩，對酒興懷發浩歌。一統山河千載業，國家大事豈蹉跎。

懷兄弟 與成弟聯吟

一

海岸隔西東，心潮拍太空。望穿秋水碧，幾度夕陽紅。

二

萬里緣兄弟，欣聞雁翅揚。不嫌廉頗老，敢愿共翱翔。

與成弟聯吟

一

冰封大地漸回青，和煦朝陽透畫屏。兩岸花開兼鳥語，詩裁漫興舞娉婷。

二

一年容易等閒過，春節來鴻感慨多。鴒鶺情深牽兩岸，眞心實意遞恩波。

思念 二〇一六與成弟聯吟

佳節思親倍，亂離豈偶然。雁書常不達，鵑淚欲隨肩。
夢繞令原樹，魂縈澗水邊。今宵除夕夜，萬里慶堯天。

祝九秩高壽 八弟作

局佈文裁妙絕倫，逢霖老幹葉枝盈。詩情灑捷追曹植，辭意昂揚近屈平。
挺拔英姿萬里客，安身修道一生榮。喜今遙作南山頌，虔祝雙松歲歲菁。

二〇一六春節感懷 成弟作

每逢春節夜難眠，雷炮煙花炫九天。最是桃符添喜色，也曾美酒慶豐年。
多情緊握生花筆，滿紙狂書盛世篇。舉世歡騰迎麗日，國強民富史無前。

調笑令 一〇二年作

春雪，春雪，氤氳旋舞白潔。騰上墜下輕燕，飄東盪西絮霰。
霰絮，霰絮，大地銀妝徧處。

追悼持業宏業二弟 五首

一

驚風鴻雁不成行，棠棣荊花半折喪。骨肉恩情何所在，傾河注海淚難量。

二

艱難時會促離群，瀛海南淮雁陣分。霹靂一聲群蟄動，蕭騷萬劫九州紛。
半生羈旅星雲逐，萬里烽煙家國焚。聚首桑榆難入夢，鶺鴒原上泣供君。

三

垂髫離亂日，皓首聚逢時。歡躍兄和弟，惡癌壞裂篪。

棣爲何早悴，荊豈忍忘悲。抱影疑靈在，凌空涕泗滋。

四

死別似生離，無常即有常。冥虛掠幻影，氛散佈渾茫。
渺渺飄忽逝，悠悠語抑揚。鶴仙歸奠日，花發滿庭芳。

五

生離五十載，死別在他鄉。人世無常事，天空增彩光。
音容常宛在，魂夢託蒼茫。悲泣凝沱若，雲端雁缺行。

輯八　西崦雜詠

修業九十於台北，丁卯十六。
編按：本輯百〇三首。

彩虹頌

羅帶凌風舞太清，翩翩飄忽意縱橫。乍疑趙豔飛紈袖，靜看鵲虹裊鳳情。
妙幻綴紋新象出，神暈舒彩韻迷生。碧空亙古霓橋閃，燦耀浩然靡所傾。

破曉

疏星寂寂遠天心，薄霧濛濛接地陰。如幻漫騰陽燄起，似眞潛運赤輪侵。

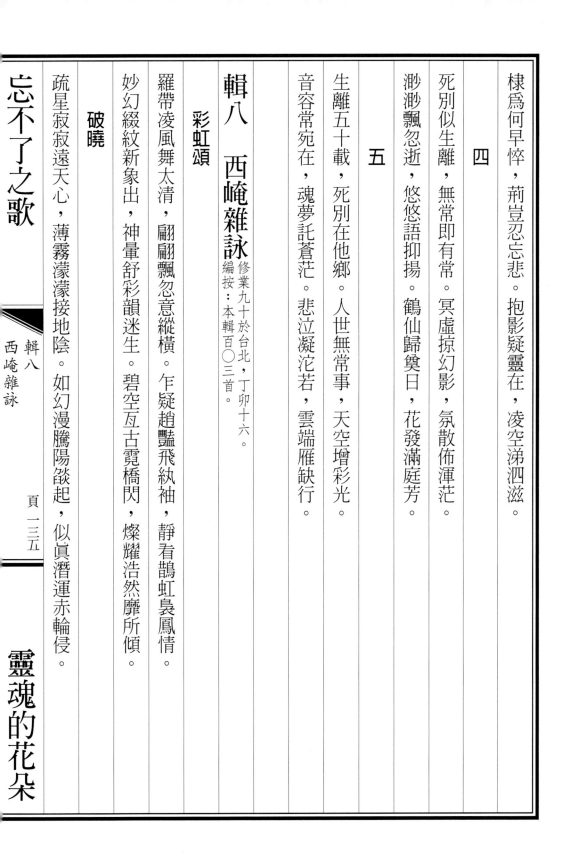

旭光普射晴千里，野馬憑飛思萬尋。突破穹蒼雲駛夢，天機贊化更玄深。

夕陽

紅滿西垂欲破天，太清頹幻掛層顛。虛霩游繡呈茫渺，飛靄華曦吐烺煙。
流彩遠移冰意絕，停雲附麗火心堅。黃昏一霎杳然逝，妙寫穹儀禪又玄。

黃昏

黃昏晻晻葉蕭蕭，頹日西垂破錦燒。煙翠纏綿波影聚，霞紅縹渺翼翮消。
華燈乍閃疑天霽，淡月甫臨勝蕊嬌。大易交輝歌日月，陰陽贊化弄扶搖。

崦嵫嘆

日薄崦嵫憂欲絕，人生苦短奈愁何。早年向月頻入夢，中歲爲雲發頌歌。
元氣運環臻永健，翠華流放致中和。莫愁風月花時節，夢影千重任網羅。

一夜愁

九萬鵬程苦未休，三千世界淚還流。搜玄析理懸頭讀，探奧辨微掛角修。
夢影難追海上月，驚鴻不勝水中鷗。含情煙樹頻笑我，一夜愁來盡白頭。

夢思

故園春色夢魂牽，景物逗芳似昔年。鳥戲豔紅茵欲錦，風搖翠綠蕊如燃。
翩翩蝶舞影纍續，恰恰鶯啼囀婉旋。願得幽香頻入夢，溫馨蜜意永留連。

江湖夢

冥冥氛霧幕環垂，一葉飄蓬何所之。混亂縱橫江海夢，荒疏躑躅天人悲。
擁偎海市渾忘我，拋卻蜃樓枉費思。萬帚拂天天可淨，千犁掃地地無崎。

大溝溪

鯉魚山左大溝谿，湍急水流雲腳低。雨裛葩心花自笑，風含篁韻鳥空啼。
千年枯樹還生蘚，幾點寒梅猶自柢。最愛溪邊行道樹，綠陰深處沉沙堤。

九馬圖

甲午神駒應律回，奔騰原野勢如雷。胸寬骨健英姿發，耳敏目靈意象開。
馳騁寒空動霰雪，蹴蹤霜胯颺塵埃。難爲九馬爭英驥，闢闔乾坤氣壯哉。

馬年

已消易午年，物色自然鮮。鳥舞知花綻，花妍識鳥癲。
月波因氣動，林翠緣煙旋。躍馬情思肇，奔騰蹴九天。

迎馬年

駿馬飛騰日，神靈啓駕年。氤氳充宇宙，霹靂震山川。

魍魎惡行斂，虎狼腥氣湔。堯天舜日到，快樂似神仙。

折枝

彈柳隨風舞，輕花點袖香。紅芳將欲歇，紫燕正堪傷。

高鳥銜春去，低雲逐浪颺。青神何所往，腸斷折枝長。

初霽

日照天開霽，雨收地絕塵。叢花笑濁嶺，萬荻茁清淪。

的皪饒鮮色，嫵嬌脅豔身。鬖鬖錦世界，腸斷未歸人。

人生

人生何所似，天地一飛鴻。翔翥九重外，幻遊三界中。

雲翻雨又覆，雷擊電還攻。故國歸無得，引顱望碧空。

祈願

萬里黃塵夢，橫流一葉舟。雲龍騰海隘，風虎踞山陬。

開闔天心遠，盈虛地軸浮。俯仰參化育，龍虎並肥遊。

梅

霞姿涵淑氣，冷豔溢芳香。曉鏡頳顏潔，靈臺綺貌揚。

清芬傳夢彩，幽影續風長。天柱知何遠，梅心在樹央。

星易

星易莫憑欄，淹留久客寒。老來顏索寞，憂至鬢凋殘。

伏櫪心猶壯，故箋淚已乾。時歟不我予，鄉夢將不闌。

梓里

梓里渺何處，遠思可得歸。孤雲生海上，輕霧起樓幃。

夢馳關山外，魂縈月桂中。如騰漫幻裡，得報三春暉。

自析

戎馬淹吾駕，教師又半生。孜孜疑後覺，兀兀競前名。

俯仰憑天地，晦明由欠盈。微軀忝粗健，垂老貫雲橫。

月最圓

愴然獨望天，斷雁度平川。書遠躭時久，夢回侵曉眠。
親情深似海，國澤大無邊。雲散天開霽，何時月最圓。

入夜靜坐

院落溶溶月，池塘淡淡風。地寧人蓄寂，天妙物收工。
無慮神傾幻，靜思意入蒙。夜沉天不語，融悟一禪翁。

旋乾

喪亂淹台海，飄蕭六十年。椿萱恩未報，荊棣情何宣。
國運民爭主，世情義最先。炎黃逾億兆，齊力定旋乾。

不成詩

寂寂遙天闊，徙依何所之。雲層迷雁陣，霧障斷鴻思。
天際偏遙遠，人情久背離。角隅難讓叟，高嘯不成詩。

蓼莪夢

渺茫山色遠，瀲灩水流長。溪影澄心鬱，濤聲訴怨傷。
山嵐裁夕照，林壑換新妝。終古蓼莪夢，天涯世世藏。

春回

寂寂鶯無語，嚶嚶燕有聲。叢花萌舊茂，行樹颺新英。
雲駕風狂嘯，雨橫水溢瀛。春回無覓處，人世繫離情。

天心

垂老寄台島，洪爐冶古今。飄魂怨蝶晚，騰鬱恨龍沉。
寫月花扶影，排雲鳥審音。坐禪彈古調，寂寞入天心。

楚客

楚客投荒早，穿雲夢不成。放懷山野碧，怡性海天清。
固本才和力，致忱寵及榮。心儀依舊在，遼鶴更高情。

丹丘

人世丹丘在，神寧晝夜光。疏松頻落影，細草陣煽香。
風竹譜幽韻，蓮荷凝露霜。何需尋界外，物化自然藏。

冥想

小園虛寂地，兀坐思悠然。花馥疑春在，夜幽覺夢妍。

苦難尚未歇，振興正當先。青帝何茫杳，砥磨豈在天。

自在

犖确礫砂徑，急流湍瀨聲。山谿紛爛漫，星月互崢嶸。
花謝悲霜鬢，鶯殘怨季更。時移循序轉，自在悠悠行。

鄉梓

雁寒驚歲晚，春曉怨歸遲。青鳥雲中絕，丁香愁裡萎。
殷殷誰共語，脈脈物同衰。鄉梓何茫渺，愴然涕泗滋。

依依

寥廓天心遠，晴光耀彩暉。清風催蕊綻，纖霂卷星歸。
青蟲垂絲墜，蠶蛾展翅飛。春夢情未了，繾綣復依依。

鵑唳

入秋值入暮，拄杖浴涼淵。日落山川靜，風來花草妍。
行雲遮月影，飛鳥隱炊煙。萬籟此俱寂，惟聞鵑唳天。

野望

寥泬望無極，海天維柱巍。流霞偏空翠，夕照半斜暉。
布轂淒聲號，耘鋤朗嘯歸。森森柔綠野，千里馥盈衣。

憶往

弱冠搴幃別，請纓投筆行。役除登教席，致仕獵浮名。
昏昧忘遐邇，軒昂任豎橫。落漪寒蕩漾，蒼鬢羞疏生。

望玉山

玉顛天尺五，縹緲近陽埃。疊嶂翥崔嶽，層巒擴嶠偎。
千幽落澗澈，萬壑鑿峪隈。涵碧混空翠，青雲隱又回。

梅雪

梅雪爭春久，三分一段平。雪寒憾未凍，梅綻詩無成。
有憾神何至，無詩俗了情。詩裁憾乃去，十滿春盈盈。

詠詩

詠詩樂管絃，虔敬自思賢。不忮知無止，貪求儘不全。
忻忻存戒懼，汲汲苦精研。老不灰心志，恬閒益粲然。

明心

明心方見性，遠識在深修。防杜由微漸，開源先節流。
隨緣甘素位，惜福可忘憂。眞願須虔念，怡然氣自悠。

浮生

浮生夢似煙，滄海變桑田。春耕斯情厚，秋收更意全。
道心無貪欲，彝憲永留傳。人樂兼天樂，乾乾可勝天。

清風

清風一枕煙，物役不遑眠。安順須居逆，應天必固然。
浮名捐一笑，閑鶴逸寥天。眞我自然有，吉祥止止緣。

韶華

韶華將九秩，春夢片時驚。旁盼覷浮影，正覺掠幻名。
行藏觀俯仰，取捨賴尊榮。忘我重回首，嘯天一豎橫。

世事

世事多乖戾，我思應坦然。抱心月可明，懷月心尤妍。

一介知由取，萬鍾合了天。是非須辨得，明哲義爲先。

立極

立極誠爲本，修身置首鋒。心潛三滿道，意貫一中庸。
蹈厲行和順，虔心戒虐凶。敬天方悟始，造福利人宗。

自儆

嗜好宜存儆，相生在自然。迷思終早覺，夢幻更當湔。
無浪波常定，未翳鏡必妍。安身才立命，裕後得光前。

贈李登輝

忘機非玩欺，靜坐爲安思。人樂兼天樂，有爲與不爲。
昏迷續不憬，垂老息何枝。忍鑄千秋錯，空遺萬代悲。

贈王金平

圓融乃本性，黨國以何先。大是大非地，全民全國天。
偏頗由嗅息，鄉愿任人牽。天意民心在，用藏自忖全。

黃山松

文殊院畔是黃塵，偉矣蟠松勢抱顛。立壁扶搖青直上，緣崖曲扭翠環邊。
錚錚鐵骨垂而起，鑠鑠銀鈎斷復堅。奇景之中眞極品，浩風磅礴貫雲天。

演夢

披香演夢繞天涯，顛鳳倒鸞燈影斜。鳥性悅時花自綻，雲波動處月初丫。
瀚靈液滲丹田水，翹擢葩摩甬底花。已到蓬山春最妍，搖花醉月滿天霞。

月下雪梅

冶艷橫枝疏影勁，空濛斜月暗香溶。天星點點披華彩，妙相常常啓素容。
粉蝶斷魂春已醉，青禽偷夢雪猶豐。寒葩嫋嫋妝瓊樹，冰蕊垂垂浸玉鍾。

月下賞梅

橫枝疏影勁，斜月暗香溶。點點披華彩，常常啓素容。
霜禽偷夢醉，粉蝶斷魂踪。冰蕊垂垂豔，寒葩嫋嫋手。

馬年寫懷

躍馬中原夢騁駸，今年甲午又匆臨。奔騰萬里窵何限，爭得忍看四海沉。

浩魄

一輪浩魄當空滿，寶鏡垂懸萬里明。妖魅狡魑無遁跡，人間魍魎一齊清。

自擬　松

勁節貞心老更狂，耿狷傲骨久猶香。千錘百鍊來天地，萬古常青自在妝。

夢覺詩裁

東風嫋嫋送花來，香霧霏霏滿院台。騷客曉饒蝴蝶夢，霎間詩就廢刪裁。

夢中

夢中倒映一紅妝，飛到江頭迷斷腸。借問三金心底事，孤鸞繾綣一生狂。

作詩

作詩不問仄和平，只爲消愁療病身。天縱才思攔不住，遣詞造句妙如神。

耄耋

耄耋之年忽屆臨，名財酒色已無爭。中宵竚對銷魂月，夢裡華胥一豎橫。

空谷

空谷幽游寫一心，雲扶虎嘯惹龍吟。東風不屑春將老，仍譜南華一夢深。

飄香 茶花

飄香披豔鬥群芳，亭畔小園作地王。鮮質怡情迷眾蝶，驟風淫雨萬般傷。

生命

生命幻虛何所之，蹈磨奮發我應知。長歌一曲繁絃譜，萬緒歸宗縲繭絲。

柳煙

柳煙梅影共爭丰，花笑鶯啼互不容。眞是滿園春意鬧，江山亙古氣盈沖。

生命

生命無常本是詩，輕鬆自在最堪宜。波羅揭諦含眞意，大愛大悲是必持。

親舍

一自波臣逐水流，半生躑躅海西頭。蒼茫縹渺人無影，親舍白雲天際愁。

雪梅

玉潔冰清意氣盈，星花點點透堅貞。嫣然奪魄能醒世，元氣淋漓一豎橫。

涼風

涼風習習從何起，迎月樓頭聽雁聲。秋意蕭條吟古調，撫琴詩發鬱縱橫。

幻景

幻呈美景不長留，萬紫千紅一葉秋。珍惜眼前金歲月，心怡履實上高樓。

人言

人言落日在天涯，望極天涯崦嶺遮。崦嶺本爲靈養地，百年夢覺步蓮華。

養生

心豁氣和眞養生，細嚼慢嚥胃腸清。腰鬆脊正身軀腿膝健，地軸天輪督任行。

日淨

日淨山濡似畫樓，風暄草染陣香稠。梅殘如雪騰騰舞，麥漲川雲什錦琉。

人世

人世原知萬事空，把持當下礪眞功。蓬萊有路愛先到，造福惜緣晉大同。

三元夜

火樹銀花寶炬森，華封祝頌帝堯臨。清光處處三元夜，一統人間萬眾心。

甲午除夕

駿馬飆飛送舊年，守更待旦破幽玄。旋乾春到人間好，御駕駸駸上碧天。

黃耆九旬

黃耆躑躅履無靴，顛沛流離繞海嗟。天破嵐開渾似夢，乾坤俯仰日西斜。

披香

披香迎蝶舞婆娑，逐豔尋芳發醉歌。借問青冥花月夜，風流酒國價如何。

花香

花香蝶舞悠然現，燕語鶯歌自在鳴。禪意詩心渾一體，纏綿褭一滅無明。

雨霽

雨霽雲開彩滿天，山容海色萬般妍。空靈爛熳難描繪，只待莊生夢蝶仙。

幻夢

一別東門六十春，依稀縹緲似今晨。情懷無限今猶昔，再續此生未了姻。

對影

對影香帷酣曉夢，秀峰幽谷撩春思。晶瑩玉匣情纏綣，妙得簫管有韻詩。

雪梅頌

香雪飄颺點點星，輕盈綺萼綻心靈。嘉花本是天爲種，玉蕊寒芳炙夢馨。

羈旅

羈旅年年意鬱陶，登峯造極發長號。天心穆穆無從說，虎略龍韜一夢褒。

浮生

浮生昔昔愁天地，天地悠悠總是愁。難得開懷縱意笑，倏忽撏盡百年憂。

坦然

身見空時心了幻，辱榮好惡杳如煙。世人能識箇中意，自始至終自坦然。

春到

草木知春到，欣欣發嫩枝。人間生意好，最是勉勤時。

東風

東風空蕩漾，意定神彌堅。傲骨天難老，孤鴿度晚煙。

春杳

春杳鶯歌歇，花凋蝶舞休。繁華今去也，多景盡添愁。

雲龍

雲龍風虎夜，殘月不低頭。奪魄魂猶在，春情樂未休。

鄉心

鄉心愁正絕，萬里未歸人。春夢催帆遠，斑斑淚痕新。

悲歌

悲歌即是泣，遠望何能歸。縹緲蒼茫處，愴然涕泗揮。

雪寒

雪寒愁不凍，梅綻未詩裁。天地幽玄處，春情嫋嫋開。

雪花

嫋嫋輕模樣，六花撒面來。蕭蕭雅雅舞，晶潔笑顏開。

對月遐思

穆爾天心遠，冷豔玉鈎長。馳情入幻境，蜜意照殊方。

思家

荷芰亭亭茂，蘆青奕奕香。有詩酬麗景，無夢過鄉塘。

高歌

歲月任婆娑，韶華奈老何。鬱心雷一震，騁馬一高歌。

觀荷

春韻風塵夢，亭亭紅豔新。情激幽志發，出穢不污身。

遊園

黃鶯啼綠樹，白鷺渡沙洲。日麗人和氣，滿園接踵遊。

烈士讚

肚傷偏挺腹，頸裂不低頭。曠古英雄漢，浩風亙世留。

即景

雨來微復斷，風急翦無寒。杳杳天低樹，孤鷥獨宿灘。

自勵

巖巖起愴歌，浩氣豈能磨。清韻頻遭折，蹈踔定不蹉。

孤月

孤月照瘦馬，雄雞送遠人。迢迢千里道，綻放萬家春。

寒食思親

弱冠走天涯，梗浮處處家。幾多寒食夜，插柳紀年華。

安之居讚

華夏起田疇，望之逸逸幽。晏安步步秀，盡釋古今愁。

附：四叔悅僑雜詠三首

一

基隆名勝似雞籠，一笑雲山大海中。知否故園荊棘滿，鶺鴒底事動秋風。

二

博愛實施台北市，中央信託武昌街。怡情山水不忘本，故國弟兄仍孔懷。

三　植樹吟

手植新苗十二根，圓山圖上印泥痕。台灣萬紫千紅遍，猶是當年故國蕃。

輯九　自在吟

修業九十於台北，丁卯十六。編按：本輯卌一首。

冰火

冰火不知其冷熱，人知其性自安然。一心迷慾群明蔽，群法融微一念先。

養性修身袪妄冀，致知格物耽玄研。無情天地雲煙散，有意人間彩繪傳。

浮生

草草浮生如幻夢，茫茫身世似氤氳。眞眞假假眞還假，假假眞眞假亦眞。

奉勸人人多積善，莫言個個信無神。行藏處處心腸好，后土那能負好人。

人世

人世賢愚迴，三省復四思。蘭心（箴規語）求不盡，芷若（箴規語）正當規。

餘耳（「耳餘」，張耳與陳餘，二人始為刎頸交，後以勢利互相傾奪，終致兩敗俱傷。范大成詩「勢利紛然皆耳餘」。）緣私利，刎戕空自癡。昧心甘受罪，彈指盡乖離。

高士

高士襟期淡，英雄豪氣爭。春來生意滿，秋至廩倉盈。

個個爭相崇，人人互比嶸。普天明月照，大地煦風清。

榮華

榮華花上露，富貴草頭霜。禍隱在盛滿，福安於有常。

浮名成白狗，厚利轉膏肓。世事皆如此，慎微自吉祥。

操身

操身希體健，養志使心虔。眞息精瑩麗，靈光氣亙綿。

氛氛隨風散，靄靄助花妍。正象留河嶽，古今大道然。

隨緣

隨緣多笑笑，自順且從人。內外兩和順，乾坤俱暢神。
雪泥鴻爪印，青靄鶴翔春。皎皎清虛月，溶溶浴庶民。

行正

行正即成道，萬行歸一心。明心方見性，本覺始知音。
壽福知終始，身心自淺深。誠明著意正，合相漉甘霖。

華幹

華幹隨春老，貞松獨抱寒。桂枝留煙晚，鐵樹綻花難。
梅蕾緣霙笑，葵晴向日觀。物材咸具性，存滅各能安。

斯世

斯世人生裡，最多滿百年。一漚如海水，三氣似天旋。
朝暮瘋營鑽，昧昏染崇癲。誰先塵夢覺，空象度平川。

人世

人世諸多事，智愚同一歸。一心唯本覺，萬化起幾微。
光影四諦散，浮漚五蘊飛。因緣成果報，春滿月常輝。

性澄

性澄如止水，煩惱亂其眞。心念可忘我，回光能覆身。
寂冥相若空，恬澹覺如神。清靜生怡色，無縮成至人。

楊柳

楊柳牽絲綠，桃花繡錦紅。浮雲殘片遠，落日半山中。
林裡聞歌鳥，池邊賞曲虫。潛心容化境，印首嘯長風。

須彌

須彌納芥子，反道則刁顛。佛在人心裡，人居佛道前。
成人才入佛，出世方臨天。融貫能無礙，慈航度大千。

妄言

妄言閒弄舌，舌動是非生。忍裡體眞味，默中知巧英。
眞誠心對語，樂意笑相迎。無語勝多語，一緘贏萬聲。

世間

世間非與是，自古在思明。從覺以教善，洗心而趨亨。
退而藏在密，進便使其清。人錯己恆是，絕非泌入誠。

萬物

萬物循循傳，世間何擾然。忍爲心裡佛，恕是行中仙。
克己能知禮，謙沖致性虔。浮空凝大氣，泛水浴長天。

十貪欲

貪似海吞水，欲如火燒山。誑言閒弄舌，妄冀夢難閑。
離妄不貪得，戒誑無欲顏。明冥有善惡，因果自循環。

務本

務本才君子，風情暄且妍。陶公貧益淡，陸老邁猶堅。
大節垂千古，豪情肇一先。雄渾咀自在，質樸含悠然。

心虛

心虛思慮靜，積德可防凶。人老何曾少，流失豈可重。

七旬不越矩，八秩正當鋒。夕照無窮好，早服居處恭。

弱柳

弱柳因風舞，新苗得雨生。天心先到月，華樹早留鶯。

飛花輕似夢，芳草碧如苹。微吟舒繾綣，四冪靜無聲。

凋盛

凋盛本常事，離合難自全。淡如雲水客，杳似海山仙。

質地貫坤海，配天震宇乾。隨流清濁覺，凝滯反成癲。

為善

爲善本眞誠，水渠自匯成。春風揉細柳，微雨潤新耕。

尊古由天道，處今仰世明。有心方有執，有執自無爭。

怡平

怡平本自然，德美賴修研。路迴知頑乏，松衰博力堅。

七情何克愼，五味怎堪纏。落日紅酣意，安康惟健先。

鹽滋味

人有鹽滋味，調和鼎鼐緣。韜光期自隱，養晦待春先。
比愛增心願，專情綴韻篇。利他無止息，克己盡怡然。

紅塵夢

滾滾紅塵夢，駒光千里難。歸眞還太始，返璞致純安。
曠豁誰眞是，灑脫何復歡。誰知箇裡味，快意自心寬。

世情

世情呈代謝，往古更來今。飲福惟勤力，陳誠務肅心。
三清須半樂（半則正，虛則美。），一化養生吟。敧器盈虛理，戒心齋懼深。

全心

全心利萬群，樸實譜華紋。六鑿止紛攘，一爻糾擾紜。
萬相如白水，空法似青雲。自在勤教化，悟思妙諦殷。

榮盛

榮盛春秋夢，枯衰草木煙。百年忽倏逝，萬事瞬間捐。
戒慎行天道，存誠向正詮。開來承萬古，繼往必尊賢。

百年

百年成幻夢，生死似蜉蝣。榮辱隨風逝，歡悲逐水流。
心經須著眼，義理不容憂。遠背妄癡想，涅槃總預籌。

人患

人患爲多欲，壽喪豈在天。淡怡合大道，恬靜適天然。
懷裡藏明月，意中仰朔乾。貪瞋豈可現，安樂享天年。

摘星夢

一夕摘星夢，翺翔何日休。少而壯晉老，春易夏挪秋。
柳綠桃紅遍，風狂雨暴稠。蒼雲如白狗，刹那永恆留。

澹泊 淡泊

澹泊無多欲，樂哀本自然。內持如斂玉，外動似隨天。
心地流水淨，靈台彩影傳。清風一枕夢，快活擬羽仙。

一念

一念能收斂，萬緣自仰同。時和溫煦煦，體泰甕融融。

麝以香先死，蠶爲繭早終。捐拋權與勢，自在白頭翁。

世路

世路多風險，人生有苦寒。平原馳馬易，駭浪拄篙難。
鸚舌毋摹巧，牛鼻必固欄。浮生如芥草，心地似靈壇。

積薪

積薪如抱火，累卵豈無知。魚尚逸深邃，鳥猶歇固枝。
防閑當慎始，杜險在微時。作孽罪無逭，東門殃別池。

克明

克明心性法，薰炙聖賢書。軫發飆原野，鵬騰貫太虛。
居安心不逸，處用意如初。霾氣除無盡，豈能待別鋤。

華夏

華夏五千年，大同道統篇。高山供仰止，皎鏡使昭懸。
歷聖汗青耀，諸賢彪炳傳。人人行不輟，天下早安然。

時難

時難得易失，掌握目前緣。淚灑長風裡，劍號碧海邊。
傲霜擬錦菊，杜染勝青蓮。集結心和力，奔顛不讓賢。

天保

天保德爲重，箕疇壽最先。心儀松頂鶴，意惜柳間蟬。
善性以迎福，喜情則順天。九如念不斷，五福結良緣。

黃粱夢

一枕黃粱夢，瞬間百歲捐。逸神神愈暢，養志志彌全。
滿水恆傾溢，透鋒必遘鐫。舍藏虛有表，夢覺自欣然。

輯十　今是詩草

修業九一作。編按：本輯七十九首。

今日天涯夢甫覺，是時海角境方遷。
詩魂冉冉浮升起，草蕊茁茁勁吐鮮。

膽經

子時，晚上十一時至凌晨一時

疏理膽經入睡前，兩足外擺手托天。氣精生化一陽現，當令子時宜靜眠。

忘不了之歌

肝經丑時，凌晨一時至三時

崩拳屬木必扶肝，左右連環怒自閑。熬夜不眠傷己甚，氣機疏泄儘調安。

肺經寅時，凌晨三時至五時

培土生金尋太淵，赤龍絞海玉津咽。橫劈運拳增精魄，收斂容平氣肅然。

大腸經卯時，早上五時至七時

飲水向西撚姆掌，帶脈圓旋轉縱經張。外旋兩臂支溝覓，方便卯時是大腸。

胃經辰時，早上七時至九時

伸腿蹬跟勾腳尖，陽明絡脈萬縢牽。胃經土穴足三里，和胃健脾長壽仙。

脾經巳時，早上九時至十一時

運化功能脾最全，憂思鬱結脾應先。虛而不統染功血，歸脾丸針灸可立痊。

心經午時，中午十一時至下午一時

夏天屬火通心氣，苦味最宜解炎時。起早睡遲心志靜，神安主定意不衰。

小腸經未時，下午一時至三時

規律平和最養生，以其形補未全行。未時午飯午時吃，泌別受盛分濁清。

膀胱經 申時，下午三時至五時

腎骨肝筋養木來，提壺揭蓋上噴開。足三里三陵交中極水泉陽陵泉穴，面壁下蹲練十回。

腎經 酉時，下午五時至七時

腎精旺盛氣昂揚，造化形容本作強。鼓漱吞津龍絞海，匹夫奪志豈能傷。

心包經 戌時，晚上七時至九時

水穀精微氣化生，受邪臣使首當攖。握拳鼓掌樂心志，澹澹慌慌大動驚。

三焦 亥時，晚上九時至十一時

火性決瀆下出水氣流，如瀆如霧上納又如漚中化。三焦通暢調津火，百脈順和添壽籌。

肝之言

肥胖抑鬱肝難忍，熬夜酒酣更不行。藥物反應苦尤甚，將軍之重也難瀛。

養目柔筋

養目柔筋營血漿，暢達滋水主封藏。發陳陽韭遠春困，持滿御神樂有常。

心之言

脈宗神主乃爲心，統攝全身血脈行。淡食禪修勤運動，靜寬豁樂理和平。

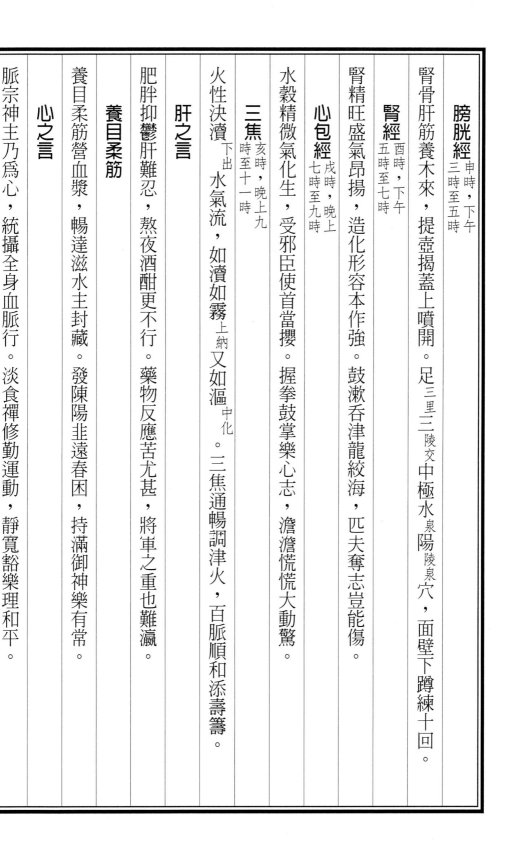

脾之言

後天之本是爲脾，諫議之官知備宜。運化升清兼統血，豐盈肌肉定堪期。

肺之言

相傅之官即是肺，氣輸百脈肅全身。散津宣發滋肌腠，笑韻常清刻刻新。

肺經

天地合參人補道，江河湖海絡經通。提壺揭蓋促原氣，肅降布輸第一功。

腎之言

藏精納氣作強官，主骨生精脊腦丸。本自先天繇千代，悠悠腎水化生丹。

胃之言

倉廩之官五味全，調和臟腑氣彌堅。慎食慎飲順行降，泌化功能更越前。

膽之言

任官中正擅決斷，臟腑氣機依攬騰。綠色囊汁居中要，分溶疏泄咸倚憑。

小腸之言

十二指腸與空腸回腸，受盛化物精微糟粕來。泌離清濁功能大，上遞下輸金石開。

大腸之言

傳導之官是大腸，主津吸水促升揚。裡急後重穢難下，卯吐經開通體康。

膀胱之言

水府膀胱本一家，尿胞玉海美名誇。巨陽主氣宜通腦，憋尿少喝水定最差。

脾胃之言

後天之本化生源，土列中央兼顧元。萬體百骸機運健，盡終天歲老恆言。

春養肝

春季發陳宜養肝，樂觀開朗胸襟寬。生機旺盛且新發，春意盎然可盡歡。

夏養心

夏季蕃華宜養心，萬苗實秀熱陰深。化溼辟穢淡食飲，心火不息反侮金。

秋養肺

秋季容平宜養肺，肅殺氣旺易凋零。陽消陰長熱溼重，收斂陽神以保寧。

冬養腎

冬季閉藏宜養腎，凋零萬物氣收藏。生津主骨藏精水，潛氣滋陰待一陽來複。

養陰陽

春夏養陽秋冬養陰，浮沉萬物生之林。氣機調暢緣心發，代謝增強不二尋。

靈體

靈體和諧最妙盟，相生相剋互平衡。化生精氣重調配，充養形神得穩成。

陰陽和合

陰陽和合乾坤轉，陽降陰升天地通。震運膻中開八卦，丹田神闕氣盈融。

湧泉穴

足下湧泉活力強，腎經首穴氣昂揚。上連肩井暢無阻，壯骨舒筋天命長。

通腑將軍大黃

千金難買春來瀉，排毒去污水最豐。中藥大黃通腑將，犁庭掃穴竟全功。

排毒

入出補泄要平衡，百骸四肢精血生。三濁邪思無以逞，中和舒暢氣常清。

血瘀

經絡血瘀危已甚，藥食補泄兩兼依。腦心腎脈趨浮梗，通體治療不可違。

調注

臟腑平衡諧五行，陰陽氣血俱清明。相生相剋互調注，功力盛強生化驚。

養腦

養腦必須養腎心，神精不蓄妄虛侵。陽督中柱通於腦，心腎並滋智慧深。

養生

靜慢低溫能養生，食眠性事長精英。自然柔順引呴納，節氣藏神調七情。

生命之謎

生命之謎在易經，五行八卦展雛型。人生象理乾坤定，天地陰陽旋不停。

太極圖

太極雙魚交頸游，陰陽合一乾坤留。大中至正平衡線，易易循環一巨流。

大生與廣生

乾以大生坤廣生，陰陽交構萬般情。自然倫道騰雲雨，相感相摩得利丁。

作頌歌

風去竹聲常駐耳，雁回潭影未掀波。流光荏苒春難再，萬古開奇作頌歌。

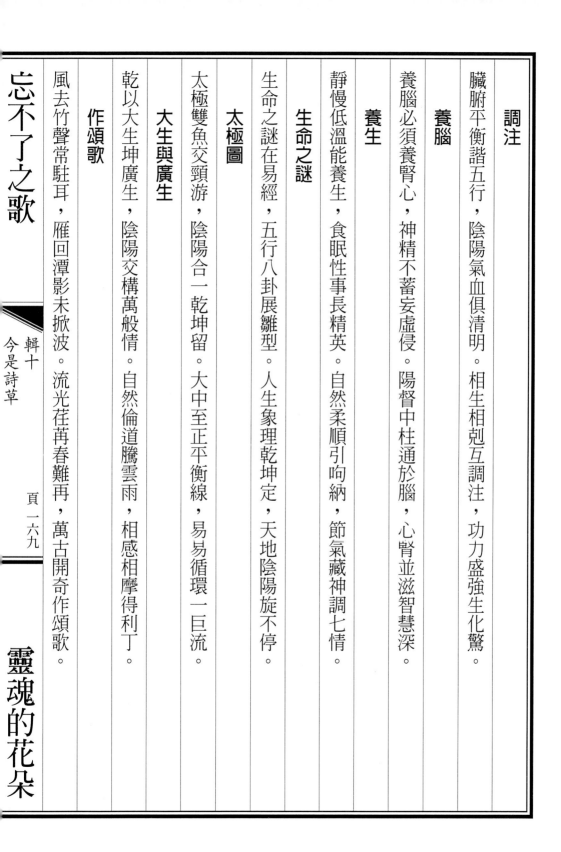

八卦

乾天坤地陰陽變，月坎日離宇宙生。雷震巽風湧大氣，艮山兌水互崢嶸。

八肢八卦

人體八肢對八卦，目離震足乾爲首。巽臂兌口坤涵腹，坎耳早聞艮是手。

中道

陰陽調和兩愉歡，中道平衡心境寬。運轉五行隨臟腑，惜精養氣必能安。

巫與易

醫易同源原是巫，求神問卜覓仙書。驅魔研藥養生道，亙古長流氣不虛。

易通醫

養生緣起易與醫，醫易同源共一師。宇宙闢成天地合，生生爲易易通醫。

醫與易

厚德載物壽而康，氣盛神昌美譽揚。醫得易行易具理，順時節欲法陰陽。

生生易

養精蓄銳待機行，謹小慎微不可輕。勞我以生逸我老，生生造化以求亨。

造化

一物陰陽一太極，風生水起氣調和。青山綠水光天下，自是厚德造化多。

道長春

望聞問切觸疾因，骨正筋柔經絡循。精炁神虛天人合，混兀一體道長春。

中醫

中醫博大又精深，其術其功撼古今。大道至簡眞有道，陰陽太極佈玄音。

大道至簡

大道至簡是漢醫，拉筋拍打脈經宜。五行生剋行天下，太極陰陽樂壽頤。

觸機穴

宇宙音頻感內靈，動能率位絡循經。望聞問切觸機穴，自在鬆舒身已寧。

小周天

太極陰陽贊化育，五行生剋小周循。形而上下影形合，康健人生日日春。

寸關尺

寸關尺對食指中指無名指，快慢浮沉脈象殊。浮數滑實沉遲澀，代疾伏芤散微虛。

七竅通

藏泄養生調得宜，精深氣攝濁涇離。排瘀解毒水爲寶，七竅利通臟腑滋。

五色全

青肝白肺心如火，黑腎黃脾五色全。色異即知罹症處，追踪療治可回天。

老堪舒

生長壯衰老而虛，血精虧耗氣不餘。腎肝心胃肺復腎，精氣神藏老堪舒。

拍打功

經脈塞凝需拍打，耳尖腿肘膽心驚。腰窩臂外振胳下，脾腎肺肝任爾行。

八拳二掌

八拳二掌絡經循，虎躍龍騰鳳翅振。神采飛揚猴象豹，鶴鷹正背解邪屯。

掌紋

掌紋示警病先知，調理治療正適時。八卦九宮臟腑現，五星穴位覽無遺。

十四掌紋

十四掌紋經緯綰，感情智慧最當先。健康生命踵其後，誰料修爲能補天。

養氣

少言戒色節思慮，咽液莫嗔薄旨味。飲食少溫雜慢淡，氣精血裕心肝胃。

呼吸

綿綿密密細深長，緩緩幽幽勻縮張。萬竅百骸隨出入，氣盈經絡壽康長。

回陽九穴

啞門勞宮湧泉太谿中脘環跳合谷，三陰交足三里回陽精湧行。
若匿若伏膚不泄，冬藏畢竟爲春生。

「量」腹節所受

細嚼慢嚥食之元，忌飽戒酣宜淡溫。早好午量晚更少，雜糧蔬果水常吞。

固本

源澈流清爲固本，灌根枝茂發其元。腎脾水土病由起，攻藥補津必探源。

老當益壯

正氣內存邪不干，老當益壯臟全安。以長道隧基牆豎，盡享天年盡以歡。

老年之本

老年之本在脾胃，生化精微津布揚。天癸已竭何所倚，後天之本那能傷。

老老恆言 清．曹庭棟著

老老恆言重攝生，多姿多采罄其誠。飲食運動家常事，囊括無遺集大成。

治老

歷代名流曷可數，醫方治老各千秋。盡乎天壽賴扶植，攻補兼施自不愁。

鮐背老人

九十黃耆百歲期頤，氣神浮蕩腎元衰。精微水谷化源補，益壽延年尚可期。

正奇經

足手陰陽正各三，蹺維沖帶任督參。周行體內相挹注，湖海江河任潤涵。

奇經八脈

十二正經是主經，奇經八脈外分名。任前督後衝由會陰穴，腰帶蹻維太極型。

般若師 達摩師

妄想空虛知不知，不疑不惑道常隨。光明正大行無止，柏樹坐禪般若師。

一體同根

拂曉雞啼喔喔催，蓮花出水悟心開。溪聲八萬四千偈語出蘇東坡〈禪詩八首〉，一體同根萬象偎。

銀盤盛雪

青蛙躍水青苔潤，修佛苦行脈幾斤。徹悟心靈穿孔穴，銀盤盛雪法身尋。

輯十一　餘生記吟之一

修業九二，丁卯十六。編按：本輯百二十五首。

極目

極目虛空遠，騁懷環宇遊。山光疊疊翠，水色層層幽。
聽鳥何須語，問花只恐愁。一身羈海嶼，萬里載孤鷗。

天霽

天霽風回爽，楓楨氣自馨。尋詩滌鬱悶，對景嫌凋零。
國事蜩螗亟，世情混沌名。黃花堪有淚，碧血誰羅靈。

芙蓉

芙蓉花自落，浮水比天平。素色溶濤淨，彩條朱索錚。
金鱗波湧現，輪日濤擎行。日暮滄波起，雲埋半岸清。

種瓜

種瓜非我願，鰲釣亦非求。國事蜩螗亟，民情板盪憂。
不愁三伏熱，尚戀五湖秋。短髮黏霜鬢，壯心付急流。

月鑑

月鑑適禪淨，花開見佛心。「空」涵眞我在，「無」蘊實胚妊。
薩埵孕般若，菩提佈梵音。光明寂照遍，淡定春藩林。

漫步

柳絮縈絲袖，風濤點彩衣。晴光疏影薄，白浪微波稀。
雙鵲爭頏樂，群魚貫陣飢。圍池百尺繞，漫步伴霞歸。

暮雨

暮雨蕭蕭闌，西風剪剪寒。山溪紅葉滿，松徑菊花攔。
南嶺無明月，東籬有白乾。衣童何所往，願與共辭官。

苗草

苗草一何碧，萋萋聳翠微。兩峯擁嶂影，一澗落崖磯。

霏遁映光出，岫闇迎靄歸。繁陰佳木秀，珠露惹人衣。

歲月

歲月驚銷盡，齏鹽免侈尋。初陽乾宿露，故夢樂長吟。
踞楯雙燕語，攬樽獨自斟。剩活天命歲，誰道不傾心。

流光

流光映細雨，芳草與情長。夢覺巫山色，醉醒江海郎。
曲欄偎碧樹，斜日掛金楊。何處吹橫笛，悠悠恨斷腸。

看花

看花渾欲醉，對月竟遐思。花落沃根柢，花開豔幹枝。
月圓寥廓近，月皎乾坤熙。花好又明月，情眞詩亦奇。

酒之歌

適量稱心飲，何須醉百斗。和顏又注血，湧慮復神擻。
引領呼天象，仰頭歌韻友。人生津味闊，此必爲頭首。

此生

此生今老矣，春夢下瓊樓。燕語喃喃歇，鶯歌鬱鬱愁。
煙中列岫遠，鴉背夕陽稠。過翼春歸去，江流不轉頭。

夢驚

奈愁頻夢驚，自怨空崢嶸。垂老壯心在，英雄何處迎。
奇謀能報國，白羽定塵生。曲徑芳幽獨，南柯夢不輕。

雨急

雨急暮雲飛，岩高堆翠微。空懸三尺劍，實得百年非。
老去情無限，生來意有違。秋深風切切，萬里隨緣歸。

人生

人生無再少，流水豈能西。春去將回轉，花開是別題。
黃雞催曉叫，白日促寅暌。但願人常健，長河共月霓。

漸老

漸老送春歸，風來花亂飛。香茵如夢徑，芳意猶新輝。
歲歲朱顏改，年年綠野菲。嬉游瞪醉眼，春好盡暢揮。

琉璃

琉璃淡影淨，千里皓光澄。烏鵲正南度，流螢閃北棚。
佳人空對月，花影驚移楹。但願共凝戀，蒼穹伴我行。

橫波

橫波一寸秋，夕照滿山樓。萬里投荒夢，一身弔影愁。
去天只尺五，漫地竟無休。杜宇聲聲遠，何時覓歸舟。

離人

鏗然一葉落，黯黯夢雲驚。夜色蒼茫處，離人寂寞行。
月明如雪照，瀑瀉似天傾。莫負清光約，還須弔月情。

青山

青山多嫵媚，綠水恆悠哉。雲破月從出，花妍鳥自來。
好心有好報，得豆先得栽。因果轉相輾，落花會再開。

白髮

白髮偏多情，春風吹盛生。落紅片片舞，垂碧絲絲縈。

鶯老歌聲住，春歸跡影瞢。此情堪追憶，蕭颯夕陽航。

江河

江河日夜流，天際淡雲收。霽映千峯秀，清涵萬里秋。
林疏棲鳥少，水靜游魚悠。採菊東籬下，鵲翁爭白頭。

新霽

新霽淨秋空，染山眉似弓。扶疏丹桂影，寥寂玉嬋宮。
葉落遶幽徑，家離隔海東。登高頻望遠，長嘯對蒼穹。

坵陲漫步

躩步入坵陲，尋幽隨境移。聞香花下醉，聽鳥林中癡。
徑阻人行礙，風輕霧走遲。槿花一日笑，松樹千年奇。

陽明春霽

聞道春歸來，紅桃白李開。魚噴弱荇碎，露漉新筠培。
山側雨初霽，田畦苗正栽。東君醉共舞，雀躍攄虹偎。

火燒草山行館

煙雨山河碧，秣陵夢遠颺。鷓鴣愁不斷，杜宇恨難忘。
雲拂空呼吼，壁殘徒鬱倉。花前醉躑躅，淬勵喚亡羊。

夜行道中

淅瀝驚枝鵲，蒼穹入晦冥。篁潮險誤徑，寥戾直侵靈。
松果敲天籟，雲華曜海星。暮煙漫野境，蛙鼓響塍亭。

夜過火燒山

星河閃太空，流緂染蒼穹。炎轉爍沙舞，烈騰壁石烘。
雲馳霞織錦，林裂氣揚虹。萬斛濤波湧，才收山祝融。

春訊

春訊誰先知，軒庭梅一枝。枕書喜有夢，遣悶幸能詩。
遠遞傳佳訊，近鄰慶結縭。歡欣滿院落，簇擁迎春曦。

東風

東風吹夜雨，殘蕊落繽紛。嵐色遮迷眼，松青碧豔氳。
街燈映幻影，蝶夢驚微醺。雲破風飄月，雨晴天欲焚。

梗泛

梗泛欲經年，浮雲障眼前。功名如逝水，事業似風煙。
半夜聽松雨，三更枕石眠。月光千古照，玉露催寒天。

歲月

歲月白人頭，風煙何日休。院前花欲笑，山後月初浮。
世上重情義，人間無怨仇。光明眾所企，麗日照高樓。

淡水舊懷

雲煙何處行，五虎崗頭平。鴻爪留前詠，神鋒續舊情。
繁花鋪錦繡，舞蝶互崢嶸。過客情無限，怎堪細雨聲。

北投溫泉行

浴水出深幽，池磺引底漚。潺潺白玉暖，陣陣硫煙柔。
血活氣尤暢，身輕憊亦收。塵勞能自滌，常憶北泉優。

遊台大校園

愛花難致瞋，春色必成眞。蝴蝶路滋草，杜鵑春若茵。

吟詩先對韻，攝影必尋神。黌學高樓外，乃歸遊學人。

孔廟前

拜師必至聖，儒學何其深。道業幼虛失，謀生長擾沉。
一瓢自識苦，七口還依尋。欲表衷懷語，還堪噙淚吟。

草山思懷

半日雨開霽，草山一暢遊。嵐青耀際色，櫻赭惹人愁。
芒浪翻風轉，芰荷隱蓋羞。清風送晚曀，伴月歇高樓。

板橋行

百年勝景幽，板橋續前遊。笛響江山舊，雞鳴風雨愁。
黃巾繫滿樹，蓍草占鮮籌。林苑千絲舞，流連行未休。

市囂

市囂侵戶扉，霽色重樓微。琴韻隨風靜，襟懷共燕飛。
蜩鵬適自性，蜂蝶尋花歸。但願飆車族，人人未酒違。

九天

九天雲漢外，無處可游仙。世易由乾象，詩懷本泰然。
乾坤兩並合，星月交相旋。天地原無際，萬生自繾延。

故宮

國寶古猶新，價錢無比倫。飄零爭氣色，劫後入瀛濱。
彝鼎斯文繼，旛旂重器春。斯人如有待，淬勵慰先民。

漢學中心

秋霞飛璀甍，儒林冠華京。鴻學傳英典，眞淳廣茂聲。
存菁萬載化，集韻千秋橫。樸拙還諸世，悠悠慰卓情。

草山行館焚毀

淡江迤邐遠，林翠映斜陽。煙淡塵猶厚，雨疏淚更狂。
秣陵春已杳，江水恨難颺。大義未曾泯，銅駝氣復揚。

華山藝文中心

故宇現風華，超人驚世誇。新潮藝突變，破體詩開葩。
論美堪驚讚，機思必盛嘉。創鋒腰折甚，逐夢自成家。

悔

江湖半世緣，一抹彩虹箋。意亂難揮刃，情迷遲著鞭。
襟懷未淬勵，志向屢移遷。仰嘯收心晚，霞消鶴唳天。

百年

投效空軍，研讀電子雷達及通訊技術日間擔任教席，夜攻文理學位暨詩文創作終身教學，承先啟後，春風化雨，青出於藍。

百年指顧中，耆老風脊雄。投筆赴危難，請纓效役戎。
辱承爲淬勵，堅忍以攻蓸。抱一啓春化，文淵叩紫穹。

太古巢仰山學海書院

太古舊巢地，今成兒樂園。回波淡水暮，落日圓山昏。
高士多情語，亂鴉零落喧。長空翹首望，恍見院書痕。

過植物園

斐亭春色遠，詩社牡丹香。殘照憐詩韻，夕暉映菡光。
碧荷開合妙，青靄捲舒忙。後繼風華茂，先賢動彩揚。

登淡水小紅樓

淡水小紅樓，磯旁泊晚舟。雲天浩淼闊，山水蕭疏愁。

賈客懽言宴，才人吟嘯酬。江寒水哽咽，樓紅人白頭。

溪山煙雨樓 陳南都先生

溪山青似碧，煙雨漫高樓。往日南都詠，今朝東海流。
櫻花猶灼灼，泉水仍悠悠。昔夢今何在，遺風得永留。

碧潭茗坐

潭水瑩如鏡，茗樓碧似青。輕風伴蝶舞，細曲響鐺鈴。
淖約雙峯秀，清寧獨我儔。山光心影遠，定性坐禪瞑。

天籟吟社 大稻埕　九十週年

天籟漫江邊，清音直破天。儒林風勵廣，題額慶耆年。

士林官邸讀新蘭亭碑 于右任、賈景德、黃純青

新亭本舊亭，歌美舞娉婷。曲水流觴詠，銘碑入眼青。

訪胡適故居

潛德散幽光，文開白話狂。枕經榮陸海，埋骨耀台疆。
故老香存郁，新詩澤正長。自由風旺盛，民主燕昂颺。

過殷海光故居

風骨影嶙峋，崑崙不染塵。劫餘屧隱稿，訊罷醫迎人。

醪醉三千客，輝煌五十春。冰心透萬古，清澈照新眞。

弔雅舍

梁園寥落後，雅舍空無人。長夜無燈焱，空庭盡垢塵。

新鄰無與語，舊識未相巡。月過苔痕碧，蛩鳴頹堵頻。

過林語堂故居

「不爲齋」裡坐，竹影參差深。風送煙嵐泄，花飛茶葉香。

澄懷春水碧，涵蘊秋山蒼。檢字噴雲吵，喜聞鏗韻鏘。

錢穆故居

霞映素書樓，碧雲連翠幽。高風竹峻節，堅石墨清流。

桃李滿天下，著籌貫斗牛。叩鐘應大問，皓首志難休。

過雙溪

雙溪綠漲天，合韻響冰絃。雲醉凌丹鶴，魚躍破碧芊。

梅橫千茁豔，荷蓋一枝眠。繾綣垂青眼，歸來夢杜鵑。

草山賞花

韶光引豔群，紅紫落繽紛。蕊韻枝頭鬧，花容山外雯。
曼洄溪水碧，妙舞軟風芸。旖旎穿梭蝶，交相花下聞。

訪梅庭 于右任，草書大家，半哭半笑樓詩草，早年辦民呼民籲民主三報宣揚革命，終於推翻清室建立民國。

哭笑憶髯翁，丹楓帶晚紅。凜凋知勁草，板蕩識英雄。
讜論驚魑魅，鋒銛走鳳龍。呼籲天瞪眼，一棒送清終。

三芝山路

杳渺關山遠，飛花逐晚風。征鴻霞落處，弄蝶蕊浮螽。
迷樹黃雲外，暝煙紫陌中。迢迢鄉路繞，殘夢月朦朧。

北新路下淡水

落日滿霞丘，秋涼幾度愁。映空月正起，鑑夜燈浮舟。
遠岸花飄影，近街人倚樓。風飛一蘆荻，江水蕩清幽。

淡水河堤向晚

寒禽巡陌阡，孤影唳穹天。迢遞斜陽道，迴旋直桿船。
蒼茫橫雁遁，寥廓巧雲卷。回首瀛洲老，風霜九十年。

千山

千山我獨行，漂泊一離兵。仰月爲思舊，看雲以寫情。
挑鐙窮義理，撫掌得崢嶸。孤影娉婷柳，相偕醉皖城。

金月

金月巡坤乾，銀河轉大千。羈心存萬古，放眼逐千年。
清夜思如織，良宵夢似煙。愁懷秋漫漫，何致紅霞天。

陽明山賞櫻

冒冷上陽明，華岡一影橫。異香半嶺發，殊色眾芳䕷。
點額梅粧樂，賞心蟻酥傾。白頭何處是，驢背有詩成。

賞梅 一

暗香由韻發，疏影自冰姿。陸凱攀條至，朱熹笑莅遲。
青禽偷眼夢，粉蝶斷腸癡。國色花魁議，當之定不疑。

賞梅 二

邱壑同風流，鬥寒素豔優。姿清顏益發，骨勁容偏幽。
照影何生靖醉，斷魂蘇子瞻悠。百花誰可比，只是白盈頭。

賞梅 三

破萼先冬鼓，含苞不待春。瓊枝搖玉蕊，冶豔盪幽淳。
照水枝枝淨，鬥寒點點新。瑤台疏影醉，明鏡玉釵純。

賞梅 四

東風催蕊發，萬朵綴芳園。和靖詩魂斷，廣平心鐵燉。
羅浮夢已逝，漢苑歸無痕。仙趾曾何在，盈盈笑語溫。

賞梅 五

縞袂一身輕，衝霜映雪生。寒依疏影現，春掩暗香盈。
粧粉無雙品，論評第一清。瑤英卷綠萼，造化更奇倫。

賞梅 六

丘壑萬枝開，橫斜清淺偎。花中稱帝國，雪裡立王臺。

風遞幽香去，禽窺素豔來。他年千里夢，誰與對吟杯。

賞梅　七

小園景色新，梅蕊佔頭春。疏影橫枝勁，暗香浮月勻。

風情彌淡泊，仙貌更清純。吟對唯須酒，頌詩卻要人。

賞梅　八

雪顏展素姿，林表無能隨。清淚由霜露，涎蝸留黛眉。

凌晨憶舊影，向晚韻新詩。春訊遲遲至，鬥寒第一枝。

山途

翠微時景異，路曲谿迴幽。古木凝霜色，蒼山著彩綢。

風簷低菊影，秋色老江流。雲起呈奇化，老峯新氣稠。

過野柳　燭台雙嶼

山澗群峯開，崔巍疊翠來。海風推巖壁，雲氣奔山垓。

白浪空浮雪，暗礁盡險雷。自然驚造化，女主頭幾摧。

九份

九份山城淨，鍾靈絕世身。紅籠燈曳舞，金粉鑄鑲淳。
海霧朦朧月，山雲窈窕春。低迴情不已，不見去年人。

初上山

響谷風林寒，車孤人影單。雲凝翳曉月，雨驟濕橫闌。
木落驚風勁，禽鳴覺春歡。草萋青一帶，迤邐上穹端。

關渡秋夕

關渡晚秋幽，斜陽最是柔。習習風送暑，陣陣雁回秋。
江色與天合，巒馨併氣流。金波紋翠闊，顫到外天頭。

玉泉谷地熱谷

地熱出清泉，翠微潛洞天。沸湯能煮石，暖氣可薰煙。
碧漢通金闕，藍田迎玉仙。硫磺堪去毒，伴浴樂年年。

淡江夜遊

秉燭夜間遊，忘形以去憂。岸晞波萬頃，燈逐影千頭。
隱逸空來鳥，繁華自往舟。多情橋上月，憐照舊江樓。

象山六巨石

清旻城北遊，六石臥山頭。踞壁似飛鳥，容身如繫舟。
夕暉增色翠，晚霽隨風稠。不計多蕭瑟，逍遙又一秋。

眠蠶吐絲

春到蠶眠遲，東君催吐絲。蕭蕭風起處，嫋嫋嵐生時。
煙岫藏纖影，林幽冒倩姿。纏綿千疊縷，絲盡夢含悲。

五月雪步道

承天寺外幽，爛漫桐花遊。踏雪尋芳徑，飛霜染白頭。
輕沾梅雨潤，熱擁薰風柔。深眷青峯淨，快心雲雨收。

晨色

晨色清如洗，芷蘋浮翠光。江山本嫵媚，時局何頹喪。
壯士眞英傑，男兒亦俊強。鷺鷗對對在，廉(頗)藺(相如)共飈颺。

無奈

無奈多情髮，灰潛白又生。去家六十載，回首九三庚。

黃塚高堂骨，青埋骨肉情。再指西望眼，涕泗交縱橫。

月下雪梅

冶豔橫枝疏影勁，空濛斜月暗香溶。天星點點披華彩，妙相常常啓素容。
粉蝶斷魂春已醉，青禽偷夢雪猶豐。寒葩嫋嫋妝瓊樹，冰蕊垂垂浸玉鍾。

風雨

斜風細雨溢輕寒，林外別枝鵲未安。萬里故莊梅鶴夢，一生宿願水魚歡。
千江月夜風煙熾，百尺樓頭霞彩漫。往日不堪重記省，只愁風雨淚難乾。

二合

老來情味上層樓，對酒高歌樂又憂。長鰐縱橫逞躍躩，柔鰻匍匐渡沉浮。
華胥夢裡氣吞虎，伊甸園中猛冠牛。萬種津津無覓處，二合綢繆第一流。

暮天

暮天涼月急雲流，疏柳菰蒲螢閃遊。萬里江山新夢覺，千重花影舊城樓。

高柳

西風盡掃陰霾影，東日歛凝光彩球。正是神仙夢繞處，一輪紅燄出山頭。

高柳晚蟬秋影至，虹梁水陌浪吹愁。登高懷遠英雄涕，嫩綠鵝黃壯士羞。
萬里西風鬢老老，一聲長笛恨悠悠。池塘自碧春猶在，羽扇從容綠九州。

傷老

傷老一身魂夢遠，殘雲空暮影形茫。青山隱隱家何在，敗葉蕭蕭人正傷。
好是同歌老醉舞，不妨合唱少疏狂。幽香粉蝶難尋覓，如水月華過小塘。

故鄉

故鄉何事輕離別，鶴怨猿驚醉不忘。春去春來春已老，花開花落花猶芳。
白衣蒼狗浮雲變，富貴榮華塵土颺。蘿薜風光如故里，白髭惹笑又何妨。

衰翠

衰翠敗紅秋漸老，傷懷念遠意難忘。平生雖有雲泉約，游宦畢能衛國疆。
空恨千巖難據頂，還期萬壑可淋滂。春風化雨天蠶變，乘醉酣然聽鼓簧。

傷懷

傷高懷遠情無盡，萬縷千絲思正濃。憑暖闌干花弄影，佇寒庭院燕現蹤。
墻東柳色年年秀，籬外菊花歲歲丰。唯望今宵雲雨魄，能將池沼水溶溶。

人老

人老思多夢亦多，江南江北一波波。佚勞共伴老生轉，苦樂相尋輪輾過。
富貴千年換百主，榮華一嘴含幾鍋。白衣蒼狗無尋覓，醉月吟詩舞婆娑。

年華

年華冉冉逝無蹤，芳草萋萋愁正濃。遠幕斜陽影晉晉，近郊綠漾光溶溶。
夢回月下吹營角，醉裡燈前礪劍鋒。宏志未酬心不已，蒼蒼白髮矗天松。

浮雲

富貴千鈞如一髮，白衣蒼狗盡浮雲。橫空硬語誰能審，把劍長呼黎正殷。
汗血鹽車關路絕，尸居餘氣國情焚。男兒至死心如鐵，直把中宵舞到熏。

歸鴻

劉郎已老花依笑，醉淚潯陽落照紅。萬里煙塵江海去，百年身世雲山終。
橫江敲棹吟粱父，跨海揚波念故翁。今世不才空仰望，花飛春去覓歸鴻。

小雨

小雨簾綴破面萍，擎荷雨蓋碧珠馨。柳陰中路千層轉，燈影一窗半晦暝。

黯黯密雲天不霽，淒淒芳草恨難停。尋花無處無鶯在，遠際閃流一震霆。

落木

落木蕭蕭秋已近，天涯遊子倍心傷。亭皋千里思無既，眉黛雙橫憂滿匡。

紅蓼水邊懸晚照，白蘋煙盡映斜陽。碧雲離合空悵恨，垂老猶堪兩斷腸。

三分

三分春色二分愁，風雨一分更是憂。點點花飛飄蕩淚，淒淒鶯老斷魂啾。

山青月綻橫雲破，水碧風和麗日浮。但願耦耕非醉夢，潑光薰氣樂悠悠。

正向

心之正向終無悔，佩以紉蘭志不頹。木秀於林風豈奈，荷沉於濁污何摧。

天峯落隕飛龍劈，地壁傾湖伏虎開。龍虎精神由意志，清大明月自然來。

中秋烤肉

撮炭燃煤肉汁鮮，猜拳行令酒當先。清輝滿院嫦娥笑，普世孤鴻亦燕焉。

春未老

空翠煙霏春未老，情風萬里卷潮高。此生此夜長如此，蝶懶鶯慵也自豪。

畫屏

山似重重曲畫屛，天清水湛影波平。水光山色無窮韻，毓秀鍾靈天地明。

夢

巫山夢斷雲悠悠，幾許春光獨倚樓。萬點煙波皆是夢，華胥繞境一莊周。

桂香

瑟瑟陰風惻惻寒，秋容新沐不堪看。桃紅柳綠今安在，一桂香風十里歡。

酒之頌

消煩止渴透關節，注血和顏辭暑寒。悶海愁山載不動，深諳三昧自長安。

佛家語

萬家生佛人常樂，舉世無爭安若山。更把玉鞭雲外指，滿園春色在人間。

好啓航

煙水茫茫花漸老，蕭疏晚景盡斜陽。百年春夢難回首，萬里丹霄好啓航。

弄箏

醇酒潤懷酣一夢，少年初識結緣盟。圓荷瀉露巫山雨，燕子樓空弄苦箏。

回首

黃耆已至期頤從，顧影斜暉一抹紅。回首往前誠可笑，飛天騰日一鷗鴻。

浩浩

浩浩浮天水送樹，陰陰帶雨雲埋山。群鷗入水啄魚躍，一鶴沖天唳日還。

梅

淩寒橫向兩三枝，燕失雁回仍有思。疏影暗香空自倚，孤芳淡潔惹新詩。

酒

斷送此生唯有酒，杯行到手莫殘留。遠山黛色生光彩，無限春愁腹內流。

浪花

水中日破浪花湧，天際雲消月暈開。念載投閒心未老，寄情山水樂悠哉。

暑風

暑風涼月芙蓉開，淨植亭亭簇擁來。潘寵六郎誰比潔，晚晴白鷺離騷回。

鏡花

江流不斷難回首，千疊雲山恨未消。一枕怯寒欺客夢，鏡花水月霧中嬌。

荼蘼

荼蘼莫折留春色，鶗鴂先鳴百草頹。醉夢那堪花共舞，年華冉冉仍相偎。

梅花

梅花似雪少些白，雪似梅花欠點香。雪白梅香神質異，總爲奇絕永難忘。

梅落

梅落繁枝學雪飛，多情繾綣益芳菲。秋雲春夢都無定，人世無常豈可違。

山林

山林投老得悠遊，醉臥落花反惹愁。殘日斜陽天更遠，冷雲衰草暮悠悠。

輯十二 餘生記吟之二

修業九二，丁卯十六。
編按：本輯百〇七首。

秋之吟 八首之一

孤雲騰落日，紅葉滿秋山。瑟瑟風難歇，蒼蒼髮已斑。

春情藏底海，秋態浮酲顏。警覺三秋夢，長呼唳鶴還。

秋之吟 八首之二

桂香溢隰郊，菊葉和枝敲。楓醉藏山麓，秋蕭露樹梢。
橫空唳鶴影，遍地號蛩呶。老我家山夢，狂吟對窵窅。

秋之吟　八首之三

寥泬雲天迥，驚秋老我心。噪蟬吟古調，險瀨咽新音。
寒露飄紅葉，丹楓藏醉林。唳空留鶴影，凝夢織愁深。

秋之吟　八首之四

天際淡雲收，姮娥正對頭。眼波橫似水，眉黛凝如丘。
桂影扶疏綠，嬋輝晈裊幽。直臨天穴處，浩氣映千秋。

秋之吟　八首之五

萬古長青月，溫馨慰寂寥。蟾魂鎔桂影，兔魄瀲春潮。
鶴唳聲華遠，嬋音皓彩飄。神全能化物，浩蕩樂逍遙。

秋之吟　八首之六

低詠步中宵，乘風御灩潮。雲高鶴唳遠，氣爽蛩聲遙。
黃菊香冉冉，丹楓夢迢迢。幽奇天攬鏡，瑩潔一心嬌。

秋之吟 八首之七

秋涼風送爽，雲淡氣旋低。鶴唳寥泬外，日潛碧水西。
背陽登絕巘，向月探深谿。難為霜華月，寂懷慰鬱迷。

秋之吟 八首之八

皓月當空照，碧簾一卷華。蛩聲驚蝶夢，鶴醉唳天涯。
驥老心猶壯，時艱志益嘉。全心頻蹈厲，孕綻最奇葩。

垂老心

閑身留海國，儲悶百千尋。繁象侵敦化，萬氛惹隱忱。
羨春多借問，搖豔聚知音。抱影搜玄理，可憐垂老心。

放歌

歲月任婆娑，身心奈老何。嘗思撐大宇，也願撥清波。
雲際飛沱濺，濤前沱沫多。蹉跎吟翠彩，昂放一高歌。

勁骨

勁骨天難老，貞心老更妍。存真營浩蕩，舒意展奇天。

朵朵雲峯妙，盈盈步履仙。隨心凝淨潔，率性貫情緣。

老松

崢嶸峯插天，抱骨醉貞堅。籟韻浮手影，綺思漫紫煙。
高雲騰日月，孤秀震坤乾。虛浩流華錦，顛遙鶴擬仙。

瀟灑

巫雨高唐夢，縈縈萬疊情。追玄知性杳，投老識春更。
銜蕊舒情思，養心展淨明。人天譜喜樂，瀟灑度餘生。

秋老

秋老猶多思，吁嗟憂似癡。故山雲世界，新厝祀尊慈。
華造兜千載，域方標四詞(平等、互惠、和平、安樂)。穢污傷淨潔，懸瀉齊清之。

人生

我住大湖莊，堂皇且煥揚。朝昇隨日壯，暮竭趁餘光。
兀兀勤無懈，孜孜磨至剛。春風依舊愛，芳思祝天長。

大化

大化衍氤氳，蒼茫夜氣深。陰陽同化運，日月共波心。
寥廓實浮蕩，冥天疑豁襟。御風干浩瀚，騰舞作龍吟。

風雨

風雨百年間，蕭騷夢不閑。飄魂惟地老，征淚作天潺。
養晦期藏隱，韜光得巽顏。勁椎春難寫，青鳥自往還。

滾滾

滾滾波瀾湧，悠悠蕩浪流。寥天垂地合，潛鱷銜昏落日游。
澎湃嵐煙亂，氛氳靄影幽。遙空千萬態，緜地絡天留。

垂老

冉冉年華老，潛心何所歸。觀書徵昨是，聞道悟今非。
攻錯依他石，揚芬點客衣。江河流不盡，萬里夕陽暉。

悔

萬里家山夢，年年淚不乾。冠時輟學恨，壯歲拓荒難。
咫地籠無月，遙天蔭不安。追思風木慟，蓬萊浪漫漫。

天漏

天漏媧能補，海深衛可填。愚公山異位，狐妓醜妝妍。
換血和抽骨，易容復變年。功能隨大化，科技貫雲天。

愁多

愁多如海水，世亂猶峽雲。風橫花無語，雨狂鳥不群。
情侵化蝶夢，淚滴羽仙醺。扭運籌大化，展舒龍虎文。

杏壇

杏壇三十載，教化越三千。化雨瀌霜後，春風拂雪前。
朝霞迎麗日，良範育才賢。不爲漁夫引，豈能見瀾顛。

冥想

風雨夜蕭蕭，鵑啼破泬寥。中流吟擊楫，午夜舞啼鵰。
風虎踞山隘，雲龍躍海潮。大千花世界，浩氣貫雲霄。

驚夢

午夜夢回驚，緣池躑躅行。林陰雲蝕月，荷翻風偎莖。

枝頹蕊爭發，影斜山欲傾。縱然春已老，不懼萬般猙。

木犀 桂花

瓊珠滋曉露，輕淡浴宮黃。雲外飄犀子，月中降異香。

畫欄舞倩影，燈下歌瑤章。何必紅與碧，人間第一芳。

幻象

野綠連空合，天青垂水溶。蜃樓雲折影，海市靄呈籠。

虹舞風回帶，濤翻嶺失峯。千章龍爪矯，萬幻魔憧兇。

歡心

看山山欲笑，嗅水水浮香。日月含元氣，乾坤吐極光。

歡心披點點，妙相啓常常。瑞靄充環宇，芬芳夢寐長。

九秩

九秩韶華晉，片時春夢驚。傍觀覷幻影，正覺拋浮名。

俯仰乾坤大，行藏家國榮。從人爲善樂，天地仰崢嶸。

春曉

韡柳絲絲舞，氤氳歷歷明。嫣紅迷彩蝶，姹紫醉黃鶯。
脈脈春情漾，盈盈秋水橫。茫茫軒漸霽，冉冉日迂生。

人生

人生須作樂，富貴待何時。八百主千載，一腔容幾匙。
兒孫緣己福，父祖蔭他師。樂道資頤養，安貧助賦詩。

春夢

燈在月朧明，風重草燎輕。柳絲嫋嫋舞，花影幢幢驚。
瀏鵜紫侵池，棠梨紅滿棚。長別椎心恨，夢魂正關情。

感喟

千古蜩螗劇，百年悲愴多。千峯似銳劍，萬壑如漩渦。
北窗曾高臥，東籬嘗醉歌。歸鴻今在否，相倚立嵯峨。

思歸

潮水天連海，明光瀲灩流。海天籠一色，月色渾全樓。
鴻雁長飛去，魚龍潛躍游。搖情縈似縷，裊裊繫扁舟。

孤石

朝逝又臨夜，夜甦復曉天。江山依舊在，氣色悉新遷。
片片花疏影，陰陰柳含煙。冠纓非所寄，孤石望江邊。

近老

近老迷禪靜，花妍不染心。坐疑囂噪息，起覺物華侵。
三界春聲遠，九重危色沉。曉臨青靄動，便聆磬鐘音。

憶情

習習風初起，溶溶月正怡。彩雲飛逝遠，金絮飄零悲。
林碧枝連理，海藍鰈比眉。愁來賞翠鳥，和淚試吟詩。

詩心

冥杳詩心遠，寥茫天外幽。吟風繯蝶夢，弄月膀鵑愁。
低詠思迴宕，高歌意轉稠。流霞牽語住，停影倚詩優。

詩意

殘身寄海畿，詩意沁芳菲。高誦呈才調，沉吟上翠微。

調情舒繾綣，銜草報春暉。人我隨共合，物心一體歸。

憶舊京

當年別舊京，血染石頭城。鶴夢恨無國，鵑啼怨不纓。

春歸花想語，霾聚月難明。滾滾長江水，滔滔恨不平。

春老

春老心猶壯，秋氤何擾紛。枝枝花寂寂，局局鳥殷殷。

楓葉丹如火，蛩聲噪似醺。鬱陶陵皓髮，孤月隱層雲。

恨

金風縈曉夢，萬里未歸人。板盪憶鄉國，烽煙思舊賓。

紅潮漫大地，白首拜尊親。寸草春暉杳，此生恨不泯。

憶情

嘻嘻羞醉靨，脈脈意迷離。旖旎風光豔，芬菲素影姿。

飄魂千里夢，落魄百年悲。縱有鳳笙在，能無凰獨之。

驚夢

隨風頻拂拭，乘月御雲天。寥泬揚教化，鴻蒙析妙玄。
冥懷化蝶夢，遙念羽仙緣。遐覺驚呼起，南華自擬仙。

寂寥

寂寥天地心，秋老何曾尋。雨驟江流急，風狂山陰深。
噪蟬陵白髮，冷月喧寒音。鶴唳頻留影，險灘局局臨。

浮漚

呼吸猶一息，如水之浮漚。竭意行原有，全心致上游。
清芬陶鐵骨，聖道勵潛修。豪氣盈軒宇，蜉蝣勝幾秋。

西山

西山吞落日，東月掛殘天。四象贊生化，兩儀主載乾。
巖幽雲出岫，壑邃雨隨煙。雷劈風哮健，豁然卷大千。

餘生

餘生棲老地，五指大湖莊。鼓嶺左環踞，旗峯右恃疆。
鯉魚山前湧躍，天馬山後飆颺。杳杳天低處，依稀是故鄉。

為學

爲學心難滿，求知志益深。書城圍四壁，墨海溺千尋。
宦運叨天命，自由從我心。俯仰寥廓遠，祁歲近好音。

住夢

楚客頻年老，住情隱患深。雲翳月不淨，風疾花難尋。
魚躍躭游樂，鳥鳴愜噪心。四境無擾滯，幽夢發長吟。

杳杳

杳杳華胥夢，悠悠濬哲深。盆中三尺豔，世外一元心。
治麗歸坏土，潤芬挹滿林。盈盈堪共命，鑠鑠傲長吟。

蒼茫

蒼茫山色遠，寥廓海雲低。人老心思切，家遙歲月迷。
春深花自落，枝稀鳥無棲。顧影海天外，飄魂淮水西。

斗室緣

幽幽斗室緣，款款寫纏綿。戀戀永相好，惺惺祈倆牽。

殷殷傳心意，燁燁照無眠。勃勃坐斜暉，飄飄伴入仙。

樂山樂水

大湖山莊濱五指山，金山萬里迤雞籠基隆。寫月前旗嶺，排雲後鼓峯。
樂山右錦鯉鯉魚山，觀水圓覺瀑布左天龍天馬山。野曠天無際，風輕月正溶。

生死

生死浮漚事，隨雲任卷舒。心誠無歹念，意正有優餘。
元氣倖生化，造機自裕如。松峯蒼敻秀，日彩瀲天渠。

啼雁

啼雁生鄉思，驚雷感物華。幽篁風雅韻，巖瀑映飛霞。
水闊憑魚躍，天高任日斜。山川呈妙展，寥泬盡塗鴉。

老來喜

世路已通悟，居心早坦清。歷經物外事，諳盡人間情。
塞絕聚愁海，搗平儲恨城。切禁被酒迷，更不爲花縈。

真主

宇宙誰眞主，人生何所宗。日星斗又月，春夏秋徂冬。
死別生離恨，尊高卑下傭。寬廣容深厚，萬浪聚一峯。

八律

怡情聞鳥語，悅性賞花壇。忘鬱歌今古，健身登嶠巒。
消愁發傲嘯，遣悶強加餐。泄憤開心笑，祛魔舒達觀。

八箴

心寬容浩瀚，胸曠浴寥天。陶性空山寂，鑄情介石堅。
尋幽渾繾綣，寫夢獨纏綿。蓄志常無畏，探玄學半仙。

抒懷

寂照霜華月，鵬身九萬重。迷離半世醉，寫意一生逢。
怡性泉譜韻，悅情鳥解容。朝霞迎麗日，養化萬年松。

曉起

愁聚山前月，夢殘園後雞。雲行峯朵朵，日煦草萋萋。
綠柳絲絲舞，黃鶯恰恰啼。極瞠寥廓望，茫渺海雲低。

禪思

禪心天共曉，詩思入夢頻。孤懷千疊雪，軒宇萬方春。
妙曼北辰舞，熙怡南極身。性靈緣寥廓，快意撼天真。

霧花鏡影

霧中花窈窕，鏡裡影飄蕭。髣髴琴難譜，朦朧曲易調。
蜃樓迷磧浦，海市鬱天嬌。惆悵溶銀月，幽情寄杳鴿。

花徑

花徑獨登臨，風華覆日陰。清光搖裊影，蝴蝶抱芳心。
飛鳥貫雲橫，游魚潛水深。紅花傳情意，飄淚伴長吟。

悲夢

一場天倫夢，親情別樣深。尊慈堂前哭，弟妹室內涔。
悲因兄疾劇，苦慮醫葯沉。天漏石難補，命危豈獨吟。

幼童失聯

幼童街市失，遍覓苦無聯。情急烙中烤，心憂鍋內煎。

警騎四層出，網絡八方連。幸矣空遺夢，夢醒已釋然。

淡泊

淡泊本天生，沖虛道混成。清妍臻獨化，廉持立昌明。

風骨純猶勁，情懷豪益誠。詩魂能體道，春老夢不驚。

皓首

皓首情猶在，風流信有人。枕馨春夢繞，夜靜兔光親。

臨水知魚樂，涵漪度花辰。蓬山已不遠，吐納演精神。

春深

春深人不寐，花暖任周旋。綠蝶霑葩蕊，黃蜂泌蕾涎。

風狂搖不定，雨驟酥幾顛。二合無兼味，暗聲妙永年。

傳馥

恍惚已幾回，月殘月又肥。金風送落日，曉星迎朝輝。

時日空流轉，縱橫徒自非。坐禪期破曉，傳馥委芬菲。

憶別

故國淒涼別，寥天惆悵行。高堂骨肉淚，環院弟兄情。
遍地烽煙劫，連天哀怨驚。中華好子女，遐思萬家瑩。

恨

民國三五年死生別，蕭騷六十年。瞻識容憑墓木，聆仰謦仰拜青天。
杳杳幽冥斷，依依魂夢牽。椎心風木慟，留恨滿山川。

狂歌解嘲

浩渺乾坤大，莊嚴世界尊。雲橫貫朗宇，氣溢塞荒原。
貞意忘詩老，姿妝透宇軒。兩儀從所欲，體道妙渾元。

披香

披香花蝶舞，流豔月春思。勝絕夢成幻，迷離情即詩。
縱橫功造化，俯仰摘玄奇。不羨人間事，歌老亦無悲。

離恨

人間無別恨，江水必西流。親友雲天迥，家山煙雨稠。
去回愁日月，生死隔冥幽。死別生離恨，爲何不白頭。

哀故國

寥天巡一夢，故國盡烽煙。春至花無語，夜深人不眠。
杜鵑哀唳血，雲鶴怨號天。地覆天翻後，良猷應最先。

孤寂

孤寂天涯客，未吟先淚橫。曉來殘夢斷，雨歇半山晴。
天廓雲舒捲，谿深水湛清。素心曾未易，萬事總關情。

悲歌

世事難先料，悲歡如夢中。紅顏成白髮，銀海變烏嵩。
歲歲花相似，年年人不同。本來歌舞地，今日葬花叢。

冬夜書懷

簌簌寒風起，冥冥幕四垂。綢繆人不寐，沈鬱夢難追。
劍匣空留影，詩懷徒遺悲。繽紛騰馥馥，把劍一簍詩。

殘照

海天翹望遠，雲勢蜃還幽。恨水和腸斷，愁山入夢秋。

落花啼翦翦，飄葉號休休。芳草已云暮，殘陽照白頭。

生氣

的皪鬥春豔，天眞花映紅。生機呈造化，元氣鬱蒼穹。
地志緜幽趣，天韻衍妙工。縱橫敍萬象，赫奕浩濶中。

幻

放曠開懷望，意紋妙象幽。靄靄生海市，杳杳現櫳樓。
飛彩呈虎勢，曲流寫蜃游。悠悠天地裡，何幻耐長留。

晨起

一夜清純雨，朝來柳色新。林中群雀噪，郊外滿山春。
風陣飄寒意，雲層汎色顰。輕盈腰履健，一似夢中身。

梅

籬角恨逢遲，竹修寒倚持。盈盈偎翠玉，小小擁苔枝。
朔漠胡沙遠，東歸環佩時。惜香粧錦幅，疏影映幽姿。
飛近龍娥綠，梅花曲一支。

配對

花鬚配紫蝶，柳眼對黃蜂。求偶心何切，配殊意不從。
緣摧抑緣起，相斥復相容。眨眼風雲變，倏忽春又逢。

哀楚狂

楚狂非我願，何必放悲聲。人醉我無醉，世清我更清。
滋蘭又樹蕙，飲露復餐英。毫髮猶山重，滄清如繫纓。
長吟泯怨恨，雲碧白鷗盟。

春恨

紅綠鬧枝頭，鶯燕爭語稠。金絲垂萬縷，銀月照層樓。
芳草攬離恨，長川惹淚流。幽幽門半掩，豔豔院全留。
春恨何曾已，江南夢未休。

苦愛之歌

征鴻飛杳杳，流水逝茫茫。苦伴征鴻去，愛隨流水亡。
征鴻去復返，流水還歸洋。痛矣世間苦，無苦永不強。

樂哉人世愛，有愛才能昌。

六言詩

漫漫長夜演夢，濃濃曉霧氤氳。浩浩平淵遼闊，絲絲弱柳舞春。
秩秩秧行井肅，簇簇花叢綻新。習習涼風拂面，騰騰翠浪翻鱗。
脈脈柔情似水，悠悠終古恆貞。

期許

期許成功持志堅，自爲來日較今賢。深知隻眼看天下，振起雄心養浩然。
激發潛才贏敬重，提攜後進著先鞭。三千可破誠貞諦，不必成功我最先。

長雲

長雲漠漠巡天際，白水悠悠入地塵。萬里羈愁頻斷夢，百年罹疾倍思親。
詩書兀兀天何厭，功德營營地永春。人世浮沉何必計，縱橫捭闔自精神。

思親

萬惦千思不盡思，瑞容再見已無期。春暉泣血悲萱草，風木椎心憶嫵嬉。
畫荻成灰空落影，慈烏反哺永乖離。潸然不絕思親淚，流到海枯石爛時。

憶鍾山

幽思縈夢憶鍾山，雲伏瑤台淚映斑。北蕩清新披紫黛，秦淮搖豔擁華顏。
棲霞山裡劍虹密，白鷺洲前花影閒。江鼇騰波千里闊，蟠龍繞柱萬般圜。
偉哉鍾象奇難比，風雨蕭騷奏捷還。

老駒伏櫪

伏櫪老駒千里志，胸懷仁儉不爲先。利名榮辱隨風去，善惡是非別樣堅。
度德而爲非遁退，量才以展是宜權。從容覺悟茫中示，著意閑收老大鞭。
時際華枝春將滿，天心可羨又嬋娟。

自剖

隻身弔影走天涯，九秩衰翁詩夢家。二十請纓圓舊願，三十教席發新椏。
四十不惑已無虞，五十天命焉可賒。六十七十不逾矩，八十九十更光華。

孤影

小窗孤影夜何其，斜月餘輝日已曦。衰涕疏髯渾似雪，龍鍾老態酷如畸。
尋詩苦綴窮無極，對景騁歌饒有辭。千里凌波無國嘆，悲吟粱父恨遲遲。

疊疊

疊疊春山隔海洋，客懷無既夢穿腸。柳陰煙裡絲絲碧，花簇雰中點點香。
葉下斜陽輕浪吻，風前乳燕稚翩飍。人生苦短春難再，天地悠悠和則強。

秋之夢

黃粱披夢繞天涯，自在金風掃落花。千里澄江如練繞，百年寶塔似龍拏。
秋聲入廓氣初肅，鶴唳凌霄日正斜。流水小橋千嶂擁，蛩吟切切賽池蛙。

老境

歲華將暮客心驚，哀涕疏髯似雪冰。宛轉無眠獨臥月，綢繆有意兩萌情。
蟬聲穿柳露珠潔，鶴影御雲光彩清。人老天涯夢不斷，和風萬里落霞明。

步行

吟嘯徐行輕勝馬，微風斜照沁人醒。百花爭艷姿常秀，萬物萌生態亦娉。
關節骨筋得壯健，氣神臟腑賴暢靈。行歌流覽兼思考，運動身心保泰寧。

登山

疊疊群山迢遞遠，盤盤一路高低平。風煙盡日循山下，星宿通霄借月明。

瀑布噴空千丈落，林蔭凝日四時蒼。他時登頂與雲接，一瞰底層迷你城。

梅夢

巫山夢斷水悠悠，幾許春光獨倚樓。過盡千帆皆不是，飛來萬鶴又何求。

青禽偷夢情安在，粉蝶斷魂志有由。照影浮香和靖醉，冰姿綽約耀千秋。

少年行

風流倜儻少年行，醉眼飛花出錦城。煙晚雨晴眉月秀，風清雲淡黛山明。

林間蝶戲簾間燕，涯上蛙撓石上蜻。垂老卻回少仔狷，行雲到處自多情。

花染

花染柳裁春豔豔，雨收風歛獨憑樓。翠琴縱放千般夢，玉笛横吹萬種愁。

秋意凋殘隨歲去，春容秀色翌年收。乾坤光照無偏礙，天地福蔭不別流。

浩然

浩然風露不勝寒，斜輾冰輪天鏡寬。千里親情春夢遠，一生飄泊月魂殘。

詩成一枕眠秋雨，筆落雙肩擔險灘。去國淒涼三尺劍，餘杳黯淡一枝丹。

訪台大傅園

博極古今人海揚，明通內外儒林光。書生一怒驚天下，黌子雄師安學堂。
文虎風猷眞稱頌，人龍才望誠堪彰。傳鐘霹靂翻餘響，遙眺彤雲捲太倉。

附一　飲之歌 修業輯錄

一

隨我意量飲幾杯，何必勉強醉百斗。混混沌沌體融和，瘋瘋癲癲身抖擻。
或詩或曲或文詞，信口狂歌三五首。仰面大笑天地寬，這等趣味人知否。

二

適量稱心飲，何需醉百斗。渴消又血注，思湧復神擻。
引領呼天象，仰頭歌韻友。曲詩連卷發，趣味何能有。

附二　瓊漿之歌 王玲原作 修業輯錄

液體之火，讓你若夢若醒，飄飄欲仙
讓天地顛倒；讓世界旋轉，
把人類歷史澆灌的跌宕起伏，將琴棋書畫熏染的色彩斑斕，
醉了劉伶，狂了詩仙，

張揚了曹孟德，書寫了鴻門宴，
濕了清明杏花雨，瘦了海棠李易安。
景陽岡上助武松三拳斃虎，
潯陽樓頭縱宋江題詩造反。
你啊你，成全了多少英雄豪傑，
放倒了多少村夫莽漢，
歌舞與你相佐，美色與你爲伴，
催詩情萬丈，壯文人斗膽，
有人供你發瘋，有人借你奪權，
有時你只是一個道具，烘托一下談判桌上的氛圍，有時你更像一種暗器，把貪杯的對手痲翻。
你啊你，既入朱門豪宅，又進村舍陋院，
既流溢皇室的金樽，又盛滿農家的粗碗，
愁也要你，喜也要你，

洞房花燭夜，他鄉遇故知，金榜題名時，
遷徙流放的囚犯，落魄的文人騷客，得志的朝廷大員，
都是你的知己，你的夥伴，
甚至即將上路的死囚都要你爲之餞別。
因爲你耽誤了多少大事，因爲你弄出了多少冤案，
因爲你鮮活了多少逸事趣聞，因爲你催生了多少佳作名篇，
更因爲你造就了多少人的肝癌而魂歸天堂。
眞的是：成也有你，敗也有你，
生也有你，死也有你。
你這澆愁愁更愁的瓊漿啊！
窮也有你，富也有你，
千家萬戶還都離不開你！

輯十三　餘生記吟之三

修業九二，丁卯十六。
編按：本輯百〇四首。

望舊京　一

水遠山長望舊京，金戈鐵馬繞鍾城。龍蟠虎踞今猶在，碧血鵑魂啼太清。

望舊京　二

紫金城外角聲寒，萬里烽煙淚不乾。最恨長江天塹險，碧泥黃土水如丹。

花夢

疏柳垂絲絲妙曼，清煙融水水常寒。濃愁添夢夢情亂，蒨影映花花不殘。

王母

王母三千桃結子，巫咸彭祖俱高籌。人生短促何須問，珍惜當前氣自悠。

哀南宮王

芙蓉帳裡宿鴛鴦，比翼雙飛楊貴殤。翡翠衾寒誰與共，蓬萊同輦承恩長。

其來有自

海上雲來緣鶴引，天邊日出爲雞啼。人間天上諸多事，自有源頭活水谿。

投荒

投荒披夢繞旋螺，僵困荒村不勝歌。欲使人間皆淨土，普天大眾盡彌陀。

花影

年年花影掠春思，意密香稠天地奇。終古多情恆不昧，搖心波月醉神怡。

坐忘

迷離曉夢瀲春潮，回首春風依舊嬌。習靜坐忘融鳥語，那堪隨意任蜂嬈。

書懷

九十春光如逝梭，忘情奮力薄天羅。雨豪流湧飛雲外，無奈東君不迻波。

問天

閱歷興亡近百年，披堅執銳任周旋。艱難苦恨無多讓，風舞亂雲醉問天。

慧

寥廓海天無極處，浩漫雲水任悠悠。兩行遠樹山斜影，一葉輕舟水上流。

交頸

交頸鴛鴦酣曉夢，天香絕品掠春思。盈盈蕊液情繾綣，妙得玉簫無韻詩。

春華與詩思

鶯囀花嬌蝶夢狂，血奔神湧意飛揚。春華清妙披心影，誰與詩思同比長。

綴夢

詩思千縷綴通宵，入骨貞心春態嬌。香透輕盈冰蕊潔，溫馨一夢慰無聊。

哀綠珠與息媯

細腰宮裡息無聲，金谷園中珠有瑩。究竟兩人緣底事，剛強柔弱俱崢嶸。

哀息夫人

娉娉裊裊美丰姿，帶雨桃花春一枝。千古艱難唯一死，至終無語息君姬。

愁入心

夜來蟲韻伴微吟，向月懷人愁入心。萬幻傳情非自在，鳥舒魚樂夢中尋。

花殘

染柳煙濃春欲放，彤霞珠露綻芳勻。無情風雨顛狂甚，皺綠凋紅滿地塵。

珍惜字紙

珍惜字紙人間事，無用須當付火中。有用置於清淨處，自然福祿永無窮。

四神湯

人生補品四神湯，知足感恩善解容忍千古方。處世和平誠接物，人人幸福家家康。

金陵鮮鯉

一別石城六十年，黃花鮮鯉酒家眠。春宵苦短花猶在，鴨老薑黃幾縷煙。

一堂和氣

一堂和氣樂融融，四海昇平天下豐。中外古今多少事，祥和定致萬年隆。

春風得意

春光似舊花仍芳，人寄蜉蝣豈久長。發憤圖強乘少壯，春風得意永昂揚。

功名

功名富貴如浮雲，松老千年終朽焚。自在嬌鶯啼不絕，伶俜寒蝶舞猶紛。

福壽

福如東海長流水，壽比南山不老松。世上眞能如此事，天清緣得菩提豐。

一生栽

層層階砌送青來，拂葉輕風催艷開。悄立危樓凝望遠，半酣春夢一生栽。

雪、梅、詩

有梅無雪不精神，有雪無詩俗了人。有雪有梅詩又讚，飄香瑩潔萬家春。

孤憤 愁

孤愁山疊山，鵑泣滿人間。淅瀝堯天雨，一仍淚不閒。

迷離

睇眸秋水橫，軼態譎冰清。何蓓嬌如玉，但祈心更瑩。

醉仙

花嬌似昔年，能不醉花前。堪折不須折，終生爲醉仙。

觀海

香霧騰銀海，碧濤湧杳天。海空成一線，寥廓呑坤乾。

九十人生

淮南子：春秋衛國大夫蓬伯玉年五十而知四十九年之非

八十九年非，塵勞顛沛深。春風移暴雨，哀樂轉相尋。

白鴿

白鴿眞奇哉，翅哀竟翛回。海天多曠廓，俯仰萬雲開。

沙鷗

沙鷗通體白，人笑一身愁。今我頭如雪，莫非愁滿頭。

怯

對酒怯流年，開弓響空弦。老來情味減，花影落尊前。

杏林

一杏含春雨，千林盡綻姿。惱人眠不得，歸雁到周祠。

送歸

河粱風嫋嫋，長岸柳依依。日斷猶迴望，魂銷爲送歸。

菊枝

菊枝生曉寒，春露莫留殘。橫黛秋波蘸，月斜人不闌。

菊花頌

極髓日精生，正秋與色爭。南山多志氣，香烈透晶瑩。

欣然

鸞鳳呈和鳴，花嬌又月圓。人生無別願，只此已欣然。

偶感

樂羊食子羹，西巴氏放麑生。忠愛何能異，難為後世爭。

白酒吟

山谿紅葉滿，東圃黃冠深。南嶺悠然見，斟醅白酒吟。

天上人間

弄玉飛青鳳，驅龍縱種煙。千年如走馬，三海變桑田。

梅、雪、詩

綻梅纔半樹，雪蕊已横枝。心曠階前舞，神怡醉後詩。

巫山夢

兀坐陽台客，巫峯送晚香。移情楚夢樂，神女向高唐。

淚

江北舊家鄉，百年夢一場。歸程愁萬里，遠岫淚千行。

想

耄耋留遐想，期頤寄遠思。悠悠一百載，興至好吟詩。

九三鑽石婚紀念 一

修業九十，民國一〇七年

三五民三十五年九三勝利日，戊戌民四十七年軍人節結縭時。一週甲子六十年，民四十七至一〇七年倏忽逝，葉茂花繁子滿枝。

九三鑽石婚紀念　二修業九十，民國一〇七年

九三勝利騰歡日，六十民四十七至一〇七年結縭欣悅時。艱苦甘怡備歷遍，祁年幸福樂黃耆九十。

黃菊

黃菊上華顛，英雄氣岸然。風流賽古道，莫笑步紅蓮。

紅杏

鷗遶霽山飛，水天溶漾暉。夕陽無限好，紅杏染輕衣。

日暮

日暮鴻聲遠，夕陽鳥外西。歸雲去有跡，只是往深谿。

劉阮劉晨、阮肇

劉阮別天仙，半年七代傳。巫峯十二翠，春夢步青蓮。

老人經

頭涼腳暖腰柔煴，三跳三飢笑十分。防跌防欺袪感冒，放心放下樂慇懃。

重山

重山周際碧，曲水迴旋幽。光色多明媚，鍾靈吟韻優。

雲海

雲海萬重遙，寸心千里長。思人腸欲絕，夜夜夢飛颺。

月夜歸人

掬水月盈手，攀荷露溼衣。清風明月夜，萬里故人歸。

暮雨

暮雨瀟瀟曲，老來久不聞。巫山雲已斷，無奈罷爐熏。

一片琴

晚歲逢春客意深，逝川東走夢中尋。清光掩映瑤台鏡，綺影遙攤一片琴。

彩箋

彩箋有價春無相，荒野無私夢有痕。紅葉莖頭留血淚，杜鵑枝上困吟魂。

山河

山河寸寸中華血，分裂誰勘倚別情。灑淚可當精衛哭，鵑啼淒厲柱天擎。

氣壯哉

美酒微醺花半開，意欣慮澹半仙來。無涯大海天爲岸，鼓浪揚波氣壯哉。

鼎立

鼎立三分誰使然，英雄千古永流傳。乍覺大夢魂何在，東去江流浪掠天。

三分

三分天下幾春秋，千古英雄誰去留。詩畫江山大世界，或歌或泣誓同讎。

枕書

枕書有夢家千里，飲滴懷人月隱峯。白髮蒼蒼催老境，春風秋雨畢從容。

春風

春風似舊花仍笑，秋水長流月正巡。大氣渾圓天地定，人生一去百年身。

金雞

金雞喔喔鳴天下，礁島太平掀巨波。萬里雄風馭日月，晨霾罄盡一高歌。

少林功

少林武術甲天下，修練功禪宛若神。千載長河流不盡，精忠護法久彌新。

不重杯

《漢書・食貨志》稱讚：酒是「天之美祿」，有扶衰養疾之功。〈需・象傳〉：雲上於天，需，君子以飲食宴樂。未濟卦：有孚于飲酒，无咎。濡其首，有孚失是。

天之美祿助扶衰，雲上於天樂宴開。濡首以酣該失是，言歡把酒不重杯。

幸福

幸福常因辛苦得，便宜多自吃虧來。人生道路雖驚險，只要春來花自開。

天人師

天師大師大天師，人師名師名人師。授業解惑又傳道，終生不疲樂於斯。

荷花

芰荷十里皎天光，一片芙蕖千葉香。水灩雲光交弄影，蓮花出水一清涼。

恬靜

恬靜虛無興趣多，讀經考史吟詩歌。調琴鼓瑟知音在，心動不怦如靜波。

滿錦華

和以致祥恭則壽，仁能濟世儉傳家。若將以此勤修練，世世生生滿錦華。

著先鞭

死生有命貴由天，貧僅立錐也燦然。卓志持身道可道，揚帆啓櫓著先鞭。

解脫道

誰能尋獲解脫道，毋忘無貪爲最要。自在自由心似海，普天安謐樂逍遙。

遍吉王

遍吉王有好心腸，無限利他美譽揚。三好運籌爲所倡，痌瘝在抱散熙陽。

常不輕

君子應懷常不輕，人人有志事能成。回眸一笑萬情變，賢聖俊傑天下驚。

浪濤

莫說人世皆平等，富貴貧卑差距多。愚智刁誠何可比，濤峯捲捲浪波波。

大美

自在悠悠一葉身，心如明鏡染無塵。不言大美存天地，萬物生生普道春。

我是誰

人問我思我是誰，我眞非我不能言。天人合一太極闢，理性自然渾一元。

三生緣

室雅何須大，花香不必妍。知足通體樂，感念三生緣。

懷珠

懷珠川媚水常清，韞玉山輝月更明。春意春花互競發，相思相憶特多情。

花好

花好只因霖雨潤，葉凋惟少傲霜枝。天人福祚同安樂，葉茂花妍須及時。

是非

是非人我都無計，嗔怨貪癡更不行。放下紛紛攘攘事，雲開萬里一輪明。

無毒

無毒酒菸之惡癖，無名利色之勞形。琴棋書畫涵幽韻，福壽緜延永健寧。

梅仙

爭妍搖玉迎華年，發豔吐檀傾渥鮮。偷夢斷魂空照影，冰姿綽約說梅仙。

梅雪

梅綻雪飛幽韻長，梅香雪白兩芬芳。梅花映雪千枝茁，雪影依梅萬點霜。

大美

大美不言天地寂，明章不議四時清。含珠之水川常媚，蘊玉之巖山更明。

悟

綠水青山大富貴，清風朗月眞功名。偈言禪語誠無價，滌盡世間溷濁情。

拂曉

拂曉狂歌氣正豪，鈞天浩蕩大風高。愁雲恨雨滔滔逝，白日青天披錦袍。

板蕩

謀臣鼎鼐嘆如何，將士干戈意氣多。帶動山河人不覺，大風難唱海興波。

沉水香

煙裡絲絲柔碧柳，霧中渺渺望殊方。山爐寂寂春難再，香水沉沉瀝斷腸。

桶底

桶底掀開大地闊，溝渠鑄蓋濁波沉。人間一點冰涼劑，綻洌朦朧攘攘心。

老人養生

飯稀肉爛羹湯溫，褥暖衣常宿敞軒。少飲緩行勤吐納，春來依舊一般蕃。

黃竹長生

黃竹歌聲動地哀，長生不老仙山開。西天王母倚窗望，八駿神駒竟不來。

繫日

繫日長繩何處尋，痲姑滄海水雲深。如冰春露千杯飲，一醉夢天海水沉。

小時了了

雛鳳聲清傳不衰，少年拔萃顯奇才。小時了了留遺恨，大未必佳欠緊栽。

三鼓

天鼓腹鼓脊鼓

三鼓齊鳴百脈通，神清氣爽血精融。蕭蕭落木飄零後，返老豈非又復童。

矍鑠

骨正筋柔氣自流，膠維間質仍豐稠。腰鬆腿健精神鑠，步履輕盈度百秋。

無欲

民一〇三年四月九日。周子主靜在無欲，程子主靜在無妄。孔子居處恭：端首拱心，閉目視心，塞耳聽心，呼吸調心，兩手交叉護心，兩腳並立據心。

無欲無求來自靜，天人合一處居恭（孔子：居處恭、求放心。）。自安自正甘平淡，入聖超凡行化庸。

無欲無妄來自靜，天人合一居處恭。自正自安甘寂寞，超凡入聖了於胸。

求其放心→天人合一。

弔　灰首犬

民國一〇三年四月二十四日，夜七點三十分，對面鄰居忠犬饅頭，不幸被車輾死。

灰首花饅犬，奈何遘軋纏。血濡砂礫內，肉裂路燈前。乖巧今何在，機靈已枉然。唏噓衫袖濕，無語問蒼天。

哀饅頭

忠犬本無罪，奈何招車纏，血濺砂礫地，肉裂路燈前。乖巧今何在，機敏已枉然，哽咽涕泗下，無語問蒼天。

輯十四 嵌姓名詩

修業九一，於台北。
編按：本輯廿首。

自擬 周修業

周祖瓜緜世澤長，修身積德顯輝煌。業精藝湛緣源廣，鍾毓期頤福壽康。

周展襟懷器宇昂，修賢崇德譜瑤章。業風隆盛盈華茂，玉兔清輝萬代揚。

周公吐哺仰彌高，修德葆眞顯傑豪。業茂家和堪赫赫，榮民報國樂陶陶。

祝壽 嵌名四言對

壽山福海如月之恆，如日之升。「秀」外慧中如蕙之質，如蘭之心。

祝壽 七言嵌姓名詩

蘭植山阿展皎妍，惠風颺蕊氣長鮮。綢繆鍾意周張秀，福海壽山衍彩箋。

幽蘭

幽蘭空谷播清波，望盡春心客醉歌。六十年來情比翼，綢繆搖作舞婆娑。

周安之

周而不比衍斯仁，安命立身拔萃倫。之所當之披銳棘，振聾發聵萬家春。

黃士蔚

黃帝開疆萬世尊，士林薄海仰羲軒。蔚然化雨春風日，猶念新潮舊夢痕。

周睦堯

周知萬象道無窮，睦敬邦交四海隆。堯舜光天舒化日，龍吟虎嘯建奇功。

周舜青

周而復始易天行，舜日堯年四海平。青蔚藍天將綠繞，江山萬里氣縱橫。

周翊正

周郎曲顧顯英豪，翊實精微素仰高。正氣凜然藏道義，椎輪大輅正胼勞。

鄭淑麗

鄭和西下國威揚，淑氣綻開四海昌。麗日當空光宇宙，家家戶戶滿庭芳。

周禹亭

周易行健史有成，禹王疏水九洲平。亭亭玉立心涵海，一本手姿天下傾。

周禹晴

周遊世界好風光，禹甸睡獅惺目張。晴灩閃光盈四海，金雞一曲萬家揚。

周韋丞

周家子弟本英豪，韋絕三編立志高。丞輔聖賢安甸宇，偉歟至矣頌皋陶。

韋丞生日正春天，柳暖花香慶瑞年。英挺九三群立鶴，少齡十八萃尤賢。

心軒智蓄謙爲尙，意謹器宏志最先。萬里騁飆揚璀璨，思齊三立(立德、立功、立言)共陶然。

德仁元芳五十雙慶賦詩為壽

五十逢雙壽，鰈鶼情意深。達天遵聖訓，知命敬賢音。

德仁才濟世，元芳善澤心。瑞靄堪頌羨，松柏永傳吟。

吳宇賓

吳口吞天非比常，宇南天地展輝煌。賓膺主座雙飛翼，共駕祥雲枕旭陽。

吳璇賓

吳祖善懷慶有餘，璇光璀璨挹詩書。賓歸至上開新頁，世澤延陵頌九如。

姜達宇

姜家大被古留芳，達海通江友愛揚。宇宙洪荒殷世界，太公輔武定周疆。

周真貞

周氏汝南世澤長，眞才般若仰羲黃。貞思氣韻瀰邱壑，造境熙怡世世昌。

姜大吉

姜公志業賽文昌，大展鴻圖譜典章。吉利於民登袵席，笛音清韻永留芳。

豎笛讚 聽大吉演奏有感

私語嘈嘈歇，激聲切切揚。輕彈單竅紐，慢扶複吭槍。趯鍊珠傾墰，強腔玉吐簧。清音入杳冥，豎笛玉宮藏。

急雨嘈嘈歇，私諏切切時。乍聞激笛調，幾信玉宮詩。

笛音嬝嬝繞邊城，驀地高昂驀地平。怎的滿堂空寂寂，熱騰騰地鬧轟轟。

笛音起流泉，寥敻千里聞。崩崖飛巨石，瀑流灑細雰。回湍漫曲瀨，滴瀝透平沄。風雷爆飆狂，嗚咽啜紛紜。口指生妙律，裊裊逕入雲。

輯十五　忘年憶往

修業九二，於台北。

失憶者之歌

老爺爺、老婆婆，排排坐、笑呵呵。

一群白衣天使——噓寒又問暖：笑語盈盈、盈盈笑語，撼動了心窩。

多少恨、雲煙過；多少愛、半消磨。

不知我是誰？也忘記了親密的伴，更找不到自己該回去的窠。

哦！老師快教我！教我如何——如何懷舊、憶往、憶往、懷舊——記取往昔種種細水長河。

好！讓我們來教您！先數一數數字——一、二、三、四、五、六、七、八、九、十

倒過來，再數一數：十、九、八、七、六、五、四、三、二、一。

唸唸看：這篇文章，一個一個字，唸清楚。一次又一次，一波又一波。

別忘記！再來玩玩智慧球——把混在一起的橘色球、藍色球分開來。

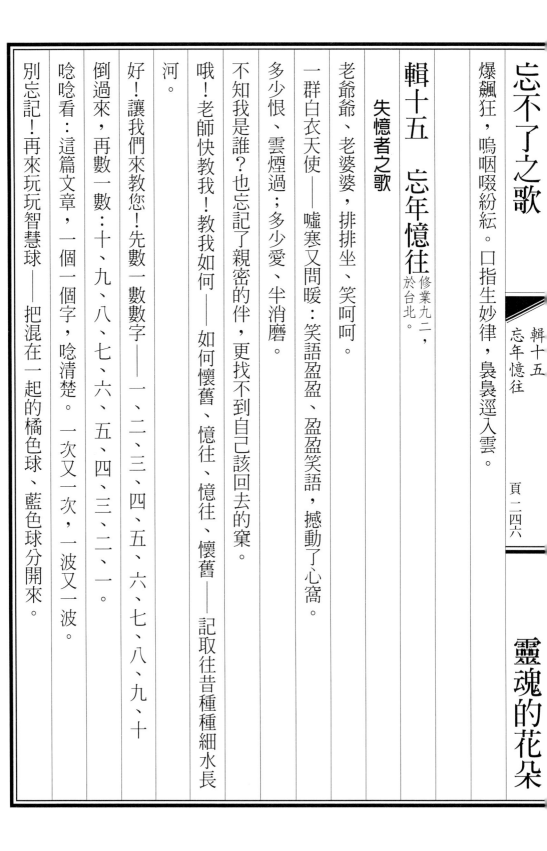

慢慢來——腦力激盪、激盪腦力。莫慌張！莫蹉跎！
哦！驀然回首——過去啊！歷歷在目——一幕一幕地映演出來了：
兩小無猜——純純的友愛；
蓼蓼者莪——濃濃的親情；
請纓報國——浩浩的國恩。
這些、這些……難忘記！忘記也難！
憶難忘！不憶也難！眞的！忘不了啊！
眞鬱結！眞遺憾！
歲月、任婆娑、心智、奈老何？
嘗思撐大宇，也曾層層疊疊上峰坡。
濤前——飛沫濺衫羅；
雲際——雷電閃如梭；
雨後——寒濕透重蓑。
大風大浪何曾懼，

忘不了之歌

拼死拼活又爲什麼？

哦！爲了促使——國家強盛、人民安樂、社會祥和！錢財多又多！

哦！記起來了：

只要愛心在——把愛傳出去；

只要光明在——把光散出去。

幸福會再來！溫暖會重現！人類更祥和！

忘不了啊！記起來了——

只要愛心在、只要光明在、幸福會再來！

擁抱它——合唱快樂歌。

——大家開心迎福來。

感恩。

輯十六　童歌憶往

修業九二，於台北。
編按：本輯六首。

歌罷海動色，詩成天改容。
愁來獨長詠，聊可以自怡。
新詩吟罷愁如洗。一曲笙歌飛上天。

我要飛上天

一九五〇年五月，發表於《公論報》，筆名向天飛。

我要飛上天，飛到淡水河邊，飛到阿里山顛。
在阿里山顛看一看光明的火焰；在淡水河邊探一探自由的泉源。
自由的泉源，洗滌了每個人的心田；光明的火焰，燃起了千萬人的憶念。
憶念，心田，在沸騰……在翻掀……
正義的呼聲響澈了天邊！戰鬥的號角震動了心弦！起來，愛好自由的人們！
從阿里山顛，從淡水河邊，整隊！向前！挺進！當先！
把自由，光明，和平，勝利，迎接到我們的跟前！

※※※

我要飛上天，飛到黑龍江邊，飛到紫金山顛，

在紫金山顛看一看瘋狂的火焰；在黑龍江邊探一探赤色的泉源，
赤色的泉源，沖沒了無數的寶藏；瘋狂的火焰，燒遍了整個的田園。
寶藏，田園，在憤怒……在哀怨……
慘痛的呼號響澈了天邊！自由的怒吼震動了心弦！起來！不願做奴隸的人們！
從紫金山顛，從黑龍江邊，揭桿而起！除暴安良！
把自由、光明、和平、勝利，迎接到我們的跟前！

向天飛四月廿日於台北。

新年歌

一九五〇年十二月二十九日，發表於《公論報》，筆名向天飛。

新年到，新年到，大家快快樂樂眞熱鬧。
團拜呀，聚餐啊，互相祝賀新年好。
從今起，舊的去了，新的來到，
上下一心，集中全國力量，消滅共匪，確把河山保！
新年到，新年到，大家嘻嘻哈哈齊歡笑，
開會呀，演劇呀，各人懷著新希望。

從今起，壞的去了，好的來到。復興氣象，瀰漫整個寶島，

反攻大陸，重光河山在今朝！

獻給小朋友

一九五一年一月二日，發表於《公論報》，筆名向天飛。

小朋友，莫貪玩！光陰一去不復返。人生能有幾寒暑？轉眼春來冬又去。

快快努力把書讀，將來做個大人物。

小朋友，莫胡鬧！快把聰明用於正道。立功立德又立言，根基穩固在少年。

顯親報國光天下。一世英名萬古傳。

十指歌

一九五一年一月二日，發表於《公論報》，筆名向天飛。

十個小朋友，分成兩小組；一組常居左，一組常在右。各有短和長，合作無彆扭。人人離不了，時需他幫助。大哥算最矮，體胖容貌醜，若有榮耀事，一定先開口，搖搖擺擺的（大拇指短而且粗，時伸出以示誇耀。），真夠出風頭。二哥名食指，好指人迷路。指東劃西的（人常指東西，或指示人家的路徑，多用食指。），煞像船舵手。三哥最高大，英俊又挺秀，卓立在中央，儼然像嬡首。四哥號無名，金銀樣樣有，若已締良緣（人常喜將婚約的戒只戴在無名指上。），更有約指摟。唯有小弟弟，樣樣落人後，力氣最薄弱，細小從無有，還要常淘氣（與人賭咒時，常將小指與對方小指勾結，以示堅決。），

好與人賭咒。這些小朋友，你有我也有，倘問名和姓，就是一雙手。

小洋娃

一九五一年五月十日，發表於《公論報》，筆名向天飛。

小洋娃，小洋娃，身長一尺八，眉毛彎彎，眼睛大大，
端正的鼻樑，小小的嘴巴，圓圓的臉蛋，烏黑的頭髮，
一天到晚滿地爬，手舞足蹈笑哈哈。（內裝機器的洋娃，走動時發出響聲）
有一天，我問他：「小洋娃，你爲什麼這樣樂煞？」
他說：「我夜夜都夢見長大，跟著爸爸殺敵回老家。」

小寶寶

一九五二年五月三十一日，發表於《公論報》，筆名向天飛。

小寶寶，快長吧！長得像爸爸一樣壯大，拿起刀槍做好漢，剿匪建國平天下。
小寶寶，快長吧！長得像媽媽一樣能幹，從軍殺敵效木蘭，馳騁疆場保國家。

輯十七　新歲新詠

修業九三，於台北。
編按：本輯卅八首。

百歲自擬松（一笑）

民國一〇八年一月一日

龍筋鶴骨一身藏，耿性貞心百歲妝。香色自凝傲植海，老松狂勁自昂揚。

思歸民國一〇八年一月二日

鶴夢飄蕭胡不歸，吟懷耿抱虛芳菲。銀河麗澤靈潮湧，舒展流霞待落暉。

選舉後感民國一〇八年一月三日

世事如棋著著驚，政壇走馬一時菁。但祈滿院花齊發，福蔭全民樂又榮。

舞春民國一〇八年一月四日

蓬萊縹渺水浮香，莊蝶舞春競吐芳。象外溫馨堪作伴，飛瓊縉綣醉斜陽。

思弟民國一〇八年一月五日

亂離五十淚隨肩，夢繞鴒原託杜鵑。山海千重情不絕，壎歌篪哭問蒼天。語本《詩經》「伯氏吹壎，仲氏吹篪。」伯壎仲篪喻兄弟相親相愛。

思鄉民國一〇八年一月六日

故國蒼涼路幾千，胸中雲夢雪飛仙。悲風追日無邊際，丹鶴遠翔血唳天。

松老民國一〇八年一月七日

松老瓊華錦繡峯，色融霞麗泛香溶。生機橫溢來元氣，舒卷隨雲天地鎔。

冥禪民國一〇八年一月八日

紅日西垂又一天，淡風嵐影亂雲煙。飛天縮地都無術，兀坐冥禪思悄然。

衆妙之門 民國一〇八年一月九日

詩意難舒天地寂，道心不縮乾坤虛。不言大美難成事，眾妙未彰何以書。

留春 民國一〇八年一月十日

行藏率性貴情眞，止水觀心影更新。入醉清虛滄海老，銜詩逸興好留春。

雲龍 民國一〇八年一月十一日

雲龍天外現清影，養性騷夫幽夢驚。萬疊垢塵何處去，碧璃千頃閃空明。

鄉愁 民國一〇八年一月十二日。周潤三橋、蕓薹千頃，鄉愁無限。

蝶幻莊周成一夢，鶴聲唳破夕陽紅。蕓薹萬里瀛洲淚，流向三橋白浪中。

修禪 民國一〇八年一月十三日

意身不鎖恨，法眼罄窺玄。靈性由天賦，修禪又幾年。

歸夢 民國一〇八年一月十四日

鶺鴒詩竟雁脫行，存魯攘夷丘壑荒。卷石驚濤霹靂後，淵明歸夢自泱泱。

懷弟 民國一〇八年一月十五日

錦雯靜巷搖情杜，媚月綴縫連理枝。雁陣人形成一字，杜鵑啼血夢回時。

淥水 民國一〇八年一月十六日

淥水嘉陵粼又粼，虛舟載夢鶼情淳。方欣百歲期頤約，怎奈無端春已巡。

心書 民國一〇八年一月十七日

思修妙入萬書樓，塵垢遠揚情鑄優。慧命法身恆住在，心書爛熳無倫侔。

赴越打工有感 民國一〇八年一月十八日

九萬鵬身南越遠，膠舟杯水客心長。三千世界雲間影，八表僱儔興意昂。

浮生 民國一〇八年一月十九日

浮生難得開顏笑，對酒當歌天地春。捭闔縱橫風拔海，龍韜虎略長精神。

宰 民國一〇八年一月二十日

宇宙初生誰宰之，交融互攝綰機宜。高明博厚大而化，垂象森森尊若師。

更有詩 民國一〇八年一月二十一日

殷花蕤絕鳥癡啼，幽夢飄蕭落酒巵。萬幻空靈惟一老，清芬直吐更有詩。

灘沉吟 民國一〇八年一月二十二日

滄浪濁清苦吐聲，淚浸千劫百憂縈。蒼天沉陸冥芒事，憔悴何因獨自鳴。

九華山民國一〇八年一月二十三日

九華秀麗如芙蓉，九子改稱九華峯。四大名山首佛地，怡情悅性雲乘龍。

思弟妹民國一〇八年一月二十四日

詩竟燈殘淚不乾，氤氳披夢客心寒。舊鄉故宅弟和妹，無奈只從夢裡看。

大美民國一〇八年一月二十五日

萬古乾坤擎一柱，挾山拔海斬長鯨。三民大美光天下，八表同歌民主盟。

慕鄉民國一〇八年一月二十六日

歲末天寒更慕鄉，悠悠晝夢繞黃粱。躐山跨海魂飄轉，隱隱瓊樓醉暖陽。

浮漚民國一〇八年一月二十七日

莽莽乾坤朗朗秋，百齡只是一浮漚。長河滾滾千波湧，萬象森羅一葉舟。

家事民國一〇八年一月二十八日

家事平和一展新，親情骨肉血凝淳。無端風雨枝枝動，總有青天盡滌塵。

欷民國一〇八年一月二十九日

農夫役役多無食，織女波波罕有衣。人世多呈慘絕事，公平社會怎堪欷。

四然民國一〇八年一月三十日

有事斬然事可消，澄然無事意逍遙。超然自處致寧遠，逆境泰然迎戰招。

知至至之民國一〇八年一月三十一日

縱橫捭闔不遲疑，度勢審時知至之。居上不驕誠可貴，乾乾惕厲危而綏。

易經八卦民國一〇八年二月一日

學術源頭本易經，變和不易道成型。陰陽太極氣無盡，八卦河圖洛書遂定名。

乾坤民國一〇八年二月二日

乾坤萬象妙常恆，龍馬精神表動能。至大至精呈造化，天人合道物神凝。

三古四聖民國一〇八年二月三日

易經創作歷三古上古、中古、近古，四聖伏文周孔儒伏羲、文王、周公、孔子、儒門弟子。

天地彌綸順大化，精微絜靜萬方趨。

太極民國一〇八年二月四日

太空氣化一靈生，無以名之太極成。極裂兩儀並四象，陰陽八卦易道亨明。

太極圖民國一〇八年二月五日

陰陽兩極平分秋色，黑白雙魚交頸游。太極曲絲線情繾綣，森羅萬象生生不息稠。

河圖洛書民國一〇八年二月六日

河出圖來洛出書，陽奇陰偶五行居。天孚地合行神鬼，五五之和攝億虛。

五福民國一〇八年二月七日

人生五福壽爲首，長壽卻爲名善傳。富貴康寧兼好德，善終善了似登仙。

輯十八　學佛拾粹

修業九一作於台北大湖。編按：本輯卌首。

寂照

光明寂照遍河沙，凡聖含靈共一家。心淨即爲佛土淨，虛空大地豁無涯。

道

挑柴運水無非道，住臥坐行皆是禪。隨性修爲處處是，歸宗一統地連天。

一氣

一氣渾圓水火融，臥龍交感養珠宮。長空大地生無止，流水行雲天下雄。

虛無

道自虛無生一氣，便從一氣產陰陽。遵循日月雲行雨，萬物生生亙古昌。

慧春火定

佛法眞經教化殊，金剛忘我又空無。自涼滅卻心頭火，火定慧春一毅姝。

心動

鷓鴣啼處百花開，不動風幡心動來。厲害老鷹藏其爪，菩提薩埵陞階台。

五知圓

五隹矢止五知圓，知足止唯吾不讓賢。八大人覺遺教經在，氣長行善佛心田。

啐啄之機

扇子飛天龍降雨，鯉魚東海啐啄機。夜行開悟反其道，百尺竿頭大悟巍。

智靈

智靈體驗是眞禪，大地一圓魂夢牽。坐相三角藏際岸，自由自在一渾然。

正念

正念一心治妄想，不離當處定安然。體虛意蕩勿涯岸，深入禪修始進淵。

空零

虛空萬有應沒有，畢竟空來無定形。虛以實模仍不在，無相建構畢歸零。

悟心

外靜內思活樂深，忘他忘我又亡侵。有覺有感入禪定，無所不存是悟心。

心佛

明珠無懼邁塵攖，盡褪勞塵光又生。嶺上無雲心是佛，波心有月照無明。

心禪

內心清淨如明月，有水千江月更明。萬里無雲天已曉，青青翠竹盡禪聲。

道

長空不礙千峯矗，大海難捐萬里流。斯道在焉隨處是，有容乃大傲千秋。

法相

諸物諸相皆有法，法無自性隨緣生。生前無住是根本，主體物相開眼清。

真緣

菩提無樹鏡非臺，一物無存何惹埃。無上智能非僅智，眞緣可渡悟先開。

大乘

自渡渡他是大乘，精微高度才爲禪。假過眞渡彼如岸，所在道心即佛禪。

智禪心

葱葱翠竹法身尋，鬱鬱黃花般若深。清淨光華塵不染，慈悲喜捨智禪心。

方寸論

千門百法歸方寸，妙道河沙直髮行。因果悠悠如夢幻，虛空蕩蕩任縱橫。

頓悟

立時立現頓悟多，嶺上無雲月湧波。枯木花開處處是，聖凡一體舞婆娑。

柔軟心

柔軟心腸世所需，橫強剛愎必堪虞。熙平和樂大同界，暴戾氣清頑劣除。

錦遍山

絢爛繽紛錦遍山，灑脫飄逸水流潺。花開花落無常事，常住法身萬靜間。

慚愧

人若常揮慚愧心，扶清袪濁悟覺深。天旋地轉軸猶在，柳綠花紅春滿林。

禪定

達摩師祖西來意，入道法門印度風。寂滅歸眞三昧處，慧僧璨道信忍弘慧能終。

波羅蜜

由愚到智波羅蜜，惡去善來入匠心。席捲菩提登彼岸，勤修悟道證禪音。

心即佛

順其自性逍遙去，隨爾俗緣任意行。利慾愛憎都不在，即心即佛蓮花生。

禪意

靜凝如壁性澄明，高隱千峯外更泓。禪意無涯不朽處，清風明月氣崢嶸。

空定

水投幽澗雲出岫，澗湛山清道已明。水鳥樹林念佛法，傳心無住「空定」成。

無上智

千姿百態由心起，妙有眞空顯相來。無上正生成大覺，塵消光現萬朵開。

心泉

無形無相大無際，塞口活泉汨汨流。心淨猶如佛土淨，寂照光明遍沙洲。

大乘興道

道本平常處處在，揚眉瞬目任而行。天清夜半窗來月，大乘精神一笑生。

苦海

苦海無邊無所求，頻生喜樂駐心頭。清明淡定歸眞樸，理入法筏行到彼洲。

明鏡

理無違處意常愜，物百輕時慮不深。明鏡如心性止水，餘暉霞彩綴長吟。

從善

從善袪非世所誇，荊棘叢裡出奇葩。三人同列我師在，日正何愁樹影斜。

春來

春來地錦遍山河，塞外煙塵飄落多。宇宙洪荒渾一體，清明淨潔野謳歌。

佛心

佛心不二人人佛，佈正去邪天下佛。尊己利他諧諾諾，祥光普世照諸佛。

禪定

禪定虛無觀悟心，仁德倫理氣森森。天人合一和爲貴，壽者長春舉世欽。

共生緣

人人都讚共生緣，有義有情魂夢牽。世界大同終有日，共榮共利樂無邊。

好事多

人生在世不空過，福眾利他好事多。繼往開新承萬古，破堅披瀝不蹉跎。

輯十九　感恩母親節　溫馨五月天

辛卯一九五一年，古曆七月二十五日夜先慈棄養，悲泣失聲，今賦此律，益增號咷。并列別母、思親、憶母三首，永誌慈暉。

慈母乃民國前十五年生（即一八九七年），享壽五十五歲。肖雞。

修業母親節作：忘不了之歌——媽：教我如何不想您！

本篇係將慶祝母親節的佳辭（舊詩）麗句（新詞）綴輯而成，藉以祝福全天下偉大的母親並追思，家慈　仙逝六十七週年——修業九三

憶母

母範留教化，壼儀垂素風。寫神疏影勁，憶貌暗香融。清質妝冰玉，怡情顯彩虹。海心

凝上智，湛氣見純空。懿德昭昭著，仙姿燁燁隆。

思親

千思不盡思，再見已無期。泣血悲萱草，椎心憶嫵嬉。荻灰空落影，烏哺永乖離。不絕思親淚，海枯石爛時。

別母

別母展初衷，如今已是翁。斷腸驚異夢，掩目翻暈紅。佳節徒思苦，安居亦淚濛。鄉山千萬里，猶見白雲中。

追夢

六十年前事，天寒並地傾。恧男屯海島，幼弟戍渝營。弱妹蹴然哭，稚孫擗踴驚。孀孤撐大局，哀祖病扁棚。搶地呼天後，哀思恨不平。

十大恩情

第一恩　懷胎守護恩

累劫因緣重，今來托母胎。月逾生五臟，七七六精開。

體重如山岳，動止劫風災。羅衣都不掛，裝鏡惹塵埃。

讚——母愛的本質，一如生命的單純與溫柔。母親犧牲生命、創造新生命，以繇衍與宏揚未來的瓜瓞與光彩。媽媽：教我如何不想您！

第二恩 臨產受苦恩

懷經十箇月，難產將欲臨。朝朝如重病，日日似昏沉。
難將惶怖述，愁淚滿胸襟。含悲告親族，惟懼死來侵。

讚——母親就像一座發電廠，心：是幫浦，手：是馬達運轉不息，汩出——光與熱——受苦受難的偉大媽媽：教我如何不想您！

第三恩 生子忘憂恩

慈母生兒日，五臟總開張。身心俱悶絕，血流似屠羊。
生已聞兒健，歡喜倍加常。喜定悲還至，痛苦徹心腸。

讚——母親：她把青春一寸寸地從自己身上移植到兒女身上，忘了痛苦，犧牲一切。
媽：教我如何不想您！

第四恩 迴乾就溼恩

母願身投溼，將兒移就乾。兩乳充饑渴，羅袖掩風寒。

恩憐恆廢枕，寵弄纔能歡。但令孩兒穩，慈母不求安。

讚——母親是——無怨的付出，知心的體貼。永遠的執著，綿亙的愛心，上帝的傑作，

人間的幸福。母親：您眞偉大！教我如何不想您！

第五恩　哺乳養育恩

慈母像大地，嚴父配於天。覆載恩同等，父娘恩亦然。

不憎無怒目，不嫌手足攣。誕腹親生子，終日惜兼憐。

讚——母親——以期盼的手——養育我。以寬容的情——饒恕我。以無比的愛——疼惜

我，以不求回饋的心——使我長大。此種恩情無與倫比！媽媽：教我如何不想您！

第六恩　咽苦吐甘恩

父母恩深重，顧憐沒失時。吐甘無稍息，咽苦不顰眉。

愛重情難忍，恩深復倍悲。但令孩兒飽，慈母不辭饑。

讚——孩童時，有個好去處，媽媽就是兒童樂園。我在她的雙臂——盪鞦韆，背脊——

溜滑梯。媽：您忍著痛，供給孩兒歡樂，教兒如何不想您！

第七恩　洗濯不淨恩

本是芙蓉質，精神健且豐。眉分新柳碧，臉色奪蓮紅。

恩深摧玉貌，洗濯損盤龍。只爲憐男女，慈母改顏容。

讚——媽媽是和風，輕吻臉頰。媽媽是細雨，滋潤兒心。媽媽是陽光，帶來春天。媽媽的愛心使兒健康安全。媽：教兒如何不想您！

第八恩　遠行懷念恩

死別誠難忍，生離實亦傷。子出關山外，母憶在他鄉。

日夜心相隨，流淚數千行。如猿泣愛子，寸寸斷肝腸。

讚——我懷疑媽媽會分身術，因爲她無所不在——在衣服上；在便當裡；在寒夜苦讀的熱茶中；難過時，她又悄悄伴我在心底。媽媽：教我如何不想您！

第九恩　深加體恤恩

父母恩情重，恩深報實難。子苦願代受，兒勞母不安。

聞道遠行去，憐兒夜臥寒。男女暫辛苦，長使母心酸。

讚——走遍千山萬水，去尋找知音，驀然回首，竟發覺，只有您，母親最瞭解我！母範留教化，壼儀垂素風。媽：教兒如何不想您！

第十恩　究竟憐愍恩

父母恩深重，恩憐無歇時。起坐心相逐，近遙意與隨。

母年一百歲，常憂八十兒。欲知恩愛斷，命盡始分離。

讚——母愛是一種無法償還的貸款，再多的財富，也難以將慈暉的帳目結清——松柏兮

翠姿，涼風生德闈。母胡棄兒輩，長逝竟不歸？

天不老，地未荒，慈母的恩情何日報？母親：教兒怎能忘得了？教我如何不想您！

輯二十　「愛憶欣」記夢

編按：本輯十五首。

民國一〇八年五月二十四日手記

北窗花影不勝姸，千樹梅香鳥不旋。白景枝頭吟涕淚，雪花魂盡暗飛仙。

詩思千縷沃心畬，舊國蒼涼憶故居。天地自營驚梗泛，可憐玄鬢已無餘。

綠楊城郭尚依然，吹絮悲風挽帽延。鳳去樓空聲寂寂，翼殘遼鶴唳連連。

江畔悠悠獨客心，繁星漾漾碧濤深。長天蝶夢縈思遠，繾綣幽情夜夜吟。

民國一〇八年五月二十五日手記

縈心家國夢連連，垂泉雲霞芳草邊。依舊光鮮青鬱鬱，熏風和煦麗山川。
乾元坤一舞婆娑，覆健載縕致太和。騰韻揚聲無物我，堅貞巧慧湧清波。
沖盈極目眄大荒，水瀲山幽有秘藏。脈脈情深重寫夢，嵯峨聳秀源流長。
縱步越郊軒宇昂，山光明媚块心腸。人生好景雖無盡，德藝雙修必首揚。

民國一〇八年五月二十六日手記

龍蟠虎踞黑無霞，魂夢秣陵血染沙。霜葉半山鬥唳鶴，鵑啼林表哭無家。
天衢彌廣任翱翔，唳鶴無心滯他鄉。霹靂山河何所懼，萬般風雨一肩當。
萬點繽紛舞袖飃，紅亭綠柳憶三橋。雲龍天外現清影，誰奏笙簫迎玉嬌。
魯連避秦走天涯，碧海濤濤處處家。遼鶴飄蕭歸靡計，夢疲形槁髮絲華。

民國一〇八年五月二十七日手記

懸頭奮志應乘時，鑄性陶情正所之。析理搜玄淨萬慮，邃微妙趣自當知。
窮神觀化遐思遠，探奧發幽流眄深。爛漫天文闡一貫，萬方造境意千尋。
逝者如斯晝夜梭，韶光荏苒奈愁何。乾坤一擲英雄漢，豈可蹉跎夢一俄。
古今元氣盡淋漓，赫奕檀心靡不宜。虎躍龍騰隨所願，高華玉樹定傳奇。

民國一〇八年五月二十八日手記

乾坤配對錯鴛鴦，亙古奇聞夢異常。生女育男無以問，人間仙世倍神傷。

紅情綠意自悠然，夫婦姻緣一線牽。萬子千孫傳後世，生生不息樂年年。

一陰一陽成日月，光明宇宙自然來。結縭男女爲夫婦，地義天經不可摧。

萬物陰陽造化新，心縈魂憶夢成眞。牛郎織女千雲隔，醉蝶狂蜂夜夜春。

民國一〇八年五月二十九日手記

畫眉山斂鬱蔥蓊，漬錦江流豔漫濛。意密情深難寫夢，化機傳妙一心融。

澄碧瑠璃香滿溪，凝煙聚翠草萋萋。越姬出水豔方好，吳夢山河日已西。

演漾滄溟映碧光，粼粼輸夢影流長。焉知情淚思深淺，誰築瀛臺號望鄉。

寂歷春山癡鳥狂，玄蟬落樹凄聲揚。殘花何以迎風舞，月淡風幽吟詠昂。

民國一〇八年五月三十日手記

惠風和暢鬱青青，毓秀山川寫性靈。調韻鳴禽能悅耳，逍遙逸翮度高冥。

卅年風雨蕭騷夢，死別生離慟裂心。憑轉法輪游象遠，崇光寂照發悲吟。

才學並兼垂史範，讜貞常見冠群倫。如今夕翠雖無限，總覺熙怡不是春。

騰鬱孤雲傲嘯天，怡風淡月與周旋。裁詩紅葉娑娑舞，意引嬋娟夢發妍。

民國一〇八年五月三十一日手記

詩能呈現生之夢，幻象可爲新凱旋。智慧迪開悟世界，遐思波動樂重天。

詩夢悠悠遠且長，境奇情合意迴腸。搜玄抉律無他礙，渾括鍊錘光彩揚。

儒家勁健道家雄渾，流動大乘高萬古尊。詩品司空圖三大類，生之禮讚頌詩魂。

情景和諧勢熾人，聲光色影動如神。淋漓動挫氣磅礴，跌宕生姿象外春。

民國一〇八年六月一日手記

章法謹嚴寓意新，神餘象外氣融春。抑揚頓挫從音律，跌宕騰挪更沁人。

鑄詞熔典務精警，托物言情意景深。仗對律諧順氣勢，自然流轉宕腸心。

言外有情又有景，含蘊深廣豔浮雄。蒼茫沉鬱宏奇麗，趣合神殊藝不窮。

詩情畫意一爐熔，遠近細粗景幻豐。物我無間奏妙合，渾然一體雲御龍。

民國一〇八年六月二日手記

白雲白如銀，飄飄環宇巡。晶瑩玉世界，冰潔琳琅新。

白雪白如粉，紛紛撲地塵。淨粧堅質勁，寒柢耐春神。

雪花白似棉，朵朵御風顛。樓角崢嶸處，琉璃旋又延。

雪子渾如珠，顆顆落翠觚。彈昂弦欲斷，韻道有還無。

民國一〇八年六月三日手記

群山萬壑疑無路，霹靂千鈞險徑開。仙樂悠悠微入夢，恢宏紫氣自東來。

虛與委蛇權變深，以柔制剛智避擒。嶢嶢易挫皎常漬，一擔山河豈可侵。

力敵智取兩權衡，明哲保身是所傾。以弱事強誠不易，和平共處計精明。

以智鬥之且以神，佯分反合失其眞。相衡進退貴機變，警前謀後成於民。

民國一〇八年六月四日手記

盈虛消息古今然，善治者謀於後妍。趨利避凶曲是尙，求同成大異宜捐。

含沙射影虛爲實，射石矢沉實則虛。虛實因情而有異，虛中有實實爲虛。

以逸御勞逸可守，以勞成逸勞必頹。無藏不顯事之理，顯必隱之勢自來。

足恭承仰慣圖謀，倨傲抗衡卻靡憂。馴必閑之傲金納，沐猴而冠亦非求。

民國一〇八年六月五日手記

往來消息最機微，觀極握機全勢非。討武王紂復田單齊三封韓信，旋乾誰謂不全歸。

春夏秋冬循序轉，吉凶吝悔隨之來。悔生凶至吝迎吉，無悔而吝花又開。
雀圍猛虎蜂螫士，雀警士忽效不同。唯警與忽機所在，成功失敗一線通。
退能成進進能退，退二進三何不爲。進退相衡機先最貴，機先一失恐生危。

民國一〇八年六月六日手記

搖鐘伐鼓聾弗覺，烈炬燃黎瞽不知。以手喻形聲相步，去壅通竅咸宜之。
天趣可由觀水悟，地靈即自覽山知。無窮宇宙任瞻仰，天上人間奇又奇。
水湧於先必後竭，火衰於後必先烈。盈虛天理垂諸世，善治善爲應取捷。
祁年綺夢寫荒唐，風灩碧漪一片香。大化俯仰有你我，忘憂忘老意飛揚。

民國一〇八年六月七日手記

頤呼掣萬象，談笑出新詩。鞭指登龍日，山河再造時。
高標矗勁節，一菊鬱亭亭。皎皎窗前月，倒峯映遠青。
蒼黃狂寫恨，客淚盡飆詩。赫奕山河遠，堅貞蹈厲遲。
眉蹙春爭翠，月殘色益嬌。杯杯和淚飲，字字嘔心彫。

追憶

本篇係綴籤語祝辭而成，以誌平生心靈深處的點點滴滴。

歲月悠悠　往事悠悠
念也悠悠　歌也悠悠

忘不了之歌——修業九三

追憶：那斜風細雨的日子、使我迷戀得不能忘懷。

多一些愛、多一些忍耐、多一些信心、你會找到一條比別人更美麗更寬廣的路。如何用你的形象、描摹生命繇衍幾千幾萬個可能！甚至更多。屬於陽光的季節、屬於風中的歲月、屬於我們的年輕。——懷念。懷念！就這麼沾些藍藍的天色，默寫對紅樓（我的出生地）的思念，給您的祝福，爸！媽！我想您們！心靈有多少待啟的門扉，窗後有幾許遼闊的世界。紅葉輕眠、綠葉輕眠、是誰？在林間灑下幾暈斑斕、是離人淚？是至親情？一斑斑、一片片、映在黃昏的臉上——爸媽！我眞的忘不了您們！每條您我走過的路、都通往一個同心的圓。——人同此心！心同此理！我們是那麼契合。

昂揚——向黑暗作一個挑戰的姿勢。

聽濤——用您心、照我心，用您情、印我情，在人生路途上永遠相扶持。

朝朝暮暮若您能復記憶，懷念總會在深處響起！天河如路，路如天河、上游茫茫、下游茫茫、渡口以下，渡口以上，兩皆茫茫，我已經忘記，我從何處來，向何處找您？何處找您？爸媽：我茫然迷失了方向。不幸的歲月，像杜下的陰影。終將在人生的沙灘上逝去。當美好的時光再度來臨，讓我們仰首向青空表達謝意，也表達我內心的喜悅。

人生：看不透什麼都要。看得透，什麼都不要。

自省：在一天的尾聲中，願我們都能坦然的面對自己的成果沒有愧疚。是夢似夢？不可能的相逢，是幻似幻？不可能的期待，何必呢！把不可能的圈又畫上不可能的圓，當彩霞滿天，魂夢欲教何處覓？

信心：迎向前去，讓我們也像陽光一樣的進取！開拓一個全新的旅程。流雲絮絮，絢麗而飄逸，瀟灑地揉和著寧靜的祝語。

領航：似燈塔一般，——嚴教慈暉，您是我航向的指標！美的音樂！是與世間的褒貶榮辱無關的，它是尊貴的至善至美的心的發露。

境界：生命的充實，不在年歲的長短，而在領悟生命的深淺，切實地實踐。凋零是更新的成長，是下一季萌發前的偉大犧牲。

忘懷：如果苦澀，是成長中必經的過程，那麼讓我們共同學習在苦澀中不忘追尋美感。在明天來臨前，將也是一段無限的美好。

朝向目標：孩子：不要延誤至明天，那才算聰明。明天的太陽，也許不會爲你而昇起，但我仍以純稚的笑靨幻畫朵朵彩雲。童年的幻想曲，從純眞和淘氣裡敲響整個大地，人生能夠如此完美甜蜜，那是因爲有個童年的關係，且讓滿廊歌聲嘹亮你鷹揚的路。爸：我忘不了您！

無名樹，三更雨，不道離情，正苦！一葉葉，一聲聲，空階滴到明，只恐雙溪舴艋舟，載不動許多愁，願所有愁鬱，咸自心靈深處退去！退去！就讓我翱翔在那一片天空裡，就讓我排開那朵朵的雲彩——在陽光裡展翅飛翔。在百花競放的明媚世界裡作一個溝通人們心花的彩衣使者。凝眸雲外，那道光芒，照亮寧靜的山谷，充滿新生的希望。伸吧！伸展到天之涯，世界依然是無休期的無止盡的！

朵朵浪花：我無意征服世界，但我想找到理想，尋著美夢，今天……明天……永遠……同歌吧！辛苦了一場總算有了代價。恭喜妳！老伴！我們結縭了一甲子——

明燈：「知己」是海上的燈塔，指引我們的迷惘，迎著金色的夕陽餘暉，讓我們滿載豐收歸航。生命是無可透支的，流水卻能美化人生。

靜寂：夕陽留駐枯椏，天地逐漸靜寂，在肅穆中，心緒因想念而濃，悠悠水長。總止不住我衷心的祝福與惦念。讓親愛的爸媽暨親人……永留心田！

歲月：如果你知道，你還有多少路必須走，你會覺得這世界比以前更可愛。如詩似夢，金色年華，願所有宿願及早呈現，且深深祝福。

成長：生命的生長不分時間，也不分晝夜，不論順境或逆境，生命總在不知不覺中成長。願你擁有山一般輝煌的夢想及希望。

悟：有時我們從別人的過錯中，學到的也許比從別人的德行中學到的更多！歲月鎔鑄的輝煌，向你展現不盡的歷鍊，這是很大的成就。

心湖：走遍千山峻谷，欲尋一處遠離一切憂愁的樂土。到頭來發現它竟藏在自己的心底！認識自己是我最大的喜悅。

轉捩點：當你澈悟人生時，也許你會喜悅，期待奮發，或許你將哭泣，絕望、墮落。珍惜生命中每個日子，人生更有意義。所有挫折與悲傷，在發生當時使我們受苦流淚、但隔了一段時間，再來省視，卻能覺出一絲甜蜜的酸楚，日子雖然青澀，回望時，依舊滿懷喜悅。只有超越，才能生存！別人可以的，不一定適合自己。杯空，才能注入新水。面對，就有生路。不自是，故彰。不自伐，故有功。不自矜，故長。「千錘百鍊出深山，烈火焚燒若等閒，粉身碎骨渾不怕，要留清白在人間，」這是于謙的石灰吟：是何等氣魄！——眞是浩氣貫太虛，丹心照千古。

追尋：爲別人而活著是痛苦的，爲自己而活著是虛空的，爲理想而活著是幸福的。夢見你在風中走過，夢見你在雨中走著——長髮飄飄，綴著串串的水珠，我想問你，家在何處？夜沈落輕搖著我的夢，在夢中我走過沈默，不知道那是否流浪的旅途，只彷彿追尋你腳步。

請珍惜每一個今天，明天不屬於任何人——時哉不我與，去乎若雲浮。用白髮寫智慧，用汗水種心願，用縐紋摺起歲月，從來不說累。用青春洗濯一生，像詩一樣美，用仁慈啓開心門，用微笑撫平傷痕，用心平氣和，讓夢安穩。從黑髮到白髮，心中永遠牽掛：用眞愛成一個家！

我志在寥闊，疇昔夢登天，面對流水：孔子：逝者如斯夫，不捨晝夜——永不歇止的活力。老子：水滋潤萬物，人該學之——無盡頭的愛意。

活力因愛意而不枉費，愛意因活力而不匱乏，「半畝方塘一鑑開，天光雲影共徘徊，問渠那得清如許，謂有源頭活水來」——至柔至善如水！

讓亞里斯多德與你為友，讓柏拉圖與你為友，更重要的是：讓眞理與你為友——追求眞理追求眞愛（哈佛校訓）嶢嶢者易缺，皎皎者易污

這是事實，事實就是眞理，愛眞理就是眞愛。

生命之歌：燃燒自己，即使不照亮別人，願以一生的青春，化作護航的使者，夕陽寂寞向晚，潮水低語不盡，傾訴的是我底思念……與祝福……

珍惜：「夕陽無限好，只是近黃昏」把握剎那即是永恆，把芬芳還給大地，把色彩還給天空，唯有從痛苦的環境中成長，才會深深的體會到，這世界是多麼美好。

美：撒野在山邊，在雲下，在湖濱，在我的心頭。莫嫌老圃秋容淡，猶有黃花晚節香。落紅不是無情物，試問紅葉欲何往？化作春泥還護花。

編按：以下為作者整編忘不了之歌二十輯後著錄的文字。

如果沒有詩：吻只是碰觸，畫只是顏料，酒只是有毒的水。——王鼎鈞

我心完全裸裎，心血塗地無聲，智者看來無色，仁者看來鮮紅，文學的血統，是詩；文學的遺傳基因，是詩。

詩乃一種靈感的數學，給予人一列等式：這些等式不是爲抽象的形體、三角形平面而設，乃爲人類的感情而設。——美・龐德

詩是一種有韻律而且充滿想像的語言，它表現著人類靈魂的創造趣味、思想、情感與洞察——美・斯德曼

詩藝是神妙的技術，類似人造的天堂，以有限通無限的大道；詩是一種巫術性的咒語，通於心靈和官能的感召。——法・波特萊爾

附 剪報六篇

編按：以下六篇均爲同一時期以不同筆名發表於報端，共同以剪報形式和「童歌憶往」中六首詩珍藏於名爲「靈魂的花朵」的剪報簿中。著錄如下：

怒吼吧，故鄉

一九五〇年九月十四日，發表於《經濟時報・小天地》，筆名問心。

一個月明星稀的夜晚，宇宙間的一切都停止了活動，無邊的大地像死一般的沉寂，

明亮皎潔大公無私的月亮溫和地撫摸著每一個可以照到的角落，我的寢室也榮幸地尤窗櫺的空隙處，鑽進了她的倩影，我欣然由床上坐起，欣賞著這一幅美麗引人遐思的偉大畫面，不禁油然想起古人：「床前明月光，疑是地上霜，舉首望明月，低頭思故鄉。」的詩句，我低聲巡迴的念著，一遍、兩遍、三遍……竟至無數遍，最後沉醉在故鄉的回憶裡。

故鄉，這是多麼耐人尋味的名詞，她好像一位慈祥的母親一樣，擁有偉大無邊的愛，吸引著每一個離開她懷抱的愛兒。在外飄泊三年多的我，雖然對她已久疏問慰了，然而一片赤子之心，仍然無時無刻不羈繫在她的心坎裡，永遠永遠不能分開。

三年了，多麼長的歲月！如今又是第四周年的開始，我以淒寂，沉重的心情懷念著。

故鄉啊！在我離開你的時候，你是那樣的風光旖旎、生氣勃勃，好像窈窕賢淑，曼妙美麗的少女一樣，處處布滿了可愛的種子，吸引了每一個人的心。如今呢？你變了，你大大的變了，你受不了赤色洪流的氾濫，你經不起秧歌王朝的蹂躪，你在萬惡的魔掌下呻吟，掙扎，失去了往日美妙的風姿，宜人的情調；幽秀的湖光，染上了血腥的氣氛，沒有了生氣，沒有了光彩，沒有了希望，沒有了自由，在這麼一個淒清美麗的月夜裡，除掉大公無私的月亮給你一點溫暖，明亮的光芒而外，你還能得到甚麼呢？啊！月啊！你照遍了這人間地獄，也該對那些罪魁們，匪徒們作嚴重的處罰吧！

啊！故鄉！可愛的故鄉，你遭遇這一次空前的浩劫，蒙上了赤色的外衣，成千成萬的故鄉父老，死的死了，清算的被清算了，鬥爭的被鬥爭了，迫害的被迫害了，我知道是沒有一個人能倖免的，除掉那些爲虎作倀、沒有人性，沒有血氣的流氓地痞們而外，然而，我卻相信在故鄉的每個角落裡，仍然瀰漫著一種神聖不可侵犯的正義元氣，促使廣大的愛國同胞紛紛加入游擊隊，與惡魔們作殊死鬥！

故鄉，憤怒的故鄉！你怒吼吧！你的成千成萬在你懷抱裡長大，而今還羈在自由天地的孩子們，正在懷念著你！正在積極從事反攻了咧！在不久的將來，就可以肅清妖魔，打回大陸，重新投入你的懷抱裡了。

故鄉！多麼可愛的故鄉！拉開你的笑臉，迎接著我們吧！

安息吧，姐姐！

一九五〇年十月十二日，發表於《經濟時報・今日婦女》，筆名問心。

一個淒清的月夜，獨個兒徘徊在幽靜的河邊。習習的微風，吹動了平靜的河水，生出一重重的皺紋。間或幾聲蟲叫，一陣鴉鳴，劃破了無邊的沉寂，喚醒了我沉痛的心靈。

「啊，姐姐，你……」我喃喃地自語，重新又拾起已丟掉的信箋，從頭到尾，一遍又一遍地讀看，竟至淚眼模糊，暈倒在荒草的岸邊！

天啊！怎麼樣的不幸，奪走了我最親愛的姐姐！她犯了甚麼罪？要使她這樣悲慘地死去？我不知天之生人，爲什麼不給以幸福？而給以禍孽，你摧殘了弱者啊！天你曉得也不？

關山萬里，插翅難飛。噩耗傳來，不啻晴天霹靂。啊，姐姐！你這樣匆匆地死去，叫你千里外的弟弟怎不生悲？記得吧？在我離家的前夜，你那哽咽啜泣的喉音，傾吐著無盡的忠誠話語：「弟弟：你這次出門，不要以家爲念，要珍重你的前途，要保養你的身體，爲國家做一番偉大的事業。你的姐姐雖然不能看到你的成功，然而死了也含笑在九泉！」啊！姐姐！你這些話多麼悽慼！多麼深遠！我當時哭倒在您的身邊，答應決不辜負你的期許。然而今天，三年了，你這無用的弟弟，仍然事業未成，國仇未報，而你竟溘然死去，瞑目了嗎？含笑了嗎？我眞對不起你，姐姐！你若有靈，請你在夢中責備我吧！

你長我一歲，三弟小我兩歲，我們姊弟三人，同時讀書，同時進學校，而你竟因家境關係先我輟學了。當媽媽告訴你這消息的時候，你哭了三四天不肯吃飯，我那時幼小的心靈，也陪著你哭，但是事情終沒有如願，你竟病了好幾天。以後每當我和弟弟放學歸來，你總是偷偷地看我們的功課，熟習得比我們還強咧！於是你擔任小妹妹與姪兒們的家庭教師了。啊！姐姐！你這種苦學的精神，你這種超人的智慧，怎麼不令人折服？

你出嫁的時候，是在我離家後一年。我當時正在學校裡受訓，是爸爸寫信告訴我的。後來我畢業了，分發到南京，本想回家去看看你，但是家鄉已被赤焰所籠罩了。聽說你們顛沛流離，受盡千辛萬苦。二叔被打傷，三姐被捉去，家裡被搶劫一空，爸爸媽媽，弟弟妹妹，嫂嫂姪子，都虧你一個人照料——遷居在你的家裡。時日幾何？你竟長辭人世！爸爸媽媽是多麼悲慟啊？爸爸的病還沒有好呢！媽媽的身體又弱不禁風，弟弟妹妹姪子，孩童稚未改，你丟下他們在這風聲鶴唳，鬼哭神號的鐵幕裡，將怎麼辦囉！

姐姐！你這樣的死是多麼悲慘，我知道不是你的本願。然而你爲著你的理想，爲著人間的正義，你不願目睹故鄉父老姐妹們飢餓而死，你不願受萬惡的魔鬼的欺凌、侮辱，你毅然選擇了「死」的一條路。是的，你是明理的女子，你知道「死有重於泰山，有輕於鴻毛」的深意，你不苟生於世，做共匪的奴隸，做大鼻子的幫兇，你個性的激烈，我知道這是必然的結果。然而你太早了——你在人世的責任還相當重大咧！你不應該這樣匆匆地結束了這條有意義的生命，增加爸爸媽媽弟弟妹妹的傷心。

啊，姐姐，從今以後，我到哪裡去找你呢？你的志願，你的希望，我將會給你實現。然而年老的爸爸媽媽，年幼的弟弟妹妹，又怎麼能挨過這黎明前的黑暗？姐姐，希望你在暗中保佑他們吧，你這千里外的弟弟，不久打回大陸，一定要安慰你的英靈，索回你的血債，姐姐，安息吧！姐姐，安息吧！

一九五〇年十月五日於台北

小楊的克難

一九五一年一月，以本名發表於《學生雜誌》第十六期。

「小楊，你最近幾天又到哪裡去了？怎麼連影兒也沒有瞧見你？」我看見小楊坐在圖書館裡看書，很興奮地跑過去，一手拍著他的肩膀，一手抓住他手裡一本厚厚的洋裝書。

「喲，老哥！是你！把我嚇了一跳。」他很驚訝地從椅子上站起來，丟開手裡的書，緊緊握著我的手。連忙又拉出隔座的椅子，很客氣地讓我坐，然後他才慢吞吞地坐在他原來的椅子上說：

「老哥！我最近眞忙呀！一點空兒也沒有——每天除正當工作外，還要寫三千字的稿；還要到學校裡去上課；還要到這裡來（指圖書館）看參考書；還要與同學們搞那個撈什子雜誌；還要……還要……，唉！簡直把我忙得不可開交！」

他說著眉頭緊鎖，右手上下揮動，手指迭次向手心裡彎曲著。

「哦！你眞偉大！一面做事，一面還在學校裡讀書，這樣的用功求上進，難怪你近來瘦得多了，你應該要休息休息囉！這樣的苦讀，繁忙會把身體弄壞的。」我拉住他的手，一面由衷地讚賞他，一面誠懇地勸慰他。

「是的，我何嘗不知道，不過，我的精神還好，心情倒很愉快，天天沉醉在讀書、寫作的氛圍裡，別有一番興致。你近來好嗎？老哥！我好久沒有到你那裡去看你了，眞是對不起！」他很溫和謙遜地望著我。

「哪裡……」

我覺得無話可說，只是內心裡激起了無限的敬佩與愧感。

又一個清麗的晚上，我到他的宿舍裡去看他，他正在昏暗的燈光下埋頭寫稿。我沒有驚擾他，只輕輕地坐在門外一個矮凳子上，凝神地由窗口望著。他寫好了一張以後，又寫了一張，接連換了六七張，才輕鬆地放下筆，舒了一口氣，站了起來，他那清癯而皙白的臉上，不時顯出一絲絲微笑，我知道他很得意。之後，他整理好了稿紙，小心翼翼地放在屜子裡，又從屋角書架上拿出一本書來讀，我遠遠地只看到封面上有一個『Amber』英文字，我知道他又在看一本甚麼小說——「虎魄」了。一直到深夜十二點鐘，他還是不感覺疲倦，而且還朗朗有聲呢！於是我忍耐不住了，馬上咳嗽了一聲，整理了一下衣服，推開門走了進去。他似乎又吃了一驚，慌忙爬起來讓坐，嘴裡喲喲喲地打招呼，好像還是念著書裡的詞句哩！我慢慢地走近桌邊，輕輕地握著他的手說：「小楊，你看甚麼書這樣地起勁？怎麼到這樣深夜還不睡覺？看你明天怎麼能夠上班？而且還要到學校裡去上課？」

「這有什麼關係？我每天都是這樣，明天還不是照樣地上班、上課！這就是我們青年學生的克難哪！」他說著顯出那麼傲然的一笑。

「克難？」我驚訝地問：「你克功課上的難？克書裡的難？」

「是的！在這種廣大的克難運動聲浪中，我們青年學生，也應該勇敢地克服一切做學問上的困難；多多寫作，多多讀書，努力做功課，努力去學習，從實際工作中去發掘經驗，從無窮的書籍裡去尋找知識，把一切的『難』都驅到九霄雲外去，打開一條永遠燦爛光耀的出路，做將來復興國家的資本！」

語調的激昂，態度的剛毅，更表現他意志的堅決，我不禁屈服在這種偉大的志向裡。

大約一個多禮拜以後，我又在衡陽街一家書店門口碰到他，他挾著一大捲書和稿紙，我知道是他剛才買的。他一看見我，就向我打招呼，我於是拉他到公園裡去談談，在路上我問他克難的成果，他向我得意的一笑，然後豎著大拇指對我說：「我的克難的成果才偉大呢！」他咳嗽了一聲，攏了一下頭髮，繼續說：「在這短短的十幾天當中，在寫作方面：我寫了兩篇小說，五篇散文，三篇詩歌，還有雜文在外；在讀書方面：看完了『Amber』以及許多短篇小說和散文；在學校功課方面：我整理好了各科筆記，修改了五萬字的回憶錄的稿子，看了許多有關課程上的參考書；在精神方面，所獲得的就更大囉！因爲思想與智識的領域逐漸擴大，給予我無窮盡的寶貴的啓示與愉快；至於工作呢？仍然是按時上班，從沒有懈怠過啊！」

他說著神采奕奕地，顯得那麼快樂與歡欣。

之後，他向我揚了揚手，吹著輕鬆而歡樂的口哨，跳上自行車一溜煙地走了，我望著他那矯健的背影，茫然不知所措，彷彿還聽到他最後一句話的餘音在濃濁的空氣裡迴盪著：

「克難囉！老哥！克服一切困難，才能得到眞正的快樂！」

小鬼　一九五一年三月二十八日，發表於《經濟時報・小天地》，筆名問心。

好久沒有看見「小鬼」了，今天忽然在衡陽路遇到他，他瘦了很多，穿著一件破舊的中山裝，頭髮亂蓬蓬，面容很憔悴，但是他的精神倒還很飽滿，態度也和從前一樣愉快，活潑。

「小鬼」原是我們機關裡年紀最小的一位同事，今年才十七歲，聰明活潑，天眞可愛。因爲年紀最小，個子又矮，同事們都叫他做「小鬼」，他雖然高中還沒有畢業，但是他的各科學識都非常豐富，文學造詣尤深。常常在報紙副刊上投稿，拿到稿費，就買他所愛的書讀，從沒有看見他浪費過一分一秒的時間和一分一毫的金錢。

他常常對我說：「我很幸運地生在這個大時代裡，雖然爲著追求未來的美麗的憧憬，而離開了家園，遠別了父母，但是我的心是寧靜的，快樂的，蓬勃的，從沒有感到過苦惱和徬徨，因爲我覺得；我有一種青春的活力在支配著我，引導著我，使我永遠朝著光明的大道上邁進！」

他又說：「人生最寶貴的時期，是青春時期；智力最充沛，腦力最發達的時期，也是青春時期。我若在這一時期裡，不多努力讀一點書，求一點學問，奠定將來爲國家做事業的基礎，那麼，青春的時間一過，眞的要「噬臍莫及」、「老大徒傷悲」了。

他的話眞出乎我的意料，——想不到這位毛頭「小鬼」，會想得這樣透徹，認識得這樣清楚，我被他感動得佩服，稱讚他而外，只有「自愧弗如」，徒爲老大哥了。

他每天一清早，就起來讀英文，做練習，寫稿子，忙得「不亦樂乎」。八點鐘開始上班，靜靜地坐在辦公桌上，做他一天應做的工作，從不嘻嘻哈哈，躭誤過公事。

晚上還要上夜校補習，有時事情做完了，就拿一本書躲在一邊細心地讀，有問題的時候，馬上去請教他認爲比他高明的同事們，一得到解答後，他那清秀白嫩，充滿著孩子氣的臉上，立即顯出一絲絲快樂的笑容。我常常坐在一邊端詳地看著他，覺得這位「小鬼」，將來一定有辦法，這樣小小年紀，就知這樣用功，這樣力求上進，眞是「難能可貴」，後生可畏了。

分別後他仍然是過著半工半讀的勤苦生活。

他最後很感慨地對我說：「我沒有親人，我不希望依靠親人；我不知道失敗，只知道奮鬥、苦幹。環境迫不了我，障礙物挫不了我：環境的迫力愈大，我的意志愈堅，障礙物愈多，我的勇氣愈大。人生畢竟是快樂的，但是要建築在艱苦的奮鬥裡！我要永遠奮鬥下去，直到漫漫的長夜過完，黎明的曙光普照大地的時候爲止！」

他說完後，睜著那雙滴溜溜的大眼睛，望著我笑了，笑得那麼激昂，那麼剛毅，那麼有力量！從他這爽朗可愛的笑聲裡，我看出一朵偉大的生命之花，在燦爛地、輝煌地開放著。

望空之簡

一九五一年四月二十四日，發表於《聯合報副刊》，筆名孔之道。

媽！自從離開你，匆匆已經五個年頭了。在這五個年頭當中，我無時無刻不在想念你。現在，你在天的那邊，我在地之這頭，你淪陷於黑暗的鐵幕裡，我陶醉於自由的氛圍中；你沒有了快樂，沒有了歡欣。我呢？唉！媽！我有快樂，但是想起你，又哪裡能夠……!?我可以歡欣，但是想起你，又怎麼可能……?!

媽！想不到五年的分離，竟遭遇到這種萬劫不復的滄桑——故鄉變了，家也變了，你呢？你變得多麼衰老，多麼憔悴啊！

共產黨眞暴虐，清算了僅可餬口的家產，逼走了你身邊唯一的愛兒——琪弟，他，他現在在甚麼地方囉！……

自從那天開清算大會以後，他失蹤了。你哭得死去活來，活來死去，大嫂勸你，你說：「我不想活了！在這種慘無人道的世界裡，還怎麼活下去？我要死！我要跟他們——萬惡的共匪拚掉這條老命！」這些話是慧姊由香港寫信告訴我的。唉！媽！這怎麼可以呢？雖然這種悲痛，是夠刺傷你那衰老而脆弱的心；這種仇恨，是夠激起你那奮不顧身的勇氣。然而，你不能啦！你不能這樣做啊！你要堅強下去，你要忍耐下去，你要挨過這黎明前一霎時的黑暗，你要等到你這千里外的愛兒——我打回大陸！你要看一看那些惡魔們所受到的正義與眞理的制裁！至於琪弟，他不會死，上帝會保佑他，也許現在還安然無恙呢！也許已經參加游擊隊了呢——他精明能幹，英勇愛國，絕不會屈服在萬惡的共匪強力之下的！媽！你放心吧！他會堅強地活著來接應我們反攻的。

雞啼了，東方白了，燦爛奪目的光輝普照大地的時候到了！媽！親愛的媽！忍耐一些吧！忍耐一些吧！我們不久就要打回來了！我們不久就要打回來了！

再見！媽，我最親愛的媽！

慈母的呼喚

一九五一年四月二十六日，發表於《聯合報副刊》，筆名孔之道。

一個風雨淒清的夜晚，我正躺在床上憧憬著一幕旖旎瑰璨的遠景，欣賞著發自心靈深處的甜蜜的快意，忽然門聲響處，一位英姿俊爽，身材健碩的青年——我的同學怡——走了進來。我躍然而起，緊握著他的手，由於他面部抑鬱淒喪的表情，我知道他一定遭受了甚麼意外，果然，他痛苦地、無聲無淚地，從腰包裡掏出一封褪了色的信遞給我，我展開一看，原來是他年已古稀的老母由家鄉寄來的。

我慌忙從頭讀下去，開頭是這樣寫的：「海外自由中國的怡兒：是時候！你怎麼還不打回來呢？」這幾個字寫得特別大，字跡在發抖，顯然他老人家寫的時候含有無限的痛苦與急切的期待。下面接著是：「親愛的怡兒！我天天在盼望著你，我天天在為你祝福。我聽說你當了兵，參加了反共抗俄的神聖戰爭，我真快活，我快活得連幾天沒有東西吃都不曉得餓，你畢竟是我的兒子，你畢竟是中華民國的好子孫，你沒有忘記——你離家時我對你說的話；也沒有忘記——你爸臨死時告訴你的言語。昨夜，我夢見你，你全身戎裝，精神抖擻，站在我的床前，獻給我一幅美麗的國旗——青天白日滿地紅——三年多沒有見了，我捧著她，拉著你的手，問長問短。你告訴我：『我們已經反攻了，我們已經打回來了。媽！你拿甚麼來迎接我們呢？』」

我當時樂得眼淚都流下來了。我不知道拿甚麼來迎接你，除了我一顆殘餘的心。但是，夢囉！這畢竟是南柯一夢，這個夢何時才能實現呢？我這顆殘餘的心，又將摧殘到甚麼地步呢？怡兒！你能告訴我嗎？唉！三年了，你爸被共匪弄死，你不得已離開了家，漂泊在異鄉各地——皖南隴西，我擔心你會墮落下去，不知道爲父報仇，後來聽說你被共匪提去，送到集中營，但是你逃掉了，逃到自由中國——台灣，我才放了心。今天你又放下了筆桿，拿起了槍桿，幹起了那衛國救民的神聖工作，雖然曾在登步、在大擔，受了傷，掛了彩，但是你是榮耀的——因爲你是爲眞理正義而犧牲的啊！我眞爲你這榮耀而高興。

這個不祥的日子——十一月十二日，大陸沉淪，故鄉變色，你唯一的妹妹，我僅有的愛女——芳，犧牲在大鼻子的獸慾下。你的妹夫一怒之下殺掉了那共匪，參加了游擊隊，號召了成千上萬的小伙子，在大別山、在太湖區，掌握了共匪的咽喉，隨時給他們以致命的打擊，我呢？除了供給他們一點情報而外，甚麼事也不能做。我眞恨！我怎麼不健康一點，不年輕一點！跟他們一起工作，早日「滅此朝食」報此深仇，唉！老了！無用了！但是我的心還沒有老呵！怡兒！你知道我現在的心境嗎？

樹皮吃光了，草根也完了，觀音土，紅花草又何濟於事？兒啊！你媽在苟延殘喘望著你呢！大陸上千千萬萬的同胞都在引領望著你呢！你怎麼還不回來？

你爸爸的仇人是誰？你妹妹的仇人是誰？成千成萬與你爸爸妹妹同命運的父老姊妹們的仇人又是誰？兒啊！你認清了嗎？你趕快打回來，替他們報仇！你趕快打回來替他們復仇啊！

末尾又是：「是時候了，兒啊！你怎麼還不打回來？」

這幾個字寫得比前面更大，並在旁邊加了無數的密圈。底下寫著：你的垂死的母親書於鐵幕的一角。

我默然地反覆地看完了這封信，心裡眞不知如何的激動與悲慟！回顧我的同學怡，他已伏在床上哭了。我沒有話安慰他，我不知道怎麼說好，我只得輕輕地走到他的身邊，撫著他那哭得一顫一顫的肩膀，凝望著窗外淅瀝淅瀝的細雨。我心裡在想：這眞是偉大的呼喚啊！她代表著大陸上千千萬萬的慈母的聲音，她把這聲音用血和淚寫成這封悽慘欲絕的信寄給她海外自由中國的愛兒，急切地希望他們早日打回去，拯救他們於水深火熱之中。呵！中華兒女們，自由中國的同胞們，反極權、反侵略、反暴力的兄弟姊妹，我們還能再等嗎？我們還能再拖延嗎？我們還能眼睜睜的看著慈祥的老母呼喚得聲嘶力竭嗎？不能！萬萬不能呵！我們要趕緊響應她們的呼喚，團結起來打回老家去！

點滴是親恩

周氏家訓

虎尾春冰安樂法
馬蹄秋水進修方

周修業題

鳳凰朝九子鷄石街三公
遺鷄石周氏一百世
第二十七世
周修業敬錄

文慶正成賢
繼述光先哲
濟美甄陶著
徽音恒篤茂
恪守青年範
詩書遺世澤

伯友大明延
芬芳啟後元
維新沖陸權
彌遠達洪源
家模永春昌
理樂譜瑤章

立品珠簾璧
勛猷炤典則
鼎彝資調燮
箕裘齊克紹

奇材選棟樑
禮義直剛長
經綸裕贊襄
冠冕滿朝堂

一　孔曰成仁，孟曰取義。惟其義盡，所以仁至。讀聖賢書，所學何事？而今而後，庶幾無愧。——錄自文天祥語

二　一年之計在於春，一日之計在於寅。一家之計在於和，一生之計在於勤。

三　竹從葉上枯，人從腳上老。天天千步走，藥舖不用找。

四　不信青春喚不回，不容青史盡成灰。低徊海上成功宴，萬里江山酒一杯。

五　人情似水分高下，世事如雲任捲舒。留得五湖明月在，不愁無處下金鈎。

六　百川東到海，何時復西歸？少壯不努力，老大徒傷悲。

七　盛年不重來，一日難再晨；及時當勉勵，歲月不待人。

八　養生十要：立如松，坐如鐘，行如風，臥如弓，營養均，運動溫，情緒鬆，心智新，人際亨，七竅通。

九　種種從前，都成今我，莫更思量，更莫哀。

十　從今起——要怎麼收穫，先那麼栽！——錄自胡適語

十一　棄我去者，二十五年，不再回來。看江明月霽，吾當壽我，切莫啣杯。——錄自

胡適語

十二　種種從前，都成今我，莫更思量，更莫哀；從今起，要怎麼收穫，先那麼栽。——錄自胡適語

十三　前宵一夢奇哉，好似天上諸仙採藥回。有丹能卻病，鞭能縮地，芝能點石，觸處金堆。諸仙笑我，我笑諸仙，敬謝諸仙我不才。葫蘆裡也有些微物，試與君猜。

十四　吾心信其可行，雖移山塡海之難，終有成功之日；吾心信其不可行，雖反掌折枝之易，亦無收效之期。——錄自孫文語

十五　涵養怒中氣，切記順口言，謹防忙中錯，愛惜有時錢。

十六　手把青秧插滿田，低頭便見水中天。虛心自反方爲道，退步原來是向前。

十七　十總穴歌

肚腹三里留　腰背委中求　頭項尋列缺　面口合谷收　內關心胸胃　脅肋覓支溝
安胎應公孫　婦科三陰交　外商陽陵泉　阿是不可缺。

十八　煩惱多，催人老，心不順，賞花草，聽音樂，怒氣消，要冷靜，莫急躁，家庭睦，樂陶陶，經常笑，變年少，心情暢，睡眠好，多走動，壽命長。

十九　以沉著冷靜渡過難關　以睿智慧劍突破逆境，
以勤勞苦幹開創新猷　以歡愉謙虛迎接勝利。

二十　人生好比戲劇，社會好比舞台；今宵由我演出，必定掌聲如雷。——振聾發聵

廿一　思想是風，知識是帆，生命是船，航向人生大海。

廿二　肯定自我，堅定信念，充實內涵，汲取經驗，邁上康莊大道，成功必屬於我！

廿三　媽媽是和風，輕吻臉頰；媽媽是細雨，滋潤兒心，媽媽是陽光，帶來春天。

孩童時，有個好去處，媽媽就是兒童樂園。

我在她的，雙臂，盪鞦韆；背脊，溜滑梯。

我懷疑媽媽會分身術，因爲她無所不在——

在衣服上；在便當裡；在寒夜苦讀的熱茶中；

難過時，她又悄悄伴我在心底。

母愛是，一種無法償還的貸款，再多的財富，也難以將慈暉的帳目結清。

母親，她把青春一寸寸地，從自己身上，移植到兒女身上。

母親是——無怨的付出，知心的體貼，永遠的執著，綿恆的愛心，上帝的傑作，

人間的幸福。

母愛的本質，一如生命的，單純與溫柔。

以期盼的手——養育我；以寬容的情——饒恕我；以無比的愛——疼惜我；以不求回饋的心——使我長大。

母親就像一座發電廠，心，是幫浦；手，是馬達，運轉不息，汩出——光與熱。

走遍千山萬水，去尋找知音；驀然回首，竟發覺，只有您，母親，最瞭解我。

廿四　龍游淺水遭蝦戲，虎落平陽被犬欺。一舉首登龍虎榜，十年身到鳳凰池。

廿五　牡丹花好空入目，棗花雖小結實成。忠言逆耳利於行，良藥苦口益於病。

廿六　蒼蒼雲樹直參天，萬水千山拜眼前。環顧中原誰是主，從容騎馬上峯巔。——蔡松坡〈登嶽麓山〉

廿七　忍是心之寶，不忍身之殃。思量個忍字，好個快活方。片時不能忍，煩惱日月長。忍難忍處，方是忍。容可容人，未是容。

廿八　成功不是取巧的捷徑，而是有恆的道路；成功不是偶然的機遇，而是辛勤培植的果實；成功不是終止，而是人生道途上的一個驛站；成功帶來的應該不是滿足或自傲，而是鼓勵與欣慰。

廿九　秋至滿山多秀色，春來無處不花香。枯木逢春猶再發，人無兩度再少年。

三十　畫水無風空作浪，繡花雖好不聞香。根深不怕風搖動，樹正無愁月影斜。

卅一　人之心胸，多欲則窄，寡欲則寬。人之心境，多欲則忙，寡欲則閒。人之心術，多欲則險，寡欲則平。人之心事，多欲則憂，寡欲則樂。人之心氣，多欲則餒，寡欲則剛。——人之五心

卅二　天有三寶：日、月、星；地有三寶：水、火、風；人有三寶：精、氣、神。煉精化氣，煉氣化神，煉神還虛。

卅三　不要一文壞錢，便能心安；不做一件壞事，便能身安；不交一個壞人，便能家安。

卅四　「仁」可行遍世界，「義」可打遍天下。

卅五　做個圓，永遠是起點。山爲絕頂，我爲峯。戰勝世界，祇有信心！

卅六　風可感而不可見，雲可見而不可捉，水可捉而難把握，山則沉厚而實在。願你像座山，直上雲霄。

卅七　花若不凋謝，怎能體會到花開的興奮？月若不常缺，又怎能感受到月圓時的美好？花開花謝，月圓月缺，都是美的象徵。

卅八　我之爲我，自有我在。每一個人，都必須對自己的命運負責，自己的舵，只有自己來掌握。

卅九　未知未能而求知求能之謂學。學則智，不學則愚；學則治，不學則亂。學則可以守身，可以治民，可以立教。

四十　不老歌：睡得好，起得早，七分飽，常跑跑；多笑笑，莫煩惱；天天忙，永不老。

卅一　居天下之廣居，立天下之正位，行天下之大道。富貴不能淫，貧賤不能移，威武不能屈。——孟子所謂「大丈夫」

卅二　數學像棵樹，并不是只是往上生長而已，同時也以同樣的速率往下扎根。——克萊因

卅三　數學思維是上蒼的福賜，數學中蘊含某種不可分離的精髓，成功的人是不能匱乏的。——柏拉圖

卌四　我的心裡沒有他

我的心裡只有你沒有他，你要相信我的情意並不假。只有你才是我夢想，只有你才叫我牽掛，我的心裡沒有他。我的心裡只有你沒有他，你要相信我的情義並不假。我的眼睛為了你看，我的眉毛為了你畫，從來不是為了他。自從那日送走你，回了家，那一天，不是我把自己恨自己罵，只怪我，當時沒有把你留下。對著你把心來挖，讓你看上一個明白，看我心裡可有他。——陳蝶衣

卌五　淡恬所以養性，莊敬所以養命，自然所以養道，積善所以養德，寡欲所以養精，馭理所以養氣，誠正所以養心，虛靜所以養神。——八養

卌六　化精為炁：由動生熟，周流臟腑；化炁為神：炁充神旺長內勁。化神還虛：人我兩忘，歸於自然；化虛成道：天地人三才合體同春。——四化

卌七　有意栽花花不發，無心插柳柳成蔭。畫虎畫皮難畫骨，知人知面不知心。

卌八　念念有如臨敵日，心心常似過橋時。常將有日思無日，莫把無時當有時。

卌九　人惡人怕天不怕，人善人欺天不欺。善惡到頭終有報，只爭來早與來遲。

十全十美錦囊

一個信念

義之所在，理之所趨，雖千萬人，吾往矣。～成功的人生，從此開始～

兩個圖騰

猛如虎，快如馬：虎尾春冰安樂法，馬蹄秋水進修方。

三個「善」

人性向善，擇善固執，止於至善。

三個「不」

知者不惑，仁者不憂，勇者不懼。——孔子

三個「戒」

少之時，氣血未定，戒之在色。及時壯也，血氣方剛，戒之在鬥。及其老也，血氣既衰，戒之在得。——孔子

三個「變」

望之儼然，即之也溫，聽其言也厲。——子夏

三個「友」

友直，友諒，友多聞。

三個「不友」

不友便辟，不友善柔，不友便佞。——孔子

三個「樂」（一幺）

樂節禮樂，樂道人之善，樂多賢友。

三個「不樂」（一幺）

不樂驕樂，不樂佚遊，不樂宴樂。

三個「畏」

畏天命，畏大人，畏聖人之言。——孔子

三個「忘」

發憤忘食，樂以忘憂，不知老之將至。

三個「省」

爲人謀而不忠乎？與朋友交而不信乎？傳不習乎？——曾子

三個「見」

見利思義，見危受命，見約履踐。

三個「通」

氣通，血通，經絡通。

三個「多」

多笑，多讀，多運動。

四個「如」

立如松，坐如鐘，行如風，臥如弓。

四個「禁」

禁煙，禁毒，禁嫖，禁賭。

四個「要」

要稚氣，要爭氣，要豪氣，要帥氣。

四個「不要」

不要俗氣，不要鬥氣，不要霸氣，不要流氣。

四個「能」

能自重，則爲人之所不能輕。能自強，則爲人之所不能弱。能自信，則爲人之所不能欺。能自立，則爲人之所不能困。

四個「以」

以仁義存心，以勤儉持家，以忍讓接物，以寬恕待人。——《菜根譚》

四個「情」

以體諒對待親情，以結緣對待友情，以淨化對待愛情，以尊重對待道情。——《菜根譚》

四個「之」

出輿入輦，蹶痿之機；洞房清宮，寒熱之媒；皓齒娥眉，伐性之斧；甘脆肥濃，腐腸之藥。——蘇軾

四個「以當」

無事以當貴，早寢以當富，安步以當車，晚食以當肉。——蘇軾

四個「於」

志於道，據於德，依於仁，游於藝。——孔子

四個「養」

戒暴怒以養性，少思慮以養神，省言語以養氣，絕私念以養心。

四個「而」

位高而心愈下，祿厚而自彌約，寵甚而思以懼，道崇而自謙退。——星雲法語

四個「毋」

毋意毋必毋固毋我。——孔子四絕

四個「為」

人生：以無常爲平常；執事：以盡心爲有功；遇險：以不亂爲定力；接物： 以慈悲爲根本。——《菜根譚》

四個「勿」

非禮勿視，非禮勿聽，非禮勿言，非禮勿動。——孔子

五個「力」

記力、能力、努力、定力、體力。

五個「心」

大其心，容天下之物；虛其心，受天下之善；平其心，論天下之事；潛其心，觀天下之理；定其心，應天下之變。

五個「則」（行仁五德）

恭則不侮，寬則得眾，信則人任，敏則有功，惠則足以使人。——孔子

五個「知」

知時，知難，知命，知退，知足。——宋．李繹

五個「宜」

宜吃，宜喝，宜拉，宜撒，宜睡。

六個「笑」

一笑煩惱少，二笑怨氣了，三笑恨意消，四笑心情好，五笑樂逍遙，六笑永不老。

六個「然」

自處超然，處人藹然，有事斷然，無事澄然，得意澹然，失意泰然。

六個「有」

苦中有樂，忙中有閒，困中有活，壺中有天，意中有人，腦中有書。

六個「宜」

飲食宜早，才有活力；飲食宜緩，才能消化；飲食宜溫，才能養生；飲食宜軟，才能保健；飲食宜淡，才能清明；飲食宜少；才能長壽。——《菜根譚》

六個「不能」六個「能」

你不能決定生命的長度，但你「能」控制它的寬度。

你不能左右天氣，但你「能」改善心情。

你不能變更容貌，但你「能」展現笑容。

你不能控制他人，但你「能」掌握自己。

你不能預知明天，但你「能」利用今天。

你不能樣樣順利，但你「能」事事盡力。

七個「適」

喜、怒、憂、思、悲、恐、驚。七情要調適：過喜傷心，過怒傷肝，過憂傷肺，過思傷神，過悲傷脾，過恐傷腎，過驚傷情。

七個「惡」

惡稱人之惡者，惡居下流而訕上者，惡勇而無禮者，惡果敢而窒者，惡徼以爲智者，惡不遜以爲勇者，惡訐以爲直者。——孔子/子貢

八個「養」

恬淡所以養性，莊敬所以養命，自然所以養道，積善所以養德，寡欲所以養精，馭理所以養氣，誠正所以養心，虛靜所以養神。

八個「代替」

以關愛代替抱怨，以熱忱代替冷淡，以獎勵代替責罰，以理解代替公式，以寬容代替嚴苛，以眞誠代替虛僞，以謙讓代替傲慢，以客觀代替主觀。

八個「卦」（八卦取象）

☰乾三連

天無不覆；天生我材必有用；天下興亡，匹夫有責；天道好還，我命在我，不在天。

☷坤六斷

地無不載；地大物博，地生萬物以養人；竊大地之機，役使萬物，造福人類。

☳震仰盂

雷霆萬鈞；雷厲風行；鋤奸除惡；追求人間公平正義。

☶艮覆碗

山不辭土，故能成其高；海不棄涓，故能成其深；雲山蒼蒼，碧水泱泱。先生之風，山高水長。

☲離中虛

火得薪而熾，火力旺盛，熱情洋溢，熱血沸騰。

☵坎中滿

水到渠成，天作之合，學力根深方蒂固，功名水到自渠成。

☴巽下斷

風雲際會千年少，天地恩私四海均。風和日麗，執兩用中。致中和，天地位，萬物育。

☱兌上缺

澤被蒼生，恩同再造。

九個「如」

如山，如阜，如岡，如陵，如川之方至，如月之恆，如日之升，如南山之壽，如松柏之茂，如東海之福。——《詩經．九如》

九個「思」

視思明，聽思聰，色思溫，貌思恭，言思忠，事思敬，疑思問，忿思難，見得思義。——《論語》孔子

九個「如也」

申申如也，夭夭如也，行行如也，誾誾如也，侃侃如也，恂恂如也，怡怡如也，空空如也，與與如也。——《論語》

服務九個「點」

微笑露一點，說話輕一點，脾氣小一點，度量大一點，理由少一點，效率多一點，行動快一點，腦筋活一點，嘴巴甜一點。（服務守則）～抱元守「一」，執中致「和」～

九個「鼎」 九鼎大呂

敬：敬事專一，誠意正心；靜：靜以致虛，物我渾忘；定：定以制動，氣沉勢穩；鬆：鬆透百體，血氣暢行；柔：至柔如水，無上虛靈；圓：圓弧運行，勁道天成；慢：慢練

潛修，日增效能；勻：勻合動息，六虛均衡；整：整體一元，運用由心。

十個「省」

要省語，要省吃，要省思，要省怨，要省恨，要省惡，要省慾，要省錢，要省愁，要省怒。

十個「少」，十個「多」

少肉多菜，少食多嚼，少鹽多醋，少糖多果，少衣多浴。少車多步，少欲多施，少言多行，少怒多笑，少煩多眠。

十個「而不」

泰而不驕，和而不同，周而不比，學而不厭，矜而不爭。群而不黨，威而不猛，恭而不辱，磨而不磷，涅而不緇。

十個「自」

要自信，要自愛，要自量，要自尊，要自重。要自覺，要自贖，要自謙，要自立，要自娛。

十個「叟」

健康長壽秘訣。昔有行路人，陌上逢十叟，年皆百餘歲，精神加倍有。誠心前拜求，何以得高壽？一叟捻鬚曰：從不緬旨酒。二叟笑莞爾，量腹節所受。三叟頷首頻，淡泊甘蔬糗。四叟拄石杖，安步當車久。五叟整衣袖，服勞自動手。六叟運陰陽，太極日月走。七叟摩巨鼻，空氣通窗牖。八叟撫赤頰，沐日令顏黝。九叟揮手足，早起亦早休。十叟軒雙眉，坦坦無憂愁。善哉十叟詞，妙訣一一數。若能遵以行，定卜登上壽。

點燈　修業九二

〈麥帥為子祈禱文〉：我祈求你，不要引導他走上安逸舒適的道路，而要讓他遭受困難與挑戰的磨鍊和策勵，讓他藉此學習在風暴之中挺立起來。──這是真正的父愛！

我們唯有在困苦當中才能磨鍊自己，也才能不斷獲得突破困難後的快樂。只有從痛苦的環境中回來，我們才會深切的感覺到這個世界是那麼美好。唯有艱苦的衝出地面，受盡風霜雨露的打擊而獲得成長的，才能散發出自然生命的美。

生命就是一株茁壯的樹，智慧是綻放的花蕾，以哲學家的隱喻、文學家的筆觸，來抒發他深遠的心靈境界。沒有失敗的教訓，豈會激起經久不衰的進取精神？不經痛苦的經驗，又豈能煎熬出歷久彌堅的奮鬥意志？總之，只有透過一次又一次的磨鍊，我們才能成長，才能提升，也才能一再地超越自己、實現自己、豐富自己。

古今之成大事業大學問者，必經過三種境界：

第一個境界：「昨夜西風凋碧樹，獨上高樓，望盡天涯路」。即面對蒼涼的事態毫不退縮，以天下爲己任，獨抱濟世的胸懷。（即尼采精神三變中的駱駝負重精神）

第二個境界：是「衣帶漸寬終不悔，爲伊消得人憔悴」。是以一種堅決執著的態度朝著既定的方向勇往邁進。（即尼采精神三變中的獅子精神）

第三個境界：是「衆裡尋他千百度，驀然回首，那人卻在燈火闌珊處」。是一種頓悟的表現，覺今是而昨非，是非成敗轉頭空，行到水窮處，坐看雲起時的心境。（即尼采精神三變中嬰兒）

正如孟子所說：天將降大任於斯人也，必先苦其心志，勞其筋骨、餓其體膚，空乏其身，行拂亂其所爲，所以動心忍性，增益其所不能——。正是：不經一番寒徹骨，焉得梅花撲鼻香！

花若不凋謝，怎能體會到花開的興奮，月若不常缺，又怎能感受到月圓時的美好。春風春雨有時好，春風春雨有時惡，春風不吹花不開，花開又被風吹落。別再悲傷憂愁了，夢裡的玫瑰永遠開放不出芬芳的花朵，唯有你親手播下的種子，才會長大開花！

每個人都有一盞生命的燈，它得靠你自己點燃它，別人只能在燈裡給你添些油，唯有你自己才能讓這盞燈永不熄滅。

在我心中有棵長青樹，歌唱的鳥兒在那兒棲息。雖然當季節飄零凋謝時，田野的一切都枯萎了，但我內心的長青樹仍翠綠如昔。如果你能爲自己生命譜上一美麗的詩篇，你就可以唱出一首完美的歌。如果你希望自己超然出塵，卓爾不群，就必須注入更多的美善，即或只是涓滴之水，也不能輕易捨棄。它正洗滌了我們的生命中的塵垢，使我們有操持、有理想，成爲坦蕩磊落的人上人。

如果你希望自己有著豐富的內涵，就要讓智慧和知識點點滴滴全融匯於內。如此，生命必然充沛豐盈。

蒼蒼雲樹直參天，萬水千山拜眼前，環顧中原誰是主？從容騎馬上峯巔。（蔡松坡〈登嶽麓山〉）

舜何人也，予何人也，有爲者亦若是。（顏淵）

吾心信其可行，雖移山塡海之難，終有成功之日；吾心信其不可行，雖反掌折枝之易，亦無收效之期。（國父）

唯有你的信心，才是獲得成功的本錢，你的鬥志，才是迎向勝利的階梯。只有偉大的撞擊，才會使人變得更偉大。

一場人生的戰鬥，常給予自我的一些肯定與否定，讓我們從肯定中堅定執著，從否定中改進更新！掌握著今天，不空待明天，更不追悔昨天！唯有時時覺得自己淺薄的人，才會想到努力充實自己，老是以爲自己的心靈不夠豐盈的人，才會不斷汲取，使之生意盎然。

我們堅信：成功來得越不容易，成功的果實就越美好，而其價值也就越高。勤能補拙，勞必有功，在勝利台上接受歡呼的健兒眼前總是閃耀著艱辛滲和著汗水的喜悅淚。

生命是一分一秒的時間堆積而成的，成功是一點一滴的努力創造出來的。時間如流水，稍縱即逝，唯有善於利用時間，把握機會的人，才能搭上成功的列車，邁向人生的康莊大道。

「山窮水盡疑無路」，疑字用得最好，其實路就在腳下，只要走下去，就是「柳暗花明又一村」了。

沒有希望，就沒有奮鬥，沒有奮鬥，何來成功!?成功是兔的天賦、加上龜的精神。

希望是生命的靈魂，心神的燈塔，成功的指導者。

世間有許多缺憾正是豪傑才智之士成功的機會。醫生的功德在疫區，教師的功德在文盲最多處，農夫的事業在荒地，而仁人志士的事業在風雨如晦之中。

成功不是取巧的捷徑，而是有恆的道路，成功古今中外，凡能眞正篤行的人，他就是萬人所敬仰的成功者。

沒有滴水怎能成河？要成功必須流汗！一切事成功的基礎，乃在「實」字。唯有腳不是偶然的機遇，而是辛勤培植的果實；成功不是終止，而是人生道途上的一個驛站。成功帶來的應該不是滿足或自傲，而是鼓勵與欣慰。不論踏實地一步步的苦幹，才能眞正創造所嚮往的目標。不要讓讚美成爲你成功的絆腳石，也不要讓自信成爲你前進的障礙板。想爬上成功之峯，不難，只要步步踏實穩重，決無隕落之虞。成功固無足喜，失敗亦無需悲。惟有記取成功或失敗的教訓，謹愼地踏出下一步、再下一步，步步成功，才是可喜。

愛迪生以不屈的意志作朋友、經驗作顧問、謹愼作兄長、希望爲守護神，則成功在望矣。

失敗的眞正含意，該說是另一次成功的起點。錯誤並不是絕對的失敗，你沒有必要爲小小的錯誤永遠感到痛苦。錯誤本身並不足恥，不從錯誤中吸取經驗，失敗了不能振作起來，這才是羞恥，這才是最大的錯。所以一次失敗不能代表永遠的失敗，一次成功也不可能成爲永久的保證。

人不能爲失敗而苦，一個眞正鐵漢，可以被消滅，但是不能被打敗！

大家都知道：良馬在逆風時跑得最快。河邊觀魚，魚群面對流向，不可隨波逐流而下。人生遭到潮流的衝擊，比驚濤拍岸更悚駭的逆流時，不要猶豫，迅速的面對它，堅強的迎接它，勇敢的衝破它！

所有的成功人物，幾乎都從挫折中產生。倘若這世界完全溫柔而合理，令每一個人都稱心滿意，我們將喪失歷史上過半數的聖賢豪傑，甚至根本沒有英雄和藝術家。

花不開放怎能散發芳香；山不開放怎能採掘礦藏；人不開放怎能照射智慧的光芒？追求知識，鍛鍊技能、涵養德行、開拓胸襟、與人爲善、創造希望，使自己的精神常新，生命力源源不竭。

凡事豫則立，不豫則廢。當魚來的時候，你手中有網嗎？流淚播種的必歡呼收割。

拋出釣絲，水面以下，屬於命運，水面以上，屬於意志。我們不知釣者能否得魚，但是我們確知「觀釣者」不能得魚。

向未知的領域繼續衝刺吧！那兒有一桌豐盛的筵席，別辜負造物者的美意，他爲你訂了席次。

人生如排隊：如果你站在排頭，要有英雄氣概；如果站在排尾，要有領袖風度；如果你屬於中間的一層，要盡其在我，不求人知，切忌敷衍鬼混！

總之：人人點燈，家家光明，燃燒自己，照亮別人。

苦——邁向康莊

修業九二，周家
家常話台北內湖。

人人臉上都寫著一個「苦」字，因爲「吃得苦中苦，方爲人上人」。

苦、使人頭腦清醒，意志堅強，精神抖擻，身體健康。自來聖賢豪傑都是「苦」出來的。生命就是佛祖派遣一個靈魂到世上來受「苦」，然後死亡。可是由於這個人的努力，他所受的苦，後人不必再受。何以故？因爲勤播善種，多除惡因，苦自然就沒有了。

近代心理學家Frank認爲：生活就是受苦，繼續存在就是在痛苦中找出他的意義。所以「知其爲何，才能忍受任何！」成尼采的名言。

「我之爲我，自有我在」。每個人都必須對自己的命運負責，自己的舵只有自己來掌握。責任使我們將工作「作好」，但愛卻使我們工作「作得美」。這就是苦中有甘了。

成功的人是一個曾經嘗試過，而非逃避過，努力過，而非懈怠過，負起過責任，而非推諉過。他是一個曾置身於重擔下，而非僅站在一邊給予指導的人。

有抱負的人，正如翻翻滾滾不可抗拒的浪濤，在大海裡開闊他自己的道路，用堅定不可抵抗的意志貫徹到底！忍受那不能忍受的苦痛；跋涉那不堪跋涉的泥濘，擔負那擔負不了的風雨；探索那探索不到的星辰。

記住：我們無法改變氣候，但是我們可以鍛鍊體魄。不管社會環境有多冷酷，有多苦，我都不怕！忘記背後，努力向前，向著標竿直路跑！不怕慢，只怕站，不怕站，只怕轉。你可以坐下來休息一會兒，但是別忘了問：這時候別人在做什麼？

人，是自己命運的建築師，生命如同文章，重要的是內容，不是長短，眞正衰退不是白髮和皺紋，而是停止學習和進取。所以人間有二十歲的朽木，也有八十歲的長青樹。所以「學而時習之」，可以催人成熟，防人衰老。

人生好比戲劇，社會好比舞台，今宵由我演出，要使掌聲如雷！人生在世，要佩服那些有本領的人。信任專家、接受權威，學他們的長處，不要妒嫉；容忍他的短處、不要計較。

每個人是一個月球，都以其光明皎潔的一面向人，並且不斷努力使之團結。對人如對月，最好忘掉他背後的陰影。要知道：以人之長，補我之短，以我之長，補人之短——這是團隊精神之高度發揮，也是處事治事最深的哲理。

與其抱怨有些人太勢利、太卑鄙，太自私、何不自己敦品勵學、進德修業、力爭上游、出人頭地？你先做一個好媳婦，然後你會有一個好婆婆。你願人家怎樣待你，先要怎樣待人。所以先正自己，不使人懷疑。所謂夜行人不為盜，但不能使犬無吠。正是「君子防未然，不處嫌疑間」。

寂寞是懶人的影子。讓我們打開心窗接納光明吧！快樂的根本是做目前最應該做的事。把悲哀拋給身後的山，把痛苦擲給眼前的水。別再為過去而追悔，也別為將來而幻想，最美最好的時間就是現在。我們應該把我們的「心房」建築在廣闊的高處與茂密的森林並排頂天而居。這樣自然朝氣蓬勃，有一顆肯主動求上進之心。

思考之於知識，一如消化之於飲食，不思考，則不能得到知識的眞髓。讀書若要得到知識、得到概念，必須深思默想，才能有自己的見解。貧者因書而富，富者因書而貴，多讀一些好書吧。好書不僅是源頭活水，也是百川匯集的大海。尤其剛進社會的年青人要應付各種挑戰，但在接受挑戰之前，要有夠格的反應，要多多蒐集前人留下的典範來幫助尋找恰當的模式解決難題，方可因此勇敢地挑起擔子，負起責任、敢作敢當，捨我其誰！

在這多變的時代，你還踟躕什麼？難道還怕苦嗎？人生本來就無所謂快樂與痛苦的分別，往往快樂躲在痛苦裡、而痛苦裡都藏著快樂。給你哀愁正是給你歡樂，給你哭泣正是給你喜悅。不認爲自己幸福的人，就永遠享受不到幸福。眞正的快樂只有爲某個目標獻身的時候，才能獲得。現在正是「獻身」的時候，何不邁開腳步、開創新天地！

孔子曰：「仁遠乎哉？我欲仁，斯仁至矣」。這就是志之所在，事必有成。但有志而無趣，生活容易枯燥，所以輔之以趣，則妙趣橫生，才能成爲完美人生。這就要智慧，而智慧的人生活要像論文的嚴肅、散文的輕快，小說的變化、詩的超脫。

所謂從沙粒中觀宇宙、野花朵裡見天堂，用手掌握無限、剎那捉住永恆，這是智慧之極致。有智慧的人都聰明，但是聰明的人不一定有智慧。聰明偏重於智商、智慧則是洞觀事物整體，全然領悟的能力。所以聰明不足恃，唯有智慧才能成大的事業。智慧是經驗的結晶，加上天賦的激勵。所謂「有才而性緩定屬大才，有智而氣和斯爲大智」。要經得起、受得住、不偏激、不憤怒、不憂鬱、不憎恨，遇事要忍，但也要爭，要爭得心平氣和、要爭得辭充義沛，爭得圓融貫通、化敵爲友。

一個人應該經常在靜靜的沉默中回味以往的教訓，激發自己的潛力，創造美麗的前景。因爲容忍沉默是人生精神上和意境上最高享受，它絕不是無能的表現，它更不是懼畏的代表，而是力量的含蓄。沒有含蓄，就不會豪放。創造陸地的不是滾滾浪濤，而是沉默容忍的細沙和泥土，主宰宇宙的不是什麼天神地祇，而是沉默容忍的智者。

也許每個人都有缺陷。的確缺陷可說是他生命的瘡疤，多少偉人一生跟自己的缺陷搏鬥，不但不因此自卑消沉，反而更發出生命的光與熱，得到高超的成就，不但拯救自己，也廣被他人。心靈的創傷只有自己才能醫治，堅定的意志能彌補一切傷口和缺陷，使它更加昇華完美。挺起胸膛來吧！不要畏懼，讓音樂從你的缺陷深處飄揚出來。忍受缺陷、追求完美，萬丈高樓從平地起，不是一蹴可幾！而且任何一棟美輪美奐的大廈，在完成之前，總是醜陋的。

永遠不要說「絕望」！風把砂粒吹進蚌肉，蚌肉把砂粒變成珍珠。失敗留給你寶貴的經驗比珍珠更可貴！

在學習的過程中，人家給我們的讚美是證明我們沒有走錯路，而人家給我們的批評是讓我們不走錯路、願你永遠要有赤子之心。但我們感覺興趣的應該是批評的內容，以便有則改之、無則加勉，使明天的我比今天的我更進步。所以批評是別人送回來的滋補品、營養劑，善於消化享受吸收，可以使我們的靈性和智慧得到更好的發育。刀要石磨、人要事磨、刀不磨不利，人不磨不精明練達、顯不出聰明智慧毅力品德。

一山還比一山高，人外還有人外人。在人生跑道上，更該時時鞭策自己，稍一懈怠，就只好讓別人跑在前面。不能鼓動自己爭取前途的人，總會被擠出行列。只有勇往直前自勵自強的人，才能抓住一切機會到達終點。

獲勝最重要的秘訣：就是認識自己，把握自己，計劃自己，不受任何外來事物的影響。習慣造人，有什麼樣的習慣，就成爲什麼樣的人，能夠把美德化爲生活習慣的人值得羡慕。將相本無種，凡人當自強！大處著眼，小處著手，爲大於微、圖難於易。天下事勝於懼而敗於忽，也就是要謹小慎微。韓非子說：「不躓於山而躓於垤」，誠哉斯言。

希望我們常常拂拭心靈之窗！良心，讓它永遠保持明亮透徹，是永恆的事物發揮光大。永恆的事物有三：歷史、眞理和榮譽。歷史是時間和經驗的累積，眞理決定了是非善惡的尺標，榮譽是人生的光輝。歷史要人們去創造，眞理待人們用智慧去發掘，榮譽則靠人們用堅毅和信心去爭取它。

我們何幸負起這麼重大的責任，不管成敗與得失，就僅在於一念之間。露珠只有一顧盼，但它淨淨了昨夜的塵埃；曇花只有一剎那，但它展露了生命的光華；星辰只有一夕間，但它曾輝耀了整個穹蒼。萬念僅在方寸之間，只看我們如何努力而已。

天下事合理的要求是訓練、不合理的要求是磨鍊。接受磨鍊吧！每一椿磨鍊，都是我們自幼稚邁向圓熟，從狹隘通往寬容，由脆弱走向堅強所必經的關卡。

浩瀚的生命既已展現在我們面前，最大的快樂和最大的痛苦，具有相同的面貌，我們何必計較這些呢？我們需要的是奮鬥的準備。沒有刺的花永遠不是玫瑰，難道要摘玫瑰還怕刺嗎？

會插花的人，即使是枯枝兩根、凡花數朵、粗陶一皿、也能配置得典雅脫俗，清新悅目；會生活的人，即使是粗茶淡飯，竹床藤椅、陋室一間、也能安排得寧靜閒適、怡然自得；會奮鬥的人，不管環境如何惡劣卻能衝破難關漸入佳境，且能登峯造極，山爲絕頂你爲其峯了。

人生舞台就好像海岸沙灘，浪來難料，浪去再見天明。爲人的你我，須以再次出發作爲勵志的依據，不要搖頭、不要嘆息，期待的美好，就在現在，就在這裡。道不遠人，只要勤修心性，一朝開悟，玄關出現如來，斯時方信我即佛也。許多事情在順境中就做不成，在逆境中卻能做得更完美更理想，所以逆境可以使人創造出奇異力量。

我們都知道：韓信能忍胯下之辱，才能拜將封侯封王；張良能忍圯橋之戲，才能收到後日成功之果；其他如勾踐忍恥復國，費宮人忍辱報仇，周文王忍食親子之肉，漢光武忍辱爲兄劉縯服喪，這些都是在逆境中產生磨鍊而噴發出來的光與熱。難道我們還不夠激勵嗎？警惕嗎？

在你心田上，如果要有豐收，應該撒下好行爲的種子。胡適說過：「要怎麼收穫先那麼栽」，辛勤耕耘必歡呼收割。寶劍鋒由磨礪出，梅花香自苦寒來，千淘萬漉雖辛苦，吹盡狂沙金石開，幸福必自辛苦得，誠不誣矣。

記住：人生的路，儘管是崎嶇黑暗，儘管是荊棘橫陳，你必須以無比的信心和毅力，剷除路前的一切障礙，成爲一條康莊大道。大道當前，正是揚鞭飆馳的時候，但要注意：「行百里者半九十」，最困難的時候就是我們離成功不遠了。雖然受過傷的人，才懂得疤痕也有生命，但是千萬不要因爲受過傷再錯過機會，已錯過花滿枝椏的昨天，決不能再錯過結實纍纍的今朝。天才最大的特徵就是有燃起自己生命之最大的力量，有這種力量你才能搭上成功的階梯。

記住：越到最後越要「以沉著冷靜渡過難關，以勤勞苦幹開創新猷，以睿智慧劍突破逆境，以歡愉謙虛迎接勝利」。

人生的「苦」是要受的，受得了苦才能邁向康莊。祝福你！爲人類的愛獻出一切。

講到這裡，我們想起來了宋代范仲淹先生的名言：「先天下之憂而憂，後天下之樂而樂」。這正是我們所追求的最高境界。

狂歌行

祁年啓重玄，皓首狂歌行。綴輯坊間絢辭以自勵。

手記（一）理性之真 民國一〇八年五月十二日

天之蒼蒼，高明峻極，地之茫茫，博厚敦實。

偉哉人生，其生也偶然，人笑己哭；其死也必然，人悲己逸。

蓋生投苦海，死歸自然，天地有大美，大美即自然也。

手記（二）靈性之善 民國一〇八年五月十三日

鬱鬱胸中憂，悵望生觳觫，積極貫精誠，移情窮奧窔，澄懷感有餘，幸福自來將。

赫兮其丰儀，恢廣而淳懿，靈性勃以發，妙趣和神會，一朝再奮進，終可匹至尊。趁年富且強，創力更閎美，超詣誰與比，誰能理緐絃，譜之入高歌。

手記（三）感性之美 民國一〇八年五月十四日

春風不解恨，帶月上高樓，揮劍舞清風，亢歌迎錦流。幽香綻遠思，秀實結奇麗，肺腑盟優感，花湖漾綠漪。

心靈清淨，浩氣充盈，鷲貫雲横，鶴翔萬程，空間無止。時序永綿，勝遊探幽，意遠心玄，宇宙長存，歡樂年年。

手記（四）社會侵蝕 民國一〇八年五月十五日

月色溶溶，清波灩灩，寂寞春心不忍歸，暖香入夢微，乾坤無垠，生世如寄。遊戲逞歡娛，歲月不我與，阻我創造心，使我不殊眾，憂苦兩相乘，淒入天心難忍。何如長歡忻，矢志永蹈厲。葆眞持盈，縋幽覆發，修辭立誠，證理入微，熙怡如神。

手記（五）政治霸凌 民國一〇八年五月十六日

天覆地載，恩情無已！遘逢離亂，家國崩弛，悲欲填海，苦爲憂天。

乾坤增感慨，身世付飄零，人情輕似土，世路險如山。雁聲連水遠，山色與天平。

新仇誰與雪，舊夢不堪圓。遺恨常千古，浮生又幾年。終有劍心在，聞雞起欲馳。全民齊蹈厲，不日定旋乾。

手記（六）心路歷程 民國一〇八年五月十七日

蕭颯故園，迢迢萬里，引領遙望，還家無期。杜鵑啼血，客恨綿綿。

枕戈待旦，磨厲以須。春心深處，秣陵恨晚。

荊花搖落知何在，縱望春庭想暮香。骨肉音書無處寄，傾河注海淚難量。

安得人中龍，相要爲國難。揮我衛青志，祝爾霍病雄。齊心驅狂虜，恢復漢家聲。

手記（七）反覆思維 民國一〇八年五月十八日

紅羊滿目愁身世，客夢幽幽淚不湔。早發思維闡一貫，叩鐘應問探眞詮。

不憂不惑又知命，宏壯垂輝映兩椽。體道無爲從所欲，祁年皓首啓重玄。

鶯啼老夢春將盡，世事如流年復年。天地有情誰解得，嘔心泣血釋垂懸。

眞龍萬里驊騮夢，瑟瑟飄蕭盡白頭。千載幽情從此杳，山花碧血映千秋。

手記（八）重新檢討民國一〇八年五月十九日

飄搖楚客魂，江山憔悴心。長天縈遠夢，繁星漾碧潯。榮名隨物化，功績如流影。百劫修成韌，清新且健雄。卓爾自不群，伏櫪心猶壯。祁年志不衰，生命甘如飴。緜延復滋蔓，狂情劍氣衝。遊龍勢雲奔，妙哉生如斯。矗立萬年松。

手記（九）當前作為民國一〇八年五月二十日

江山千里夢，俯仰詩思濃。三戶亡秦願，萬年存魯心。元氣侔天地，洪鈞轉古今。雷霆掃狂虜，風雨助龍吟。朗朗乾坤照，四海慶昇平。洪柯搖落後，風韻幾千年。兒孫羅萬樹，咫尺拂長天。浩氣吞宙合，吼怒驅狼煙。山川妙圖展，濬哲作詩人。

手記（十）展望未來民國一〇八年五月二十一日

一生梗泛醉看花，夢斷華胥月影斜。爛熳留春寥廓外，風雷閃爍滿天霞。

偉哉人之生，葆眞復持盈。寄語瞢騰者，翕忽解此情。

青鳥能傳雲外信，黃花傲寄桂林枝。層霄矯首思悠藐，秋月迷離星共垂。

天地鞠吾寄此世，年年歡樂縈遐思。期頤大夢從容築，綵服弔親齊白絲。

手記（十一）或然結語

民國一〇八年五月二十二日

林花散野坰，香溢滿風亭。春盡晴初雨，縈紆晚嶂青。

橫天愁獨鶴，掠影爲詩留。萬里同心者，翛然習壯遠。

寂寞蒼涼境，思歸周澗東。馳情月共舞，披夢拾殘紅。

霞暈引朝曦，魂抒遼鶴悲。幽微寄韻意，眉月縈春思。

手記

民國一〇八年五月二十三日

試劍亡秦緤馬行，衛青霍病漢家英。嵐開天霽乾坤定，四海歸眞慶太平。

天地堅貞韞六情，充盈大理自崢嶸。心中定有平戎策，萬古風煙一夜清。

超海挾山不可當，旋乾闢地功難忘。強兵富國驚天勇，煙閣彪勳萬古芳。

自是男兒一柱擎，何憂無以斬長鯨。天旋地轉無窮意，舉世和平永共榮。

何謂「空」

人生在世，必須理解和感覺的東西，在生命的深處。

「空」是秘中之秘，是隱藏在「色」背後的力量。是不可見之境界的作用。是肉眼不能見的，並超越存在，而存在是一切存在的道理，是一切現象的法則，是以緣爲作用的力量，所以「空」也可稱爲「法」。

一切萬物因「空」而顯現，因「空」而存在，在「空」中變化，是生命現象的根源，是超越生死的表現，必須親身體驗，最後一切萬物皆化爲「空」。

「空」的冥想——

實際地感受「空」，就是徹底地進入「空」，和「空」成爲一體，到達「空」的佛的智慧——「眞言」。

揭諦揭諦波羅揭諦波羅僧揭諦菩提薩婆訶

gate gate paragate parasamgate bodni sraha

眞言的意義——

前進……前進……超越……前進……超越過一切……

往前前進……直到空的彼岸

去吧！去吧！去到眞愛的世界，大家一起去吧，速速成就正覺。

一切萬物循空而生，色和空沒有兩樣。色是循空而來的物質的現象，空是色相顯現的根源。

舍利子：佛陀十大弟子

智慧第一

此岸：眾生的心態

彼岸：開悟者的境界

佛：修行得道的開悟者

般若波羅蜜多：智慧到彼岸的修行方法

五蘊：外在情境、內在身心

諸法：眼前一切情境

空相：情境是一時聚合的無實現象

有相：以自我主場看待眼前情境

眼耳鼻舌身意：自我六種感官

色聲香味觸法：外在六種情境

無明：一切不如實和苦形成的緣起

生滅：苦的生滅或心生心滅

老死：苦的消逝

苦集滅道：苦生苦滅的修行之道

菩提薩埵：追求無上智慧的修行者

涅槃：開悟，心不起生滅

阿耨多羅三藐三菩提：無上正等正覺的最高智慧覺悟

自信：內在不變的本質

萬法本空：所有情境只是剎那的無實現象

離一切相：面對情境時心不生愛憎

大般若經是某大乘佛教初期經典的大成，包括密宗的重要經典〈理趣般若經〉、〈仁王般若經〉，以及禪宗最盛行的〈金剛般若經〉等在內。不論是那一部般若經，都是以元爲一切的實體，否定思念，以悟空來體察「般若」、「智慧」。

所謂「佛法的大海」、「信能入，智能度」，以堅信清淨、無垢的心，才能接受佛教的教義，以智慧來理解教義才能悟道，也可說「般若是佛母」，智慧是佛教的根本，因此修行的方法，有實踐、布施持戒、忍辱、精進、禪定、智慧等六波羅蜜的說法，如此就是菩薩行。

佛教的根本原理即三法印，也就是「諸行無常」、「諸法無我」、「涅槃寂靜」。所謂諸行無常，是所有的事物都會改變；諸法無我，是所有的事物都不是實體；涅槃寂靜，是使心走向安適的幸福之道，所以了解此「三法印」就是悟道。

六根：眼耳鼻舌身意是產生色受想行識認識的根源。

六境：色聲香味觸法。

十二處：六根的主觀與六境的客觀交合而成。

「十八界」：六根與六境交合而成的十二處，再加上眼識、耳識、鼻識、舌識、身識、意識等六識即「十八界」。

煩惱叢生是迷惘的世界「蘊處界」：五蘊、主處及十八界的總稱，是自我與煩惱的根本，是拘於形來求法，是不對的。

無明即我們由於因緣、歷經過去、現在、未來三世，將此生死流轉的人生細分為十二，此即十二因緣，這也是最初出現的相，十二因緣即無明、行、識、名色、六處、觸、受、愛、取、有、生、老死，使十二因緣的一切成空，必須滅卻無明，此即「還滅」。

「四聖諦」係指苦諦、集諦、滅諦、道諦，即苦集滅道是佛教的根本教理，也就是四種轉凡為聖的眞理。

八苦：生、老、病、死、愛別離、怨憎恨，求不得、五蘊盛（心與身體作用之苦）。

八正道：正見、正思、正語、正業、正命、正精進，正念，正定。

空不是指「有」，也不是指「沒有」，而是要人去掉執著之心，想要達到空的境界，須打從心底相信四諦的教義，瞭解苦的實體，認清萬物之無常，放棄自我，實踐八正道的教義。有所自覺讓，體內充滿智慧之光，照亮自己也照亮他人。

像這種不自私，而總是爲人著想，爲人服務的生活態度，即是佛家所說的「慈悲」。所謂「慈悲」，就是把別人的事當作自己的事之人我合一的一體性，如果每個人都能發揮「老吾老以及人之老，幼吾幼以及人之幼」的精神，這個世界就會變成淨土，這也是佛教精神的最高境界。

佛家所謂「照見五蘊」，是指要能領悟自己的身體和心靈，只是一種作用，並非實體的東西。五蘊是指色、受、想、行、識。色代表身體，而受、想、行、識是指人們在受了某些感受之後，產生種種判斷和認識的心理作用。會讓自己執著於某些事情的根源，就是五蘊，也就是身體和心靈。

我們應該建立一個不會讓外界的事物來影響自己的堅毅性格，要讓自己作生活的主角，就像是陀螺的軸心。如果迷失了軸心的方向，而在四周徘徊，陀螺就會不穩定地左右擺動，而倒了下來。般若心經就是鼓勵人們要光明開朗地生活，讓心中感覺愉快，去感覺生命的躍動，這樣就必須轉換行動，過著積極的生活而非消極的生活。

這世界上，任何人都是公平的，沒有吃虧的人生，也沒有佔便宜的人生，會感覺吃虧或佔便宜的人，就是因為心中執著而且眼光短淺所致。在短短的生命中，要按照自己既定的方向來奮鬥才是最重要的，這樣的人生才有充實感。

如佛同行同在，拔苦與樂把別人的痛苦視為自己的痛苦來分擔，就是「拔苦」。把別人的快樂視為自己的快樂來分享就是「與樂」。所謂「不生不滅」是指沒有離開生的滅，以及沒有離開滅的生，所以必須「心心相印」相互信賴，才是完美。

佛教提倡慈悲與智慧，所謂慈悲是指溫柔，而智慧是指嚴厲，好像慈母嚴父一樣，覺醒於自他無差別，物我如一的時候，就能產生自己與別人毫無區別的慈悲心，「不垢不淨」就是將清濁，善惡的意識從心中消除，讓心底成為空無，如此就能顯露眞正的人性光輝。在漫長的人生旅途中，將苦惱轉變為開朗，關鍵在於能否建立良好的人際關係，投之以桃，報之以李，禮尚往來之際，不要忘了以感恩的心回報。

讀書時最重要的，莫過於思考的方法，而不是答案本身，所以求學問並不只是單純的獲得解答，而是在得到答案之前的探索過程。

「無意識界」是指心中無煩憂的境界，即無我利他行的世界。

「苦集滅道」的「苦」是指有許多迷惑的人生；「集」是指累積迷惑和愚蠢的事

情；「滅」是指要遠離迷惑，就必須消滅貪慾和愚蠢；「道」是指要遠離貪慾和愚蠢，就要在正確的道上邁步前進。這四種教言就是「四諦」。

無財七施：

一、眼施：眼能傳神，要正面大方和善地近視對方的眼睛。

二、顏施：以笑迎人、和顏悅色。

三、身施：以行動幫助別人。

四、言施：溫婉的口氣對人說話。

五、心施：以眞心待人。

六、床座施：注意四周清淨

七、堂舍施：美化環境。

究竟涅槃：是指遠離各種生活的執著與迷惑，永遠過著平靜安逸的生活，世間虛假，唯佛是眞，相信自己隨時與佛同在，一生都活得自在，歌頌自然，邁向「眞實不虛」的人生境界。

佛活多心

般若波羅密多心經

觀自在菩薩行深般若波羅密多時照見五蘊皆空度一切苦厄舍利子色不異空空不異色色即是空空即是色受想行識亦復如是舍利子是諸法空相不生不滅不垢不淨不增不減是故空中無色無受想行識無眼耳鼻舌身意無色聲香味觸法無眼界乃至無意識界無無明亦無無明盡乃至無老死亦無老死盡無苦集滅道無智亦無得以無所得故菩提薩埵依般若波羅密多故心無罣礙無罣礙故無有恐怖遠離顛倒夢想究竟涅槃三世諸佛依般若波羅密多故得阿耨多羅三藐三菩提故知般若波羅密多是大神咒是大明咒是無上咒是無等等咒能除一切苦眞實不虛故說般若波羅密多咒即說咒曰：揭諦揭諦波羅揭諦波羅僧揭諦菩提薩婆訶

心經白話翻譯

佛是阿耨多羅三藐三菩提，是梵語的音譯，意思是：阿耨是「無」，多羅是「上」，三藐是「正」，三菩提是「道或覺」，全意是「無上正等正覺」。

當初有一位擅於思考自我存在的修行者，依智慧到彼岸的方法做最深層思考。他發現：我們自以爲有個不變的我存在，透過自己的感官去察覺外在一切，這樣的觀念是錯的！

以自我立場，評斷現前情境的好壞順逆，心生愛憎分別，痛苦煩惱便因而產生了！情境只是因緣聚合的不實現象，若能無我地融入於現前情境，痛苦煩惱便不再產生了。

佛陀對舍利子說：「舍利子啊！情境是一時聚合的無實現象，無實現象只是短暫的眼前情境，一時情境即是現象，現象即是一時情境，我們的主觀想法也瞬時萬變。

舍利子啊！所以現前情境都只是條件一時聚合的剎那短暫現象，不要有愛憎分別，我們要隨情境變化，不去想它怎麼來，也別想它怎麼去。無實現象沒有好壞分別，不要有主觀想法，不以自我爲出發點，沒有所要分析的外在對象。

眼前情境沒有順逆，內心也沒有愛憎分別，若能達到這種境界苦便無從產生，也沒有苦需要消除。苦生苦滅無從輪轉，身心與當下合一，無所缺欠也無所得。

雖無所得，但追求無上智慧的修行者，依智慧到彼岸的修行方法，悟通生命實相，他的心沒有罣礙，沒有恐懼，遠離顛倒夢想，達到最終的開悟。

過去現在未來的開悟者們，都依智慧到彼岸的修行方法，而達到無上正等正覺的最高智慧覺悟。因此我們知道，智慧到彼岸的修行方法是大神咒，是大明咒，是無上咒，是無等等咒，能除一切苦是眞實不虛的。

抵達智慧彼岸的美妙境界，無法用語言描述。我以唱詠讚頌：「去啊！去啊！去彼岸啊！大家都去彼岸！迅速完成開悟，多美妙啊！」

潛修默念：慈航出苦是心經　般若涅槃了幻靈　五蘊空相離夢想　遂登大覺悟禪庭

般若心經，全名：摩訶般若波羅密多心經

何謂「摩訶」（音ㄇㄛˊㄏㄜ）？梵語Mahā的音譯，是無與倫比的偉大，表生命的根源，宇宙或神——容納萬物。

何謂「般若」（音ㄅㄛㄖㄜˇ）？梵語Prajñā的音譯，是洞悉生命根源的智慧↓佛的智慧，由內往外自然散發出來的一種來自生命的「苦」，一種來自生命的「空」，般若即是（靈魂的覺醒）。

何謂「波羅蜜多」？梵語：pāramitā。到達彼岸。其中包含現實世界以及超越生死世界的問題，爲煩惱和迷惑所苦是此岸，離苦得樂即是彼岸。

何謂「心經」？「心」是梵語Hrdaya心髓，「經」是梵語sūtra經典。般若心經的「心」是大般若波羅蜜多心經六百卷的精髓，爲唐三藏法師玄奘譯。

何謂觀音？內心的聲音耳朵是聽不到的，觀世音菩薩，是用眼睛來觀察眾生內心的聲音，那是心靈之眼，是靈魂之眼，所看到的不是外在的形體，而是本質的波動，因此稱爲觀音。所以「觀音」之名具有極深的意義。菩薩來自菩提薩陲，是梵文bodhisattva的音譯，是開悟的修行者、求道者的意思。

何謂「五蘊」（pañca-skandha）？五蘊是五種要素的短暫聚集，是色、受、想、行、識的集合。「色」（rūpa）意指所有有形的存在，「色」是肉體受想行識，表精神作用自我主觀想法。

色：一切物質現象

受：感受苦樂的感覺

想：想念行感受的快樂

行：意志之作用與活動

識：認識和知識等意識

一切萬物都由五蘊的根源所生，慢慢變化而成，而所有這一切的根源就是「空」。

讀史修身論文　三篇

讀史論文：三國風雲人物——諸葛孔明

「丞相祠堂何處尋？錦官城外柏森森。映階碧草自春色，隔葉黃鸝空好音，三顧頻煩天下計，兩朝開濟老臣心。出師未捷身先死，長使英雄淚滿襟！」此爲杜甫蜀相詩，沉摯悲壯，讀之令人感慟不已。

亮自幼孤苦，耕讀於隆中，先主三顧始見之。佐先主取荊州，定益州，建國蜀中，與魏吳鼎足而立。先主即位，拜爲丞相。先主歿，受遺詔輔政，封武鄉侯，領益州牧。志在攻魏，以復中原，乃東和孫吳，南平孟獲，而後出師北伐，終以疾卒於軍中。一生勳蹟，垂諸青冊，影響後世，實深且遠。茲臚舉數端於後，俾克遵循有自也。

一般人都認爲諸葛孔明是中國歷史上的一位奇特的「超人」。身穿八卦道袍，綸巾羽扇，七星壇上借東風、五丈原觀星宿。他不但能呼風喚雨，且工於奇謀詭計。難道他眞是這樣的一個神奇的「超人」嗎？不是的！他跟一般人一樣，那不過是《三國演義》通俗小說上，誇張描寫而已。歷史上有這樣一段記載：「桓溫征蜀，猶見武侯時小吏，年百餘歲。桓問：『諸葛丞相今誰與比？』意頗自矜。答曰：『葛公在時，亦不覺異，自葛公歿後，不見其比』。」由此足見他不是神化人物，他也是像尋常人一樣的一個「人」，不過，他也有與尋常人不同的地方，這也許就是他的「不見其比」的地方吧。

第一　在治學方面

他幼失怙恃，依靠叔父諸葛玄扶養長大。後來獨自耕讀隆中，他讀書與人不同。據〈魏略〉所載：亮在荊州，建安初與潁川石廣元、徐元直、汝南孟公威等俱游學。三人務於精熟，而亮獨觀其「大略」。所謂「觀其大略」，並不是不求甚解，而是提其要、鈎其玄、採擷其精義，從緊要處著眼，其目的在求經世濟用。這是讀「活書」的方法，不是讀「死書」。當時一般學者均在訓詁或詞藻上下工夫，而亮獨一反時髦，的確有「超人」之見識。

第二　在立志方面

亮少時即懷抱大志。《蜀書．諸葛亮傳》載：「每自比於管仲樂毅，時人莫之許也」。他和石廣元、徐庶、孟公威同學時，常抱膝長嘯，曾對他們說：「卿三人仕進可至刺史郡守也。」三人問其所至，亮笑而不言。有一次孟公威思鄉心切，欲返故里。亮對他說：「中國饒士大夫，遨遊何必故鄉耶？」由此可見，諸葛亮自幼即是胸有成竹，以天下為家的人。常言道，志不立如無舵之舟，無銜之馬；志立則志於青則青，志於黃則黃矣。難怪他高臥隆中，劉備三顧之時，指陳天下利害大勢，如數家珍，如魚得水了。

第三　在德操方面

耿耿忠懷：他躬耕隴畝，不求聞達，祇因心存漢室，才肯應當時勢孤力薄的劉備之聘。正如他在〈出師表〉裡所說：漢賊不兩立，王業不偏安。所以他毅然受命於危難之間，擘劃大計，三分天下，以至鞠躬盡瘁，死而後已。無非志在匡復漢祚，擁護正統。這種撥亂反正，翊贊宗傑，以興微繼絕的精神，正是他對國家耿耿忠懷的表現。劉備臨終託孤時對他說：「如其不才，君可自取」。但他涕泣地說：「臣敢不竭股肱之力，效忠貞之節，繼之以死乎？」果然，最後六出祁山，「出師未捷身先死」，這種忠肝烈膽，怎能不「長使英雄淚滿襟」呢!?

開誠布公：「開誠心、布公道」，治事一秉大公。誠如他所說：「吾心如秤，不能爲人作輕重」。這是何等感人！《三國志》曾載：「諸葛亮之爲相國也，撫百姓、重儀軌、約官職、從權利、開誠心、布公道，盡忠益時者，雖讎必賞；犯法妄慢者，雖親必罰；服罪輸情者，雖重必釋；游辭巧飾者，雖輕必戮，庶事精練，物理其本，循名責實，虛僞不齒」。這正是他苦幹實幹、公正嚴明的寫照。

勤廉尚實：當國二十年，軍政集於一身。在日理萬機之餘，猶「自校簿書，流汗終日」，最後食少事繁，終於殉職。他爲人澹泊明志，公爾忘私，不治生產，自奉儉薄。當他未死前上表後主說：「臣成都有桑八百株、薄田十五頃，子弟衣食，自有餘饒。若臣死之日，不使內有餘帛，外有贏財，以負陛下。」可見他操守之廉，一至如此！

此外他擇婦以才不以美，亦與常人大相逕庭。

諸葛亮「隆中對」的政治藍圖：第一、據蜀聯吳；第二、安內攘外；第三、平蠻伐魏。出山後，按部實施。史稱治蜀：「田疇闢、倉廩實、器械利、蓄積饒、朝會不誤、路無醉人。」又稱：「吏不容奸、人懷自厲、道不拾遺、強不凌弱，風化肅然。」這是安內的成就。

再說聯吳：第一次使吳，是諸葛亮本人。當時孫權兵駐柴桑，曹操正破荊州，劉備則倉皇出走夏口。諸葛亮說服孫權，訂立兩國同盟，造成赤壁役大捷。藉東吳之力量，挽救了劉備的危局，粉碎曹操各個擊破的蓄謀。可惜最後因關羽之死，破壞了聯吳大計。如若不然，反攻伐魏，或可改觀。

以上可見他的政治才能也是非常卓越的。

第四 在才能方面

至於軍事才能方面：陳壽曾評：「亮才於治戎爲長，奇謀爲短，理民之幹，優於將略。」其實不然，諸葛亮也是一位傑出之軍事家。他不但治軍嚴明，將士用命，而且軍事計劃與戰略也是正確而優異的。以當時形勢看，前五次北伐是以攻爲守，均達到目的；最後一次從夾谷出師，據五丈原和司馬懿對壘於渭南，才是眞正大規模進攻。可惜諸葛亮卻病死軍中。若他這次不死，軍需運輸上發明木牛流馬，決定屯田駐兵來解決糧食困難，北伐統一大業，未必不能成功。

陳同甫曾云：「孔明無死，則仲達敗、關中平、魏可舉，吳可并。」洵爲的論。陳壽謂其將略非長，或因他爲晉人，有所顧忌，不能不抑亮以揚懿。諸葛亮深知蜀勢在軍事上不能失敗，如一失敗，基礎動搖，無可挽救，所以他用兵一向謹愼，尚正兵，而不尚詭謀。職是之故，一次「空城計」才騙過了司馬懿。但最後一次出兵北伐，亮卻不用魏延建議：由子午谷直搗長安的戰術，仍採取西出祁山，以趨秦隴的定策，其目的就是要步步爲營，逐漸推進，且分兵屯田，作持久戰，不願行險急進。此乃諸葛亮的一貫穩健作風。或許這就是陳壽所說：「奇兵爲短」的理由吧。不過話說回來，如果諸葛亮眞要採用魏延建議，跟空城計一樣，冒一次險，出奇制勝，也不是沒有可能的。

世有論諸葛亮之錯誤，在其一出兵即與魏晉角逐，故其終也勞而無功，傷而無成，若反其道而行之，以「向抵抗力小的地方發展」則成敗之數，恐亦難逆料。蓋因「大難攻，小易服，不如服小以劫大」，周公然之，乃攻九夷，九夷盡服，湯商蓋亦隨之服矣。

惟因策有正有奇，在有些場合，能一舉敗強敵，則其他之較弱小者，無不翕然景從，不費一兵，天下即告大定。惟此究無穩紮穩妥之把握，僥倖之成分，多可一而不可再。且須預先能「胸有成竹，目無全牛」的精確打算，如數理之足憑者，方可大膽地放手做去，否則還是不冒險爲宜。誠如孔明自己說：「此懸危，不如安從坦道，可以平取隴石，十全必克而無虞。」無奈天不假年，以「死諸葛嚇走生仲達」，怎不令人長嘆!?

諸葛亮就是這樣的一位「奇人化」的偉人，他的偉大正是在尋常中顯出來的。

論見賢思齊

修業作於輔大五十七年

昔孟子有云：「舜亦人也，予亦人也，有爲者亦若是」。此孟子之見賢思齊也；劉邦於起義前，遇秦始皇遊會稽渡浙江，觀其威儀，亦曾嘆曰：「大丈夫當如是也！」此爲劉邦之見賢思齊也；太史公著孔子世家，亦曾讚曰：「詩有之『高山仰止，景行行止』，雖不能至，然心嚮往之」，此司馬遷之見賢思齊也；班超嘗爲人傭書於洛陽，亦曾輟業投筆而嘆曰：「大丈夫無他志略，當效傅介子張騫立功異域，以取封侯，安得久事筆硯間乎?」此班超之見賢思齊也；文天祥幼時於學宮中，見所祀鄉耆歐陽修、楊邦義、胡銓等肖像，皆諡為忠，亦欣慕嚮往之曰：「歿不俎豆其間，非夫也！」此為文天祥之見賢思齊也。

國父亦嘗垂訓：「養天地正氣，法古今完人」。縱觀古今中外，凡能見賢思齊，力爭上游，永矢弗諼者，靡不成大功立大業，顯赫於世，永垂不朽。蓋所養者厚，所志者大，所事者遠，所法者高也。

賢者之意，有層次之分，有廣狹之別。就上層狹義言之：賢者乃指德性高尚，學藝專精，思想超邁者也；就下層廣義言之：凡非不肖，非不學無術，有一技之長，一德之著，有一言一行，足為人表率者，均為吾人思齊之標的。

所謂「思齊」，就字表言之：欲與之齊一也，擬與之同步也；就內涵言之：擷其領要、識其精萃，知其所以致之之由，勉力向之，甚至超越之！是以見賢思齊，非僅有「思齊」之念，而無具實行動者所可致其的也，亦非僅憑消極慕之、效之、囫圇學之、習之，所克竟其功也。故必「審之有據」，「立之有道」，「行之有方」乃可。蓋審之有據，即知賢之的確也。非虛飾之者也；非僞稱之者也；非矯作之者也。尤其當今之世，科學日昌，德業日隆，技藝日繁，思想日歧。人之複，事之雜，非明察秋毫，不克辨其眞也。故見賢思齊之先著，必確能知「賢」之所在，否則，不僅枉費「思齊」之功，亦且有害而無益矣。

然則如何「知賢」？必須把握兩項原則：一曰「度己」，二曰「利他」。利他者，即爲人群服務也；度己者即忖度自己辨別是非善惡之識見如何耳。人皆有不忍人之心，人皆有向上之志，人皆有好善惡惡之本性。故據此心，準此志、順此性，配義與道，即「是」矣！「善」矣！反之，則「非」矣！「惡」矣！吾人盡知：爲善難，從惡易。所謂：「從善如登，從惡如崩。登者喻難，而崩者喻易，然登雖難而卒爲登；崩雖易而終爲崩，其意非僅辨難易，而重在趨善避惡也。善與惡者，須吾人智慧之指導，方知有所趨避也。吾人所爲者，爲有益之事，爲增進人類文明之事，則應不避艱難，不計毀譽，勇往直前，必抵於成而後已。此即「利他」之精義，爲人群服務之理想也。

倘吾人所爲之事，爲有害於社會，有害於人群，則無論他人如何利誘；如何威脅，吾人亦決不爲之！是故吾人本度己利他之原則，力致良知，愼思明辨，以期判析孰善孰惡，而備「思齊」之遵循。此「知賢」之功夫，實即見賢思齊之基石也。

所謂「立之有道」，即吾人所以見賢思齊之目的也。昔聖哲教爲人之道立志爲先。蓋志者，行爲之指揮，人生之方向也。故王陽明曰：「志不立，天下無可成之事；雖百工技藝，未有不本於志者……志不立，如無舵之舟，無銜之馬，漂蕩奔逸，終亦何所底乎」？然則如何立志也？一言以蔽之：「仁爲己任而已矣。」《孝經》有言：「天地之性人爲貴」。人生之使命，在爲人類創造文明，爲社會累積文明。國父曾謂：「有道德始有國家，有道德始有世界」。吾國固有道德以「仁」爲本。仁者，乃人類文明之重要元素。

故吾人以「仁」爲己任，即以人類文明爲己任，努力創造文明，累積文明，使人類離乎禽獸之境日遠，而去理想之境日近也。此爲吾人之責任，故必須人人見賢思齊，相率日新其德，正如孔子所言：「見善如不及」。如此，方可完成此神聖責任。此即吾人見賢思齊之目的也。

所謂「行之有方」，其意爲：吾人既已知賢，復立志揭其目的，自當付諸實行，以收其效。然則如何實行，其方多端，要之有三：

其一曰：「知恥」。孔子謂：「行己有恥」，「知恥近乎勇」，「不恥不若人，何若人有」。故人能知恥，才能發憤圖強，黽勉向上，琢之磨之，砥之礪之，其德之日增，其學之日博，自不待言。設若不知恥之何來，自亦不覺己之不如人也甚矣，剛愎自用，傲慢自恃，何賢能與我相若也？我何「思齊」之有哉？思齊之意未動，思齊之行亦無從而生矣。嗚呼！如此之人，渾噩終日，言不及義，行不依仁，其不流於喪心病狂，敗德亂性者，未之有也。故吾人欲見賢思齊，必自知恥始。

其二曰：「弘毅」。曾子曰：「士不可不弘毅，任重而道遠。」蓋思齊之功，非一事即了，非一德即休，必須持之以恆，行之已久，聚塵粒為山岳，匯涓滴成江河。曷克臻此？非具有恢弘之氣度，堅強之毅力不可！修養恢弘之氣度，必由群己關係入手。就己身言：去偽存誠，入孝出弟；就群體言：包括人際與物際，必須贊天地之化育，萬物與我並生，人我共為一體，物我同用，於是方可養吾浩然之氣，充塞天地之間，人能有所為，我亦能有所為；人能有所不為，我亦能有所不為；人之德即我之德，人之賢即我之賢，我與彼齊一也，我與彼同步也。修養堅強之毅力，必由「知、情、意」三者入手：知識須廣泛涉獵，巨細兼備；情緒須安詳和諧，樂觀進取；意志須堅強穩定，活力充沛。如是方克臻極佳之境，而無或爽。否則，徒有知賢之智，亦徒有知恥之心，思齊之意，誠所謂：「仰之彌高，鑽之彌堅，瞻之在前，忽焉在後」，可望而不可及也。豈不徒呼負負！

其三曰「漸進」，漸進者，乃就思齊之層次而言，蓋賢者有高下廣狹之判，吾人見者不可不大，向者不可不高，志者不可不遠，然則行遠必自邇，登高必自卑，由微而顯，由小而大，由細而巨，堆崇山非一坏之石也，然一坏之石不可少，匯江海非細流之水也，然細流之水不可無。故吾人見賢思齊須從大處遠處高處著眼，由小處近處低處著手，自小目標而大目標，集小賢而大賢，循序漸進，亦步亦趨。古今中外多少成大功立大業者，如前所述孟子、劉邦司馬遷、班超、文天祥等，無不循此以至極致也。豈可一蹴而幾哉？是以思齊之功，有層次之分，不可躐等，不可好高騖遠，亟宜實事求是，精益求精，行之日久，自見奇效。

抑有進者，吾人見賢固思齊矣，若見不賢又當如何？孔子所謂：「見不善如探湯」，「見不賢而內自省也」。湯既炙手，宜速避之，自省不善，宜速戒之，此亦可謂思齊之另一涵意。然而戒之避之僅己以身免，而彼不賢不善猶存焉。故吾人欲達思齊之極致，必使不善者善，不賢者賢，誠如孟子所言：非僅獨善其身，而且兼善天下。

總之，吾人生於斯世，即應盡己之心，盡人之性，完成為人之職責。故本知賢之能，審之有據，依行仁之志，立之有道，由知恥弘毅之修養，行之有方，漸次求進，則見賢思齊之心，油然而生，見賢思齊之行，隨之而起，見賢思齊之效，自立竿見影矣。於是進而由個人推及全體，由局部推及全面，相率見賢思齊，蔚成風氣，和樂大同，至賢至善之境，將指日可期矣。

忍的真諦

民國一〇八年一月十四日

《易經》首卦乾卦（健卦）之初爻，即謂：「潛龍勿用」，必須經過「終日乾乾」、「見龍在田」、「或躍在淵」才能「飛龍在天」，可見其隱忍待時的功夫多麼重要。

茲將忍的意義解釋如下：

忍的消極意義在能「耐」能「堪」；忍的積極意義在能「矯」能「正」。人必須能耐其逆境，能堪其坎坷：矯其性情，正其慾念，方見忍的功夫。但忍非懦，非懼，更非妥協，而是發憤圖強、潛心衡慮，伺機而發，待時而動。如韓信能忍胯下之辱，終得封侯之機，張良能忍圯橋之戲，亦收他日成功之果。

句踐忍恥復國，費宮人忍辱報仇，周文王忍食親子之肉，漢光武忍辱爲兄劉縯服喪，這都是忍小而成大，忍辱負重，殷憂而啓聖者。

忍之用大矣哉，無論忍之於修己待人治事謀國，均爲不可少者。就修己言：人若無忍，則學無以進，德無以修，業無以成；就待人言：不能忍一時之氣，必遭修身之災。忍以待人，或可收化干戈爲玉帛之效；就治事言：天下無難事，亦無易事，守株待兔，固爲智者所不取，坐享其成，要亦爲能者所不屑爲。故事無難易，應耐心爲之，平心靜氣，考慮周詳，方臻完善；就謀國言：國事紛沓，若無耐心，罔顧情勢，任性而爲，必措施乖張，貽誤要政。

故爲政者必須相忍爲國，效廉藺之風，方能內修政務，外禦敵寇，措國家於磐石之安，置斯民於衽席之樂，此皆忍之所賜也。

天下之難忍者，即在熱情澎湃之際，悲痛萬分之時，而爲時勢所迫，吞下沖天之氣，壓下三丈怒火，咬緊牙根，讓血淚內流，此則實非常人所能忍！故此大忍實人之所不能忍者，然忍亦有限制者，如敵人之利誘，奸匪之蠱惑，賊子之離間，與夫無知者之倒是爲非，均不能忍之，故應即燭其奸、辨其僞、矯其枉、正其非。而使其明眞理伸正義，趨於正途。此即孔子所謂，是可忍也，孰不可忍也。

人生不可不能忍，亦不可不辨「孰可忍，孰不可忍！」故大忍者，正所以有所爲，有所不爲，小忍正所以成大，忍辱正所以負重，多難正所以興邦，殷憂正所以啓聖。吾人修己待人，治事謀國，均能以忍爲基本精神，並進而增進理智，充實學問，發乎至情，寬恕諒讓，集義養氣，必毅必勇，必能實踐「龍飛在天」的鴻志。

謎語萃止（一）

修業選輯　民國一〇八年十月十日

弄璋之喜。射一字　謎底：甥

弄瓦之喜。射一字　謎底：姓

寶島姑娘。射一字　謎底：始

心不在焉。射一字　謎底：忿／忘

自言自語。射一字　謎底：記

酒肉朋友。射一字　謎底：餃

競走冠軍。射一字　謎底：道

年輕女子。射一字　謎底：妙

非其罪也。射一字　謎底：四

見人就笑。射一字　謎底：竺

空頭走不動。射一字　謎底：定

半推半就。射一字　謎底：掠

一月復一月，兩月共半邊，一山又一山，三山皆倒懸，上有可耕之田，下有長流之川，六口共一室，兩口不團員。射一字　謎底：用

倚闌干東君去也，霎時間紅日西沉，燈閃閃人而不見，悶懨懨少個知心。射一字　謎底：門

田中走。射一字　謎底：申

男丁一口。射一字　謎底：可

分頭去尾。射一字　謎底：公

只剩一口人。射一字　謎底：合

開口吃人。射一字

謎底：肉

殘花敗柳。射一字

謎底：茆

恩斷義絕。射一字

謎底：恙

如膠似漆。射一字

謎底：膝

千里草。射一字

謎底：董

不失人亦不失言。射一字

謎底：信

一點一橫長，一撇到南洋，十字對十字，日頭對月亮。射一字

謎底：廟

一人立，二人坐，兩人小，一人大，其中更有一二口，教我如何過。射一字

謎底：儉

巔倒不自由，憑空下玉鉤，兩人卻把一人休，可意人兒，心不應口，要成就，怎能鉤。各射天干之一

謎底：甲乙丙丁戊

巴不得一點上心頭，向平康江八字推，求辜恩負義，露尾藏頭，任人丟，一發把弓鞋撇，卻無心繡。各射天干之一

謎底：己庚辛壬癸

笑指深林，一犬低眠竹下，閉看幽戶，孤木獨立門中。各射一字

謎底：笑閑

【上聯】八刀分米粉／人從門內閃。各射下聯。 謎底：千里重金鍾／公向水邊沿

約十二時，木戴笠，聲之技。各射一字 謎底：許宋嚳

內有刀兵，外有干戈，凶多吉少，凶頭吉尾。射一字 謎底：誠

果在外，仁在其中矣。射一字 謎底：核

無邊落木蕭蕭下（語出杜甫〈登高〉）。射一字 謎底：日

人也合而言之（語出孟子）。射一字 謎底：他

〇色青青映畫橋，〇雲天氣欲魂銷，〇人苦雨行舟泊，〇岸紛紛集短橈。各填一字（詩品一句） 謎底：柳陰路曲

詩無以言（《論語》不學詩無以言）。射一字 謎底：寺

二十二。射一字 謎底：圭

不日不月。射一字 謎底：冒

無冬無夏。射一書 謎底：春秋

茅屋。射一字 謎底：甂

你也排行第六，我也排行第六，雖然面貌相同，其實天遠地隔。射字二 謎底：己巳

三點水，六點水，稱呼同，左右異。射字二　謎底：洲州

視而不見。射字一　謎底：示

此字不稀奇，查天干有點像，合地支也相宜，任憑你橫思豎想，只好猜一半。射字一　謎底：土

母愛如天高，光輝日月長。猜三個字成語　謎底：三春暉（寸草心）

既生瑜，何生亮，癥結何在？射四字成語（提示：臥龍南陽睡未醒，又添列曜下舒城；蒼天既已生公瑾，塵世何須出孔明。）　謎底：忌才傲物

袁世凱稱帝時，預印月份牌，其像兩旁春聯

【上聯】聽四百兆巷祝衢歌恍親見漢高祖唐貞觀明洪武。射四字成語（提示：【下聯】數廿世紀武功文治將繼美俄彼得日明治德威廉）　謎底：南柯一夢

元旦朱姓神童（皖南）春聯

【上聯】天上月圓，人間月半，月月月圓，剛月半。射七字成語（提示：【下聯】昨宵年尾，今日年頭，年年年尾，接年頭）　謎底：月半月圓年年過

二十八年春節聯：舉國已無乾淨土，大家猶過太平年。射四字成語（提示：對日抗

戰方殷，不到最後關頭，絕不輕言犧牲） 謎底：得過且過

三十四年元旦重慶聯：【上聯】租半間茅屋棲身，站也由我，坐也由我。射四字成語（提示：【下聯】買兩個蘿蔔過年，菜亦是它，飯亦是它。） 謎底：堅苦卓絕

寧在直中取，不向曲中求。不爲錦鱗設，只釣王與侯。射七字成語（提示：歐陽修〈醉翁亭記〉「醉翁之意不在酒」（山水）） 謎底：漁翁之意不在魚

唐・周昉，畫水月觀音題聯：竹影掃階○○○，月穿潭底○○○。各塡三字

謎底：塵不動、水無痕

人生四大樂。猜一首五言詩（提示：讀好書、配佳偶、做善事、交諍友）

謎底：洞房花燭夜　金榜題名時　久旱逢甘霖　他鄉遇故知

好話一句○○○，惡語片言○○○。各塡三字 謎底：三春暖、六月寒

八年抗戰春聯：百物昂貴，咬緊牙關，除舊歲。

謎底：一元復始、伸長頸子、望和平

歲歲有餘思，趁春酒方濃，邀四五友朋，來加中擺龍門陣陣。對其下聯。

謎底：新年別無事，喜幽闌正茂，看二三子女，坐階前數腳兒搬搬。

南京金陵大學及山東齊魯大學戰時遷成都華西壩，有人題聯：「金南大，金女大，男大當婚女大當嫁，齊大非偶。」對下聯。

謎底：市一小，市二小，一小在東二小在西，兩小無猜。

四川軍人王鑽緒主川省政，四川名士劉師亮題聯贈之：七千萬人民火熱水深，擁護哪個舅子；一年餘主席焦頭爛額，再來就是龜兒。猜四字成語

謎底：絕妙好聯

缺木不成棟，少木不成田／在心爲志。各射一字

謎底：日／士

「月缺月圓，月月月圓，月缺；天晴天雨，天天天雨，天晴。」射一成語

謎底：正常氣候

九十九。射一字

謎底：白

四去八加一。射一字

謎底：曰

十月十日。射一字

謎底：朝

四十八個頭。射一字

謎底：井

左看三十一，右看一十三，合攏來看，三百二十三。射一字

謎底：非

一日夫。射一字

謎底：春

二畫大二畫小。射一字　謎底：秦

上又無畫，下又無畫。射一字　謎底：卜

十二生肖，只缺一犬。射一字（提示：十二地支）　謎底：歲

上不下。射一字　謎底：正

春雨綿綿妻獨宿。射一字　謎底：一

二人避雨，一點不得上身。射一字　謎底：兩

出將入相。射一字　謎底：村

何可廢也，以羊易之。（孟子）射一字　謎底：佯

楚霸王自刎。射一字　謎底：翠

左七右七，橫山倒出。射一字　謎底：婦

天之未喪斯文也，則其政舉。射一字　謎底：正

一點兩點三點。射酒名　謎底：冰凍酒

百頭千頭萬頭。射花名　謎底：丁香花

同胞兄弟。射一字（提示：兄弟如手足）　謎底：捉

市長無頭。射一字　　謎底：帳

欲罷不能，非其罪也。射一字　　謎底：四

山色有無中。射一字（提示：王維〈漢江臨泛〉）　　謎底：四

天地配合陰陽，可恨夫短妻長，男子心中一點，女子兩樣心腸。射一字　　謎底：明

粉蝶兒分飛去了，怨夫君心已成灰，憶當年橫人何在，過陽關易去難回。射一字　　謎底：鄰

兩行遠樹山側影，一葉輕舟水倒流。射一字　　謎底：慧

一人頂頭頭破天，一女耕田田半邊，我欲騎羊羊騎我，千里姻緣一線牽。各射一字　　謎底：夫妻義重

秋天失火，燒掉凡心一點，火盡爐寒，飛來馬兒一匹。各射一字　　謎底：禿驢

一輪明月掛雲角，兩片殘花落馬蹄。射一字　　謎底：熊

內有刀兵，外有干戈。射一字　　謎底：成

主不主，王不王，最後一筆勾，歪頭擺尾萬事休。射一字　　謎底：毛

莫在高枝縱繁響，也應回首顧螳螂。射一昆蟲　　謎底：蟬

二十一日，酉時生。射一字
謎底：醋

自東至西，自南至北。射一字
謎底：十

點水蜻蜓款款飛。射一字
謎底：汗

出自幽谷，遷於喬木。射一字
謎底：呆

上面正差一横，下面少去一點。射一字
謎底：步

一個大，一個小，一個跑，一個跳，一個吃人，一個吃草。射一字
謎底：騷

由字無頭，甲字無足，無頭無足，田在正中。射一字
謎底：魚

四山縱横，兩日綢繆。射一字（富是它起腳，累是它起頭）
謎底：田

人云亦云。射一字
謎底：諧

不要講話。射一字
謎底：吻

近朱者赤。射一字
謎底：赫

上天之載。射一字
謎底：明

獨眼龍。射一字
謎底：省

成吉思汗。射一字
謎底：玩

鼠頭虎尾。射一字　謎底：兒

下上其音。射一字　謎底：昱

你我各半。射一字　謎底：伐

一豎一邊一點。射一字　謎底：卜

國中。射一字　謎底：或

焚林。射一字　謎底：樵

謎語萃止（二）

修業選輯　民國一〇八年十二月一日

今世孔夫子。射古文篇名　謎底：後出師表

昭君和番。射現代文人　謎底：適夷

諫迎佛骨。射《論語》《孟子》各一句　謎底：不得於君、故退之

鳴金射。射《孟子》三字　謎底：始畢戰

啞巴看戲。射《西廂記》一句　謎底：眼花撩亂口難開

農之子恆爲農。射《孟子》一句　謎底：耕者不變

隔靴搔癢。射《孟子》一句　謎底：不膚撓

照妖鏡。射《老子》一句　謎底：其中有精

酒鬼。射《孟子》一句　謎底：下飲黃泉

斯已而已矣。射《孟子》一句　謎底：可止則止

席地談天。射《孟子》一句　謎底：位卑而言高

歲。射《孟子》一句　謎底：以待來年

直把官場做戲場。射《論語》一句　謎底：仕而優

秋容淡。射《西廂記》一句　謎底：人比黃花瘦

其惟春秋乎。射《詩經》一句　謎底：無冬無夏

竹屋兩間。射《詩經》一句　謎底：簡兮簡兮

處女。射唐詩五言一句　謎底：羞顏未嘗開

說項。射《四書》一句　謎底：其斯之謂與

羊跪乳。射《四書》一句　謎底：其達孝矣乎

壽有何罪。射《四書》一句　謎底：老而不死是爲賊

是耶非耶。射《四書》一句　謎底：父不父

千金爲壽。射《四書》一句　謎底：女子生

空心大少。射《易經》一句　謎底：翩翩不富

崇禎洪武。射《易經》一句　謎底：大明終始

一步一趨。射《論語》二句　謎底：孔子行，顏淵後

約法三章。射《爾雅》一句　謎底：漢律也

南京佬。射《三字經》一句　謎底：建業漢

移孝作忠。射千字文一句　謎底：資父事君

除夕守歲。射《論語》一句　謎底：終夜不寢

不願爲弟子。射《孟子》一句　謎底：辟母離兄

暮鼓晨鐘。射《詩經》一句　謎底：偏辭也

日入而息。射《書經》一句　謎底：無虛席

從一而終。射《春秋左傳》一句　謎底：有死無二

天外天。射《老子》一句　謎底：玄之又玄

含意欲申。射《漢書》一句　謎底：未盡所懷

戒之在鬥。射唐詩五言一句　謎底：莫學武陵人

點絳唇。射詞一句　謎底：紅了櫻桃

傀儡。射成語一句　謎底：拿手戲

無腸公子。射諺語一句　謎底：空心大老倌

士。射《西廂記》一句　謎底：在心爲志

易子而教之。射《孟子》一句　謎底：迭爲賓主

賀電。射《易經》一句　謎底：來章有慶譽

漢高祖約法三章。射《論語》一句　謎底：邦有道

白牡丹。射《四書》一句　謎底：素富貴

欲訴衷腸畏綠衣。射唐詩七言一句　謎底：鸚鵡前頭不敢言

兩世聖明。射《中庸》二句　謎底：父作之，子述之

總爲浮雲能蔽日。射《四書》一句　謎底：富貴在天

小姑居處。射《詩經》一句　謎底：人之無良（良人之無）

問仁問智。射《中庸》一句

謎底：不議禮

第二名。射成語一句

謎底：有例在先

朱太祖。射《詩經》一句

謎底：明之天子

自由戀愛結婚。射成語一

謎底：不謀而合

傷心細問兒夫病。射古文一句

謎底：杯盤狼藉（悲盤郎疾）

樑上君子。射唐文一句

謎底：登高作賦（賊）

紅軍你到底要做甚麼？射《論語》一句

謎底：赤爾何如

團拜。射百家姓四字

謎底：相向祝賀

壽星聚會。射成語一句

謎底：白頭偕老

自東自西。射《孟子》一句

謎底：施施從外來（東施西施）

乘轎子四人抬，蹻腳跟班隨後來。射《中庸》三句

謎底：或安而行之、或利而行之、或勉強而行之

五代同堂。射詩一句

謎底：子子孫孫

洞房花燭夜。射唐詩七言一句

謎底：蓬門今始爲君開

楊柳千條盡向西。射詞牌名一　謎底：東風齊著力

孟子：相率而爲僞者也。射成語一句　謎底：將錯就錯（以訛傳訛）

關山難越，誰悲失路之人。射中藥名一　謎底：生地

秦始皇。射古人名一　謎底：呂產

只此二字，顛之倒之，是男是女，君試猜之。射古人名二　謎底：子西、西子

斷簡殘編。射中藥名一　謎底：碴故紙

午後。射博具名一　謎底：白板（未刻）

夫子之云。射人名一　謎底：傅說

皆大歡喜。射人名一　謎底：莫愁

十。射台灣舊地名　謎底：田中央

子卿使節。射四字　謎底：（人物故事）蘇武牧羊

赤帝子殺白帝子。射四字　謎底：高祖屠龍

中愛國獎券第一特獎。射四字　謎底：伍元成富

九合諸侯一匡天下。射六字　謎底：管仲相齊桓公

放之則彌六合，收之則退藏於密。射物名一　謎底：蜜蜂窩

摸著無節，看著有節，兩頭冰冷，中間火熱。射一物　謎底：皇曆

身自端正，體自堅硬，雖不能言，有言必盡。射一物　謎底：硯台

能使妖魔膽盡摧，身如束帛氣如雷，一聲震得人方恐，回首相看已化灰。射一物　謎底：爆竹

天運人功理不窮，有功無運也難逢，因何鎮日紛紛亂，只為陰陽數不通。射一物　謎底：算盤

階下兒童仰面時，清明妝點最堪宜，遊絲一斷渾無力，莫向東風怨別離。射一物　謎底：風箏

南面而坐，北面而朝，象憂亦憂，象喜亦喜。射物一品　謎底：鏡子

天下太平。射一州名　謎底：普安

納垢含汙知大度，仙風道骨驗方腸。射衛生用物　謎底：廁所

孔明空城退司馬，中國捷克蘇維埃。射一詞　謎底：詐

閱世興亡疑有眼，辨人妍醜總無聲。射一物　謎底：鏡子

天地一洪爐。古縣名一　謎底：大冶

憑著雙拳，打盡天下英雄，誰敢還手？僅此寸鐵，剃遍人間豪傑，莫不低頭。射行業名一　謎底：理髮業

北大沙灘，馬神廟海，全成飯館，價廉物美，胡適長北大，題聯祝賀：學術文章國內當推北大棒，烹調五味沙灘首屬海全成。射四字成語　謎底：北海爭輝

振聾發聵，一聲棒喝；遙吟俯唱，萬里長風。

或為君子小人，或為才子佳人，登場便見；有時歡天喜地，有時驚天動地，轉眼皆空。

「不大點地方，可家可國可天下；這幾個腳色，能文能武能神仙。

三五步，行盡天下；六七人，百萬雄師。

束帶整冠，儼然君臣父子；停鑼息鼓，隨時兒女夫妻。」

以上射四字成語　謎底：粉墨登場

世界一大舞台，希特粉面，莫索黑頭，張伯倫老旦擅長，魏岡氏書生獨唱，倭奴小

醜，湊成醜腳花衫，鑼鼓聽喧鬧，演出了一場趣劇。

歷代儘多院本，唐時郭令，漢家飛將，黃天蕩韓王奏凱，朱仙鎮岳爺策勳，戚子東征，顯出全身武藝，英雄數腳色，莫忘卻前輩威風。

家書抵萬金 著錄作者珍藏的父親和五叔往來家書十封

四月初九

鼎新弟鑒，別後到京，因精神困倦未敢久留，致病增邦侄同弟之累，是以翌晨即到下關附小輪到蕪轉通，適在下輪之後，頭目昏花發暈，正在整究推理之間，於面鏡中見小表爹獨行街中，兄比請同見，正所謂人生一面都有前因，兄在此勞動困倦之中，添此意外興趣，彼此均不知此緣何如此之巧，也諒弟聞之，亦必爲之色喜，燃燈夜話之餘，偶爲至友查君撫松資格學識均極高深，惟值此抗戰之中，鳳鳥不能合處，退居後方，以致過去服務確遇總局證件拋失，職業間斷，現既國事大定，各業待舉，政府已有局步推進，以期將來野無遺賢，但查君於國事亦頗熱心，不願甘於終伏，奈目前進身無路，意欲就其家居故地之和悅洲，現設直接稅中從事工作，或應該局相當訓練，聞邠局長確擬陽七月初招考訓練新生，加以短期造練，弟接信可函致邠兄，推愛惠予成全，服務受訓請其斟酌，至於地點，或蕪皖通皆可，如弟之本局對於以上各埠有設分處之必要，務爲及之，餘情到家再告，匆此，即頌　公綏

兄　鼎謙頓首古曆四月初九

四月初十

鼎新弟鑒，經通偶逢小表爹，暢談甚快，刻伊因已租賃大通市經營糧生理，貴處將必推行午季生理，蕪通方面，必須另由中信易遴派，專負責究係何人，弟必易於探聽面訪，即將小表爹姓名附開交付負責之人，來通時即在和悅洲陳葆元藥號一問即可見面，對於午季購買麥菜生理決予相助，此乃雙方利益，諒必易於生效，並於接洽後，信寄木鎮郵局代辦所轉，以便先期赴通接洽，匆此即頌　近祺

兄　鼎謙頓首古曆四月初十

或須預爲接洽究應何項手續，必須見面，來信即可赴滬，由弟介見面商又及

四月二十九

鼎新弟鑒，茲因周家潭鎮杏林堂藥號匯款上海採辦藥材，兄因急用與商變通該號購貨之款兌給兄用。弟匯家用之款，即逕交該號，茲由杏林堂開列藥材名目，弟接函將款籌齊壹百萬元，連同杏林堂購貨單並信，交點上海藥號負責人點收，由該號出一收條，弟附函寄來周家潭鎮詵羽堂，兄收閱後，將信內附上海某某藥號收條，由兄轉交周家潭

鎮杏林堂，以便彼此清算而請手續，兄由滬京到家後，精神疲倦已極，迄今仍未復元，中立左腿生有白腫臥床將近一月，花費甚鉅，兼値青黃不濟，家中七字俱缺，誠有無法維持之勢，弟在此時務須勉力救濟，至盼此頌　近祺

兄　鼎謙頓首古曆四月二十九　元昌參號地址泰山路三百號　電話八一三一五

四月二十九

新弟如晤，昨信問周家潭鎮杏林堂藥號，撥兌壹百萬元，是因現時，一因家中食糧尚缺約貳個月，計需買米參擔，一因浮校暑假建業學雜米各項費結欠貳拾餘萬元，一因中立腿部肌腫醫藥用費貳拾餘萬元，腫病現尚未愈，其需用之數尚不爲確，一因兄暴跌鼻臉均破，病臥旬日，醫藥費十餘萬元，逐月圩家兩處，外欠店貨帳三十萬元左右，丁田譜費需繳十餘萬元，統計貳百萬元左右，除由他處設法補濟外，尚欠百餘萬元，兄此次未曾面詳者，一因以上各用有在意外之數，一因與弟久別乍見，各終夢相喜各忘言，且有不忍多言故，致弟有難於應付之意，茲因情迫萬難，勢有無處設法，逼至死路之概，纔想入非非，向杏林堂老板家書堂先生，變通兩便撥兌辦法，但兄亦出於不得已，

並非有意致弟有難於應付也，如用餘之數萬難湊足撥數，可否商請小姑爲代借挪若干湊足，一全弟重念孝友之情，一濟兄急中無之困，一成兄與杏林堂接言之信也，特此煩瀆，修業日前信回附寄四萬元以補家中之不足，知念附聞　此頌　近祺

兄　鼎謙頓首古曆四月二十九

五月二十七

鼎新弟鑒，日昨由家到潭得閱手書三封，一係介紹友人入普濟圩股，一係兌撥之款數與該藥號收據，兄已經分別照信洽理矣，希勿念，兄之身體自滬歸後，加弱大約是暑熱關係，諒無大慮，惟中立腿疾兩月未愈，骨瘦如柴，性命如何，時深滋慮，奈關命運亦無可如何，聽命守時，再行函告，修業時有信，功課甚好，未遭剔退，弟處抑有信否，畢業分發最好請預行託人關說，得能派任安慶是爲至要，如能不須服務，隨即提級加訓，亦無不可，伊幼無知，希隨時詳加指導，建業浮校成績良好，知念以慰，圩現無水，日昨大公報載，有川水甚大，如其所言，恐難慶收，事關天命，只好聽之，振亞返里，已經見面約月尾可到京，附聞此復　即頌　近祺

兄　鼎謙頓首古曆五月二十七

五月二十八

鼎新弟鑒，來信云，尚有友人欲買陳瑤湖、普濟圩股票，當即查詢該社辦事人員，均因在此潮汎時期，全部停工，各執事亦多離開該社，有得售股份與否，無從查悉，惟查有友人原購該圩優先股份，計壹百畝，現因需款願意出賣，較之該社現時股份賣價，每畝計價捌萬元，此股可以減少每畝約價六萬元，如滬有友願受，可速來信，其價款究竟如何兌現，及股票如何轉交，約用雙方意見，即分別各交俾兩無慮，現時江水不大，如天無有奇洪，即可慶收豐滿，此庄禾苗甚好，如無風蟲之災，不惟民福且爲國幸，勿論何界當均表有同情，匆復即詢　公綏

兄　鼎謙頓首古曆五月二十八

六月初三

鼎新弟鑒，昨信云有友人可買股票每畝股價六萬元，較之普濟墾殖社賣價每畝賤兩

萬元，此乃私人原買之優先股，現因須用，故欲出賣，昨函囑達，前述合意則回信交蕪左延瑞收，因此股即係左延瑞認購，看其意義如價每畝再減萬元，亦可出賣，兄意弟與前述接洽，每畝價值或六萬五千元或六萬元，較之該圩賣價巧萬餘元，弟回信與兄時，由左君延瑞所轉之信，就說前述買價只出五萬元一畝，或四萬五千元壹畝，直接覆兄之信，前述買者出價就以實數相報，如能成交，兄於其中沾潤每畝萬元或數千元，此因彼此願賣願買，亦無傷大雅，中立腿病現已請醫開刀，手功價四十萬元，藥價自備，濃血甚多，是否傷筋殘廢現尚不知，大約性命無關，惟現時青黃不濟，柴米俱缺，加之意外破耗，兄大有日坐愁城之概，現時里間借掇無門，雖有天大人情，借得三二十萬元，每萬元每月須得加利三千元不等，處此困極時間，亦乃無法。兄前在滬，據小姑云，滬上借貸每月每元加利壹角五分，至貴不過二角，四五百萬元，尙易挪借，兄本擬託其爲我貸借，因開口告人難，實有未便啟齒之意，茲因別無他法，特此函弟婉向小姑詳談，兄之現時困情，能否肯爲擔保，貸借壹百萬元或貳百萬元，約期三個月或兩個月，即行本利清歸，因該時大季登場，易於籌集，決由兄籌集寄還，不累弟有失信之虞，弟切勿顧慮，兄與弟相處一生，兄之性情不願求人，亦不願強人所難，弟所深知，諒接此信，必不見恕，決不致以呶呶不休責我，回信仍交周潭譜委會兄收不誤，日前洪水甚大，周潭山裡村落被沖，損失甚大，此雨可謂淫雨，圩田因水底不大，現尚無患，知念特告　匆即詢　近好

小姑前統此

兄鼎謙頓首古曆六月初三

六月初五

小姑母慈鑒，前日赴滬晉謁，多承厚遇，銘感五中，前曾函謝，諒荷察及，兄於古曆五月初返里，即行專逸林同兄三子建業晉見維朝叔，並請其來舍詳談解悶，奈朝弟因家務繫於一身，兼其孀媳生母親到其家，接女歸寧，因此未能同逸林與兄之三子建業陣行到舍，兄頗引爲恨事，旋又因譜事不克家中久居，現擬六月中返里，再訪朝弟詳加勸慰，小姑素敦篤愛，時痛於心當不可免，但該子無壽，生有定數，亦懇小姑自解自慰，兄之長子中立病瘇情形，及兄別後狀況，於五弟鼎新信內詳及，惟目前病困在陳，時滋心慮，擬由五弟鼎新負責請求小姑，負責設法貸借貳參百萬元，利息巧貴不拘，此乃濟

急辦法，懇推己飢己溺之懷，准予負責，約期之內決行本利清償，不相累及，懇賜諒之

專懇即頌

署祺

愚兄　鼎謙　頓首古曆六月初五

六月初五

鼎新弟鑒，昨寄之信，諒已察及，中立腿腫，業已開刀，濃血甚多，惟身體消瘦，精神頹憊，雖與性命無關，能否免於殘廢，尚難預卜，時運迫此，無可如何，只好聽之，兄之身體日弱一日，推其病源半爲憂慮，古語憂能傷人，言不謬也，現時圩田稻棵尚好，若無洪潮，可慶豐收，奈現值青黃不濟期間，農村經融不靈至極，吾家兩地住食，大小二十口，既憂食糧之不足，又加病藥之外支，雖有若干田畝，變動不行，移緩救急無計可施，回思兄在滬時，曾聞小姑母談及滬上借貸數目過多尚不可行，若在五百萬元左右，尚易爲力，每月利息少數壹角五分，多數貳角而已，在彼時兄未慮及中立生病，如已知中立病情，兄即託其貸借，略濟燃眉，即可免除現時之憂急，昨信因在鄉村

借掇無門之中，乃想入非非放專函，吾弟商之小姑，予爲貸借貳百萬元或參百萬元，利息巧貴乃所不計，還期須約爲三個月，該時圩稻收積完竣，可以出售稻穀歸還，決不致累於弟之信用，如屬可行，即與來人余正信君接洽，可逕點交余君正信，余君係杏林堂之主家，曙堂先生親戚，且信用素著，向爲潭鎮各商號運購信貨，但交款時，可問余君正信取具正式收條，附信寄給兄收，也即同杏林堂老板曙堂先生接洽，決不致誤，內附小姑信一封，希當面交，此乃小姑私言，不可公之小姑爺，兄意於此，弟爲如何，里間情形由余正信君面談，匆瀆即詢

公綏

兄鼎謙頓首古曆六月初五

里間近日時事紛亂，圩內田地變賣不動，兄又病危，食糧缺乏，現時米價每擔三十餘萬元，各物皆隨之增貴，我家現無物不買，且兄病用又需備材料，弟能否設法向銀行借兩參百萬元，一圖利稍輕，二可濟急，如實不行，量弟之力不能強勉，客地非比鄉中，如礙即弟之前途，即不可做，無礙乃可投機，匯交地點交湯家溝，春和祥項澤民先生收轉不誤，因杏林堂無人到滬，故致此匯交。

六月十七

鼎新弟鑒，日前由杏林堂介紹余君託帶之信，是因中立病勢日重，知其難愈，惟在未死之前，不忍遽言其必死，爲未雨綢繆計，乃欲請託小姑負責貸借若干，備必要時急用，自知想入非非，亦乃爲不得已之辦法，孝友弟兄當能爲我諒也，該函發後，兄即日往圩中，問卜求醫，無以不至，詎命數註定人力難回，不幸中立於古六月十五日寅時病故，遺下孀婦孤兒皆依依，同五旬餘久病將死之老人悽悽泣泣，路人均難忍聞，兄猶強自振攝，飲淚吞聲，治理中立遺骸外，並仍籌思生計，豈惟兄之個人希圖苟活，乃甘自苦如此耶，言之痛心，實緣上有祖棺浮厝，子職未能言備，下有孀媳孤孫幼兒弱女，婚嫁未了，子教養方殷，是以乃苟活於人儔之中，勉求完備未了義務。弟生性孝友，諒必以兄意爲然也，茲於萬急之中，向杏林堂主家尊輩曙堂先生，除前由弟撥兌收訖外，茲又通融壹百萬元，信到勿論艱困情形如何，均希勉力挪湊如數，按照該當所開之藥號，點清數目，取具收條，以備轉交潭鎮杏林堂周曙堂先生，辦清手續，圩中業產嗣後究如何管理，現在兄百憂麕集期間，心口相關，尚未確定，俟清理就緒，及往親友商討決後再爲函報，暫時小娘率領兄之大小兩女孩家居，弟嫂率弟之二侄女來圩照料僱工收割，兄亦擬居圩，知念詳聞，回信交湯家溝王問臣先生收轉或與杏林堂。并寫兩函因關念過切，故望覆亦切也，中立病故之第二日，二四弟並維祥榮樓、中立之內弟等，均親到圩慰勸　特此附聞　匆此即詢　近好

小姑母並子請兄前代爲候安　兄　鼎謙頓首古曆六月十七

中央訓練團第二十九軍官總隊

第五大隊第廿五中隊用牋

緯兒：新年至別後到京，因精神困倦，未敢久留，
致病增劇，[illegible]因兩弟之東，是[illegible]到下
園，附以稿到營之轉遞，遺在下稿之成功月[illegible]
於是年正在教養完旅理之間，於面鏡中見之表
[illegible]獨行街中之比，請用見正所謂人生一面都
有兩因之在此勞動團[illegible]之中添作意外
興趣，彼此均不知此緣何如者之巧也，[illegible]
兩閒之亦必為之色，並燃燈祝語之佛偈

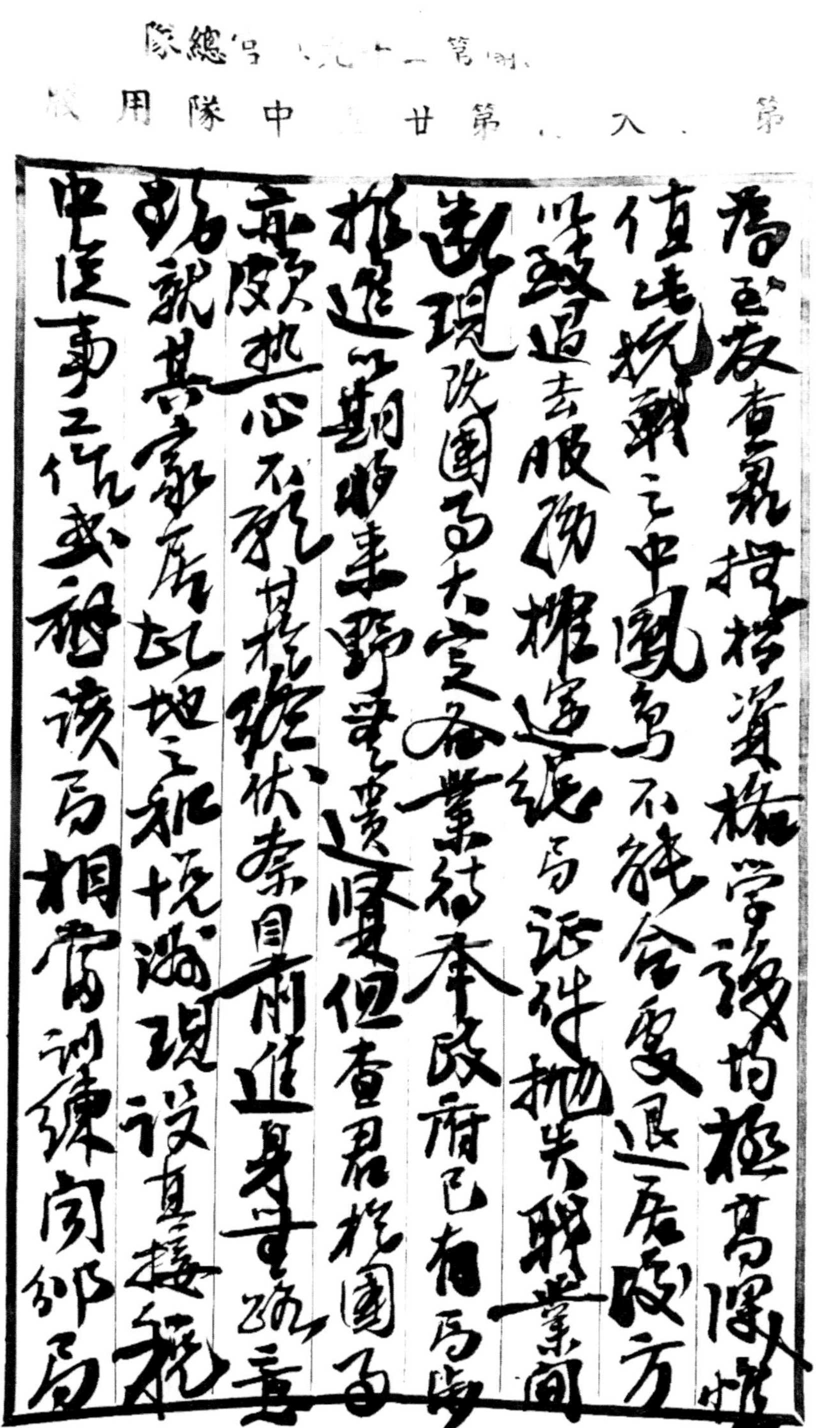

第八第廿中隊用箋

為至友查親授[illegible]資格學識均極高深
值此抗戰之中國亂為不能含憂退居後方
以致過去服務機關遷徙為證件拋失職業前
斷現政國為大定各業待奉政府已有為國
推進期將來事業需要遠賢但查君於國家
[illegible]熱心不能甚於[illegible]伏案目前進身無路意
欲就其家居故地之[illegible]現設直接稅
中從事工作或請該局相當訓練[illegible]部為

中央訓練團第二十九軍官總隊

第五大隊第廿五中隊用牋

長

碑撫陽七月初抵本訓練就生加此訓期

告進練 兒接信可函致鄉兄推愛惠予成全

服務受訓請其斟酌 至於地址武昌陵通

啟可也 兩地之事寄對於此上各埠有設分處

之必要務為及之 俾情到家耳 告母七弟

安

兒龍謹稟 古四六 初九

附 家書書影

附　家書書影

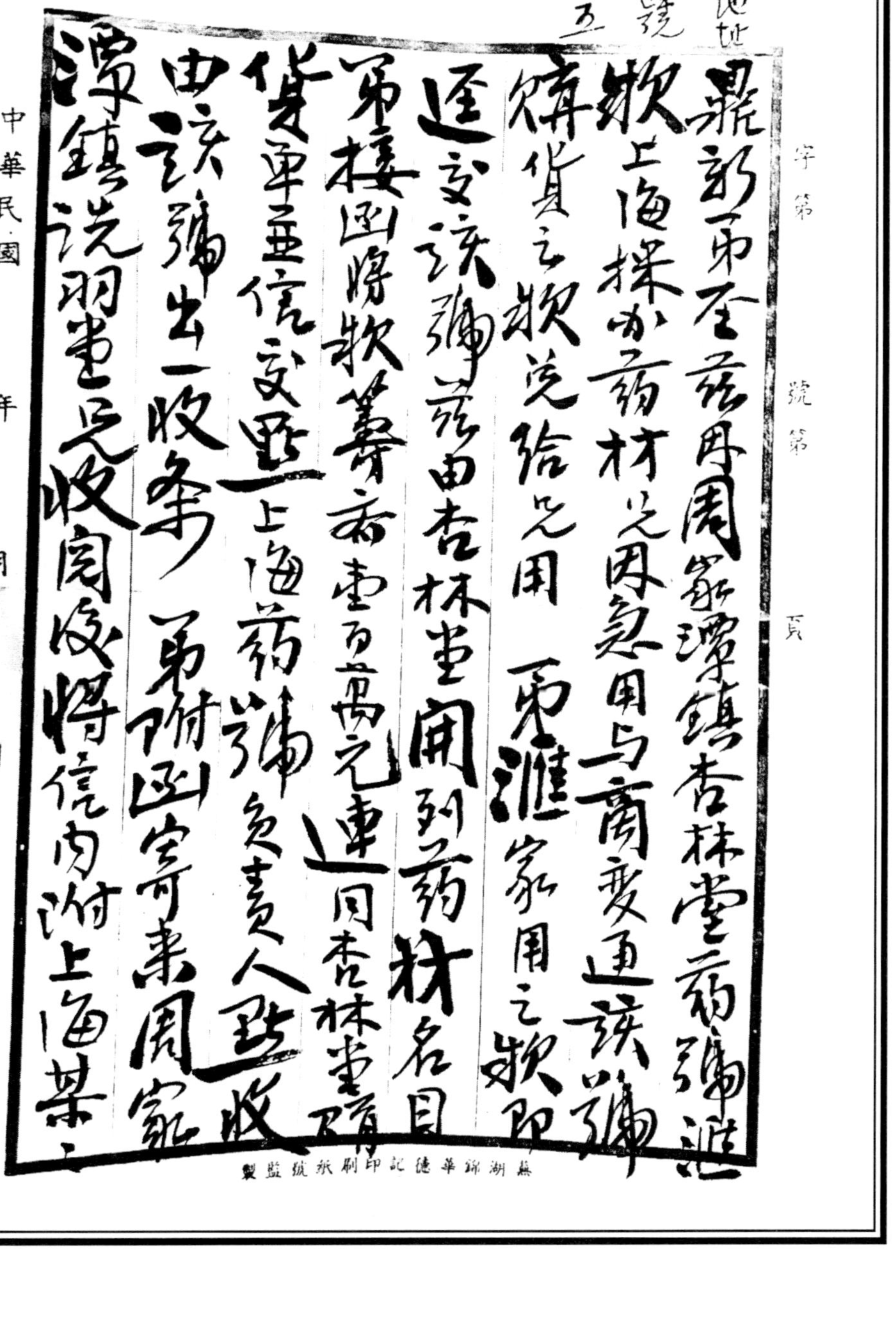
元昌弟號地址
泰山路三百號
電話八三一一五

鼎新弟至茲丹周家潭鎮杏林堂藥號滙
款上海採辦藥材兄因急用與商變通該號
俟貨之款先給兄用　兄滙家用之款即
送交該號由杏林堂開到藥材名目
弟接函將款籌齊壹百萬元連同杏林堂請
貨單並信交郵　上海藥號負責人點收
由該號出一收條　弟附函寄來周家
潭鎮號羽堂兄收閱後將信內附上海某

字第　號第　頁

中華民國　年　月　日

蕪湖錦華德記印刷紙號監製

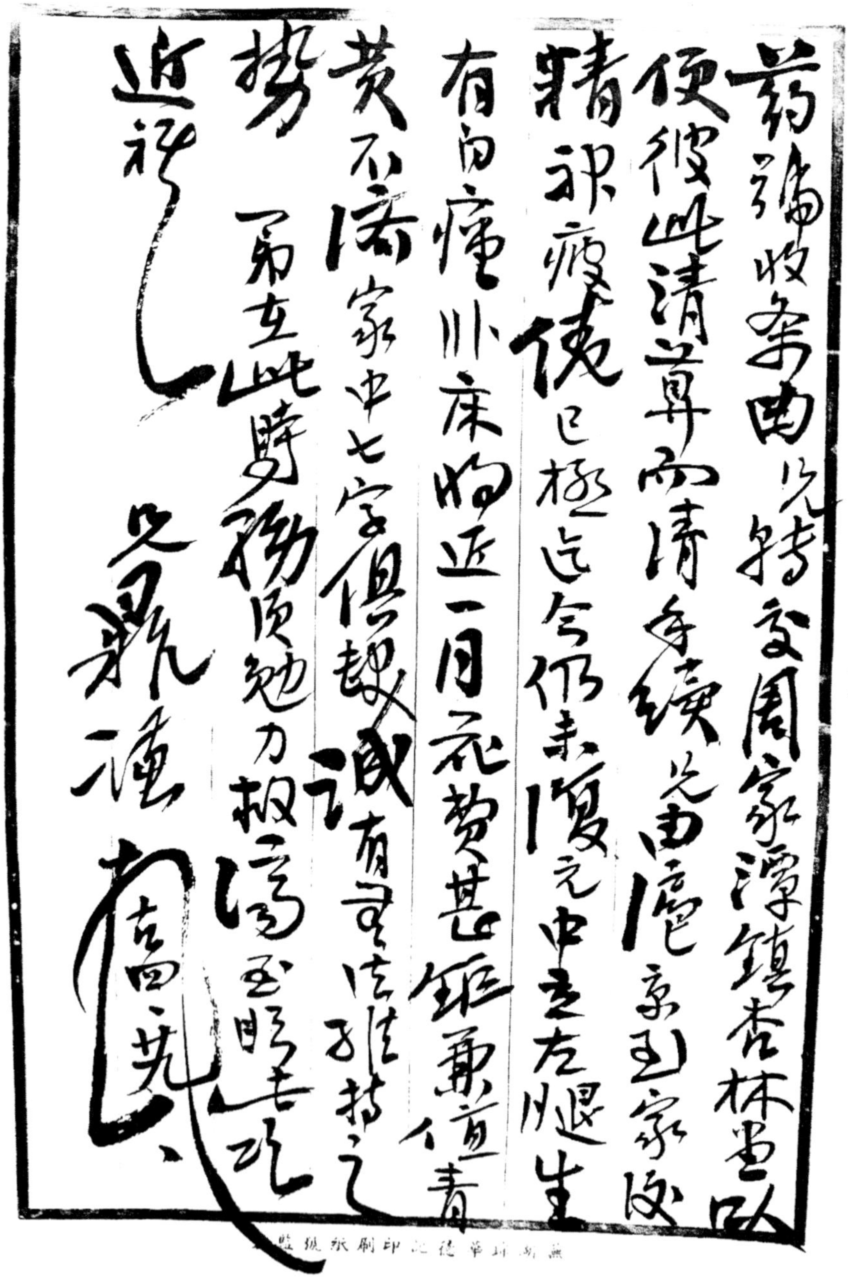

字第 號第 頁

前論收條由兄轉交周家渡鎮杏林堂以
便彼此清算而清手續兄由滬來到家後
精神疲倦已極近今仍未復元中左腿生
有白瘡小疖物近一月花費甚鉅兼有個青
黄不濟家中七字但望誠有貴法維持之
勢弟在此時務須勉力叔為照看
近祉
兄 光應 [illegible]

中華民國 年 月 日

顯彰兒至 日昨由家轉到寄回閱手書三封一係
介紹友人入黃埔好股一係兒受撥之款與該
商號收撥兒已經分別函送一信論理矣又希向會
兒之身體自應加強大約係暑假過回國你謂要
大寬懷中之腿疾兩月來息骨瘦多害性命
此係時還激勵寬忍奪國命害亦要而為何所命守
時再行回告修業時有信功課甚好未曾遇罰小過
兩要抑有信寄畢業又可發最好請預行乞人

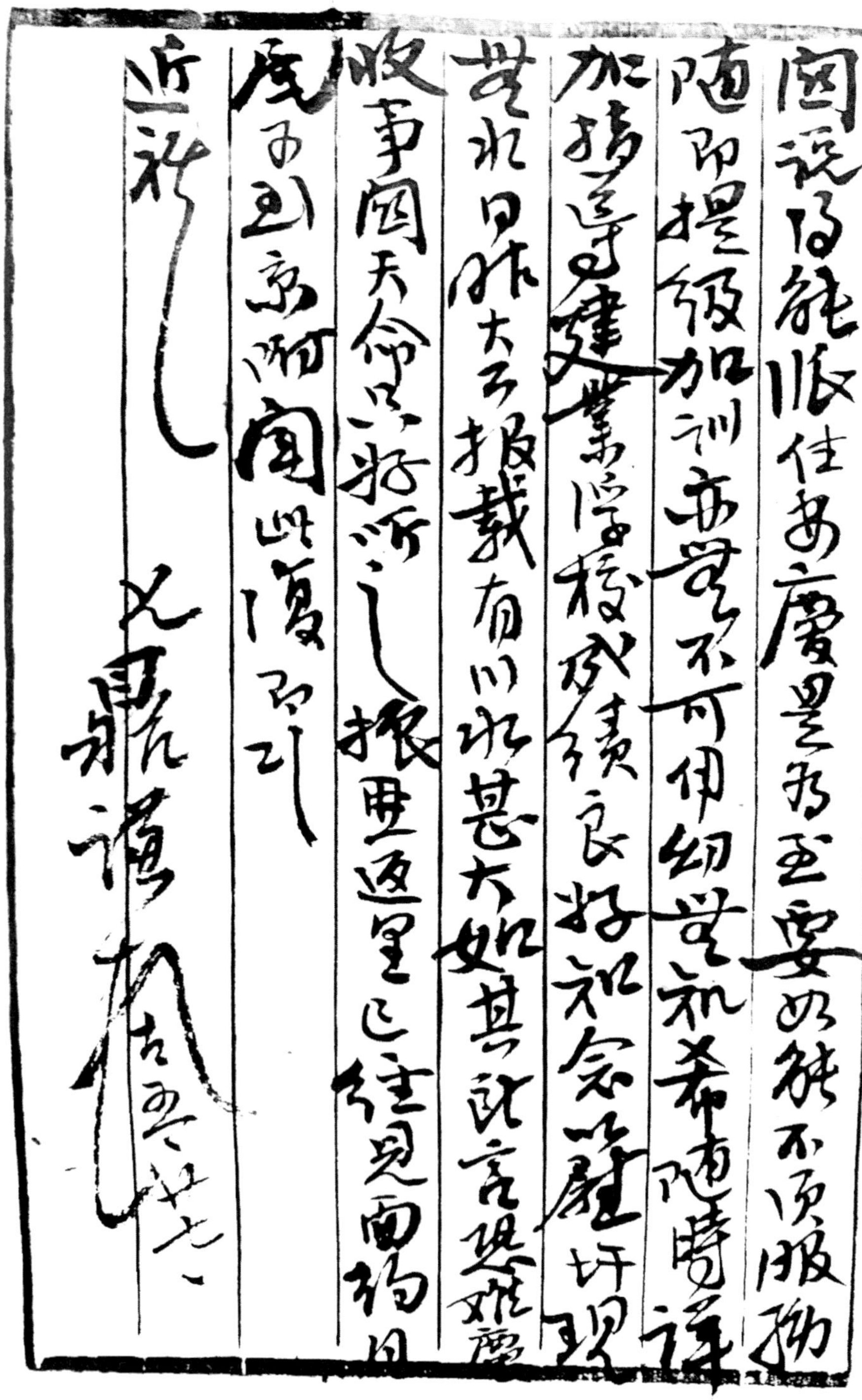

後記——我已照您老人家的話去做了

公公確診癌症的隔天，除了立刻交代身後資產分配細節，特別囑咐我的任務就是整理詩文稿件，印製成冊，全家人手一本留存紀念，包括寄送大陸親友，通訊錄在房間哪個抽屜裡，思緒清楚，語氣平和。

我雖點頭應允，心裡仍想著，公公身體一向硬朗，即使惡疾來襲，應該不會太過凶險，並翻出手機中高齡九十七的伯母照片，安慰公公，伯母九十二歲肺癌開刀，九十五歲罹患胃癌，生活依然如常，希望他安心養病，公公聽了只是喃喃唸著：「早一點照胃鏡就好了，也許這二個多月都好了。」

回想前年九月二十七日第一次出現血便，十一月十二日超音波報告並無異狀，公公堅持不照胃鏡，只是持續服用胃潰瘍藥物，一向不願麻煩晚輩的他，要載他回診不是一件容易的事，一月七日的例行性回診，直到前一晚可能極度不適，才同意隔天由我護送，只是整晚腸胃脹痛，加以排尿障礙，坐立難安的他，只能大清早靠救護車送急診了。

一月二十日進開刀房埋設人工血管前，公公將他記滿幾樁憾事的筆記交到我手中，說是手術終究有風險，還是先行託付，翻開筆記，龍飛鳳舞，猜想是他一夜無眠，奮力完成之作。

回到病房時，我把手機上打好字的內容讓他一一核對，眼力甚佳，沒戴過老花眼鏡的公公，糾正了好幾個錯誤，對我們而言，那些遙遠又陌生的人名地名，從未在他近百年的記憶庫中退場。

手稿中公公雖寫著「修業九十三歲作於三總」，依大江東去，生活萍蹤錄所載，他是民國十六年丁卯（西曆一九二七年）夏曆十月初十出生，如以虛齡計，此時已邁入九十五歲大關。

二〇〇六年，慶祝八十大壽那年，公公就有意要整理作品印製，當時小姑元芳將所有公公書法原稿的「忘不了之歌」一一掃描，三十八年即已脫稿的三萬餘字「大江東去」也繕打完畢，可惜礙於圖檔太多，付印成本高昂，只能以光碟存放，善解人意的公公口中雖說這樣也很好，但我們心知，沒能印製成冊，對習於翻閱展讀的長輩來說，電子檔案很難歸入他們的心靈空間。

為了加快整理的速度，我把光碟中的作品印出，合併十五年來的新作，才發現公公不只產量驚人，還反覆推敲，舊作修改幅度不小，二〇二一年春節，本想召集所有小輩，趁公公自安養院返家過節期間，加入電腦繕打行列，同時可讓公公校對內容，可惜一來文稿未及清理完竣，也不想讓病弱的公公過於勞累，更不希望難得的歡聚變成和時間賽跑的戰場。

年節過後，公公回到安養院，我和夫婿飛回越南工作地，記掛的工作則交給女兒舜青負責，她做事喜歡按她的節奏，我只能隔海掌握進度，偶爾看到她傳來和公公在安養院核對文稿的畫面，一方面慶幸有女兒代勞，一方面也祈禱公公可以安然度過難關，看到作品問世。

五月中公公突然病重入院，台灣又面臨疫情嚴峻，台越航班驟減，我們還不及應變，公公就在五月二十四日凌晨三時，親人難以隨侍在側的防疫限制中，飄然遠去，那一夜，據聞雙北陷入未曾一見的死寂靜默，我們就著窗邊，朝著台灣的方向跪拜，祝願老人家離苦得樂，從此可以遨遊兩岸，俯瞰他心繫的家鄉與親人。

回台隔離期間，除了出門採檢、參加法事，每天不眠不休整理繕打，總算在六月初，十五萬字的作品印出初稿，祭告於公公靈前。臥病期間所作，以「羅縷紀存」名之，那是公公最後的心血，列在首篇；第二篇「大江東去」和第三篇「忘不了之歌」沿用公公早已取名編次的內容，僅局部增添，這都是積累多年的墨寶。末篇取名「點滴是親恩」，用以標記公公對家人的期許關愛，不及逐一繕打的家書，只著錄公公生前校對過的十封。

六月底，重新校對完成的二稿印出，同時寄送五本至服務於南京祿口醫院的表弟左延君處，託他轉寄其他親人，遺憾的是公公臥病期間，也傳來建業叔病逝的消息，公公四度返鄉探親，都由定居重慶的建業叔相伴接待，手足情深，曾同遊北京杭州南京等地，二〇一四年叔叔偕嬸嬸首度來台，兄弟同遊寶島，機場送行依依，兩位高齡老者都知道此生再聚不易。

七月返回越南前夕，惠蒙東吳大學連文萍教授推薦，萬卷樓圖書公司張晏瑞總編的厚愛，同意協助公公作品集「靈魂的花朵」的出版。年底回台期間，快速商議細節，感謝編輯呂玉姍給予莫大協助，編校工作得以順利展開。

尤其感謝大學同窗劉少雄教授，慨然允諾爲公公作品撰文推薦，「其中所表懷鄉思親之情，最是感人，此既作者一生之哀感，亦時代之深悲也。讀其詩，不知其人，不論其世，可乎？」於我心有戚戚焉。

整理公公的詩文，最大的感傷就是，是怎樣的時空環境，可以把人前半生的學習、情感，最起碼的生存都擠壓、碎裂，臨老那一樁樁的遺憾依然螫人臟腑，卻又能以一貫的從容謙和待人處事，是把所有的悲喜都灌注在吟哦的詩篇中了嗎？

公公鮮少發脾氣，記憶中最大的一次衝突，是生病前一年，家裡爲了要清出空間，方便出院的婆婆和看護同住，舊家具需大肆清理，不料老人家大怒，聲言如要扔棄，除非等他死，一時全家噤口，所有舊物只能暫往車庫裡存放。

守著那些舊物，也許對從小就在「失去」中成長的公公而言，已經不能再承受「失去」的痛苦了，他攔截我們資源回收的各類書籍，堆在房間慢慢欣賞；我們一家四口的衣服都曾經在他身上重出江湖，他就醫穿的那雙鞋至少二十年歷史，他把惜情愛物發揮到極致，也許不合時宜，但是心安理得，活出上一代人的章法。

公公故去半年，女兒終於利用年假，把堆滿雜物文件書籍衣物，無處轉身的公公房間清理完畢，她在臉書有這麼一段話——

在這次整理房間的過程，感覺就像是在看爺爺一生的故事一樣，因爲爺爺留下大量的文件，在細看這些文件時心裡會想著：「哦～原來當時還有發生這樣的事啊！」雖然會想著當初沒能和爺爺多聊這些往事有點遺憾，但也很慶幸爺爺留下這些讓我們回憶。

趁女兒整理房間，我又找回那件被公公穿過的冬衣，洗洗掛回衣櫥，也算是懷念和尊敬長者的一種方式吧！

出版公公的作品，與其說是爲了了結公公對上一代的遺憾，毋寧是減少我們這一代的遺憾，上一代的苦難可以終結，但他們的情懷理當被理解、被珍視、被頌揚。

此刻，只想對公公說：「我已照您老人家的話去做了。」

黃士蔚　謹誌

二〇二二年二月

靈魂的花朵——周修業先生詩文集

文化生活叢書
詩文叢集1301066

編著　周修業
編校　黃士蔚
發行人　林慶彰
責任編輯　呂玉姍
總經理　梁錦興
特約校稿　林秋芬
總編輯　張晏瑞
排版　游淑萍
出版　萬卷樓圖書股份有限公司
封面　呂玉姍

發行　萬卷樓圖書股份有限公司
臺北市羅斯福路二段四十一號六樓之三
電話 (02)23216565　傳真 (02)23218698
香港經銷　香港聯合書刊物流有限公司
電話 (852)21502100
傳真 (852)23560735

ISBN　978-986-478-614-5
二〇二二年四月初版
定價：新臺幣六二〇元
如有缺頁、破損或裝訂錯誤，請寄回更換

靈魂的花朵

國家圖書館出版品預行編目資料

靈魂的花朵：周修業先生詩文集／周修業編著. 黃士蔚編校.-- 初版 . -- 北市：萬卷樓圖書股份有限公司, 2022.04
面；　公分.--（文化生活叢書；1301066）
ISBN 978-986-478-614-5（平裝）

863.4　　111002055